텍스트의 이해와 욕망의 교육학

텍스트의 이해와 욕망의 교육학

강웅식 _ 姜雄植

강원도 강릉 출생. 경희대학교 국문과 및 고려대학교 대학원 국문과 졸업(문학박사). 1993
년『세계일보』신춘문예에 문학평론이 당선되어 등단. 저서로『시, 위대한 거절』『텍스트에
서 경험으로』등이 있고,「김수영의 시의식 연구」「조지훈의 생명시론과 그 초월론적 성격」
등 다수의 논문이 있다. 현재 고려대에 출강.

청동거울 문화점검 31

텍스트의 이해와 욕망의 교육학

2004년 3월 5일 1판 1쇄 인쇄 / 2004년 3월 10일 1판 1쇄 발행

지은이 강웅식 / 펴낸이 임은주
펴낸곳 도서출판 청동거울 / 출판등록 1998년 5월 14일 제13-532호
주소 (137-070) 서울 서초구 서초동 1359-4 동영빌딩 / 전화 02)584-9886~7
팩스 02)584-9882 / 전자우편 cheong21@freechal.com

주간 조태림 / 편집 곽현주 / 본문디자인 하은애
영업관리 김형열

필름 출력 (주)딕스 / 표지 인쇄 금성문화사
본문 인쇄 이산문화사 / 제책 광우제책

값 15,000원

잘못된 책은 바꾸어 드립니다.
지은이와의 협의에 의해 인지를 붙이지 않습니다.
무단 전재 및 무단 복제를 금합니다.
© 2004 강웅식

Copyright © 2004 Kang, Woong Sik.
All right reserved.
First published in Korea in 2004
by CHEONGDONGKEOWOOL Publishing Co.
Printed in Korea.

ISBN 89-5749-001-9

청동거울 문화점검 31

문학 교육과 텍스트 해석 : 이해와 설명의 변증법
작품론과 텍스트 해석 : 심층의미의 이해
작가론과 텍스트 해석 : 문체의 발견
대중예술과 텍스트 해석 : 문화상품과 예술작품 사이에서
현장비평과 텍스트 해석 : 독자를 창조하는 텍스트의 즐거움

텍스트의 이해와 욕망의 교육학

강웅식 지음

청동거울

　　내게도 시인이나 소설가가 되기 위하여 온 마음으로 정성을 다하던 시절이 있었을까? 아마 있었을 것이다. 아니, 없었을 것이다. 아니, 아니 잘 모르겠다. 그 시절은 기억에 너무 멀다. 그런데 나는 무엇이며 누구인가? 학생들을 가르치고 학점을 주며, 강의 시간에 질문을 받고 대답을 하니 교사인가? 그렇긴 하지만 그것은 필요 때문에 하는 일이다. 저술가? 책을 펴내긴 했지만 글을 쓰는 일은 언제나 내게 힘겹고 부담스럽다. 평론가? 신춘문예를 통해 등단이라는 절차를 거쳤고 가끔 원고 청탁을 받아 문예지에 글을 쓰기도 하니 아마 그럴 것이다. 한국문학에 관한 학위논문도 썼고 요즈음 막강한 위력을 발휘하는 계량주의적 척도의 압력에 밀려 학술지에 가끔 논문도 발표하니 한국문학 연구자이기도 한 것 같다. 이른바 '상징계'(the Symbolic) 안에서 나름의 기호 값을 가지고 살아가기 위해 해야 하는 이런저런 일들 가운데 내가 주로 하는 것은 글을 읽고 쓰며 학생들을 가르치는 일이다. 그런데 내가 읽고 쓰며 가르치는 일에 마치 무슨 불변 상수처럼 따라다니는 것이 바로 문학 텍스트이다. 나는 글을 쓰기 위해서 읽고 가르치기 위해서 읽는다. 항상 그렇게 하기 위해서 읽는 것은 아니지만 대체로 그렇게 되어 버렸다. 텍스트의 이해와 해석은 내가 필요 때문에 하는 일이기도 하지만 내가 좋아서 하는 일이기도 하다. 할 수만 있다면 나는 언제나 그 일을 아주 잘 해내고 싶다. 텍스트의 이해와 해석은 내 존재를 지탱해주는 중요한 토대 가운데 하나이기 때문이다. 조금 과장하자면 그것은 이제 나의 운명이다.

위대한 작품을 창조한 영혼의 천재성과 그 천재성을 알아보고 이해하는 다른 영혼의 천재성이 서로 만나는 모델에 근거한 낭만주의 해석학을 나는 별로 신뢰하지 않는다. 그럼에도 내 경험에 비추어 볼 때, 창작에는 어떤 특별한 재능이 요청된다는 생각을 하는 경우가 많다. 평소에 하는 일이 그렇고 그렇다 보니 아는 사람 가운데 시인과 소설가가 더러 있다. 그들과 함께 여행을 하는 경우가 종종 있는데, 그 때마다 내게는 없지만 그들에게는 있는 특별한 재능을 확인하곤 한다. 그들에게는 자연의 목소리에 귀를 기울이고 자연에게 말을 건네는 능력이 있는 것 같다. 내가 관찰한 바에 따르면, 그들은 자연과의 대화에서 촉발된 무엇인가에 대하여 생각하고 그 생각과 연관된 무엇인가에 대하여 말로 하지 않고 글로 쓴다. 그처럼 말로 해도 될 것을 말로 하지 않고 글로 쓴 것이 그들의 작품이다. 역시 내 경험에 따르면, 그들은 자신들의 작품을 완벽하게 통제하고 자신들이 생산한 작품에 대해 모든 것을 다 알고 있는 것 같지는 않다. 그들은 자연에 '대하여' 느끼고 생각하기도 하고 자연에 '의하여' 느끼고 생각하기도 하며, '언어를 가지고' 쓰기도 하고 '언어에 따라' 쓰기도 하는 것 같다. 자연에 '의하여' 생각하고 느끼며 '언어에 따라' 쓰기도 한다는 사실 때문에 그들은 스스로 만든 것임에도 불구하고 자신이 만든 것에 대해 완벽하게 알지 못하는 것 같다. 아무튼 그들에게는 있고 내게는 없는 것이 있다. 그들은 그 어떤 중재 없이도 자연과 대화하고 그 대화에 의하여 자기 존재의 의미에 대하여 생각할 수 있지만, 나는 문학 텍스트의 중재 없이는 자연과 대화할 수도 없고 자기 존재의 의미에 대하여 생각할 수도 없다. 시인이나 소설가가 생산한 텍스트들은 직접적 방법으로 자연이나 자기 자신과 관계를 맺지 못하는 나와 그것들의 관계를 중재해준다. 예술가와 예술가가 아닌 사람을 구분해주는 결정적 표지 가운데 하나가 바로 그러한 중재 과정의 유무일 것이라고 나는 생각한다. 텍스트의 해석과 이해가 나의 운명이라는 것은 이제 과장이 아니다. 세계와 자연에 대하여, 진실과 진실한 것, 아름다움과 아름다운 것에 대하여, 자기 자신의 존재 의미에 대하여 느끼고 생각하기 위하여 나는 텍스트의 중재를 필요로 하고, 그렇기 때문에 나는 텍스트를 잘 이해하고 해석하지 않으면 안 된다.

대학의 문학 교실에서 만나는 학생들의 경우에도 텍스트의 중재를 필요로 하는 학생들이 그렇지 않은 학생들보다 더 많다. 나의 형제이자 누이인 그런 학생들과 텍스트를 읽으면서 나는 해석과 이해에 대해 자주 생각을 한다. 이 책은 그런 생각의 결과이다.

〈문학 교육과 텍스트 해석〉은 문학교실에서 이루어진 나의 경험을 토대로 텍스트 해석의 일반론에 대한 나름의 생각을 제시해 보려 한 글이다. 텍스트를 해석하는 문제와 관련하여 나는 폴 리쾨르(Paul Ricoeur)에게 많은 도움을 받았다. 『해석의 갈등』이나 『텍스트에서 행동으로』와 같은 책들을 읽으면서 나는 해석학의 여러 난제들에 대해 신선하게 대면해 볼 수 있는 기회를 가졌다. 애초에 '문학교육과 텍스트의 해석'이라는 제목으로 글을 구상할 때는 리쾨르를 반복하면서 차이를 만들고, 차이를 만들어내면서 반복하는 글을, 그를 따라가면서 변형시키고, 변형시키면서 따라가는 글을 쓰고 싶었다. 그러나 실제로 이루어진 글은, 차이와 변형은 어디 가고 단순한 반복과 전폭적 수용만 남아 있는 것이 되고 말았다. '이해'와 '설명' 사이에서 부단히 진동하면서 '반성적 해석학' 또는 '해석학적 반성'이라는 새로운 해석의 관점을 제시하려는 리쾨르의 제안을 자유간접화법으로 소개한 글로 읽어 주면 좋겠다.

〈작품론과 텍스트 해석:심층의미의 이해〉는 하나의 텍스트에 대한 구체적인 해석의 사례를 제시해보려는 의도에서 구성한 것이다. 나는 그 글에서 김소월의 「진달래꽃」과 김수영의 「풀」에 대한 매우 도발적이고 공격적인 해석의 사례를 제시하였다. 두 작품에 관한 기존의 이해가 작품의 심층의미를 충분히 드러내주지 못하고 있다는 평소의 생각을 나름의 해석으로 표현한 것이다. 텍스트는 그 무엇인가를 지시한다. 그러나 그 지시의 내용은 현실의 구체적인 실물이 아니라 '비실물적 지시'(nonostensive reference)이다. 그것은 현실과 실제를 구성하는 요소들과 닮은 것으로 이루어져 있지만 그 자체는 아닌 가상의 요소들로 이루어진 세계이다. 텍스트의 해석이 요청되는 것도 바로 그와 같은 세계의 의미를 이해해야 하기 때문이다. 그리고 텍스트가 말하고자 하는 것, 즉 텍스트의 '비실물적 지시'는 텍스트의 심층의미론에 의해 열리는 세계이다.

〈작가론과 텍스트 해석:문체의 발견〉은 작품의 의미가 작가의 심리적 의도와 일치하지 않는다는 것을 보여주고자 구성한 것이다. 문학 텍스트는 누군가가 언어를 조직하는 작업의 결과이다. 그런 맥락에서 작품은 저자가 등장하는 바로 그 장소라고 말할 수 있다. 그런데 그 장소에 등장하는 저자는 일상생활의 대화에서 화자가 그런 것처럼 자신의 저작물인 작품의 의미를 담보하는 유일의 보증인이 될 수 없다. 그 장소에 등장하는 것은 바로 문체이다. 문체가 개인적인 작업이고 개인적인 것을 산출하는 작업인 것은 분명하므로 소급해 가면 문체의 주체를 만날 수는 있을 것이다. 그러나 그 주체는 작품의 의미를 결정하지는 못한다. 문체화의 과정은 어떤 주체에게 이미 구축되어 있는 경험에서 비롯하지만, 이러한 경험은 개방성들, 변형하고 생성하는 놀이의 가능성들, 불확정성들을 포함하고 있다. 그러므로 문학작품에는 문체의 주체인 저자의 심리적 의도로 환원될 수 없는 어떤 의미에 대한 해석의 문제가 개입된다.

〈문학사와 텍스트 해석:맥락의 구축〉은 여러 시인과 작가들의 텍스트들을 역사적 맥락 위에서 해석하는 문제를 살펴보고자 한 것이다. 역사적 맥락을 구성할 때 창작자의 정신이나 심리적 의도와 같은 '시대정신'을 전제해서는 안 된다는 것이 평소의 생각이다. '시대정신'

이란 것을 설정하면 한 시대에 생산된 텍스트들의 의미를 가상의 그 무엇에 의하여 왜곡하는 위험한 결과를 초래할 수 있다. 문학사의 맥락을 구성하는 일은 작가론에서 문체의 문제를 다룰 때와 유사한 방식으로 텍스트 자체의 물질성에 주목하는 가운데 조심스럽게 이루어져야 할 것이다. 나름으로 '가족'과 '아버지' 그리고 '기술이데올로기'라는 개념을 매개로 맥락을 구성해 보려 하였으나, 문학사의 맥락을 구성하는 일은 언제나 지난한 작업이라는 것을 새삼 절감하였다.

〈대중예술과 텍스트 해석〉은 문화산업시대에 불가피하게 야기되는 예술작품과 문화상품의 갈등에 대하여 생각해본 글이다. 폴 리쾨르가 제안하는 '반성적 해석학' 또는 '해석학적 반성'의 논리에 따르면 텍스트의 이해는 자기 이해에서 완성된다. 리쾨르의 주장이 아니더라도 우리가 텍스트에서 해석해야 할 것은 텍스트에 구축된 세계, 즉 우리가 가장 자기 자신이 되는 가능성들을 보여줄 수 있는 그런 세계에 대한 제안이다. 그것이야말로 텍스트가 보여주는 세계, 그 유일한 텍스트에만 있는 고유한 세계이다. 문화산업시대에 잘 고안된 문화상품은 예술작품의 분위기를 하나의 포장으로 수용한다. 그러나 거기에는 고유한 세계의 '아우라'가 결여되어 있다. 문화상품들은 '세계'와 '나'

사이에서 내가 그 세계에 속해 있는 존재자로서 존재의 의미를 이해하는 데 아무런 중재도 하지 않는다. 그것들은 문화산업시대의 상품 논리에 의하여 왜곡된 대중의 욕망을 이용하고 스스로를 팔아먹으려고 할 뿐이다. 비판적 해석이 요구되는 것은 바로 그와 같은 맥락 때문이다.

〈현장비평과 텍스트 해석:독자를 창조하는 텍스트의 즐거움〉은 문단 현장에서 이루어진 나의 해석 체험의 결과들을 기록한 글들로 구성되어 있다. 일상 생활의 대화에서 구축되는 담론(discourse)의 경우에 모든 담론은 어떤 특정한 사람(또는 집단)에게 발화되며, 우리는 그 특정의 상대자를 담론의 상황에 근거하여 파악한다. 그러나 대화의 경우와는 딜리 텍스트라는 담론의 경우에는 담론의 상대자가 담론의 상황에 주어저 있지 않다. 텍스트라는 담론의 상대자는 텍스트 자체에 의하여 창조된다. 텍스트는 스스로 그것의 독자들을 개척하고 그렇게 함으로써 텍스트 자체의 주관적인 상대자를 만들어 낸다. 위에서 말한 텍스트의 중재 기능이 발휘되는 것도 바로 이 지점이다. 무능하고 미력하나마 나는 평론가로서 미지의 독자들을 개척할 능력을 소유하고 있는 텍스트들의 힘을 발견하고자 노력하였다.

리쾨르가 제안하는 '반성적 해석학'을 내 나름으로 이해하면 그것은 욕망의 교육학이다. 김수영은 「사랑의 변주곡」이라는 작품에서 "욕망이여 입을 열어라 그 속에서/사랑을 발견하겠다"라고 노래하였다. 욕망은 존재를 보존하고자 하는 힘이다. 그것은 스스로를 존재하게 하는 능력이지만, 스스로를 지키기 위해 타인의 가슴에 가시를 박는 잔인한 힘이기도 하다. 따라서 시의 화자가 "욕망이여 입을 열어라 그 속에서/사랑을 발견하겠다"라고 선언할 때, 그 선언에는 욕망에 대한 질적 규정의 의도가 내포되어 있다. 욕망이 없으면 존재도 없다. 그러나 욕망은 다른 욕망의 존재를 인정하지 않는다. 욕망은 언제나 스스로가 아닌 것을 대상화하고 소유하고자 한다. 그 욕망 안에 사랑이 있다면, 그 속에서 사랑을 발견할 수 있다면, 존재와 존재의 유대는 전혀 다른 차원의 세계를 구축할 수 있을 것이다. 김수영은 시를 쓰는 행위가 욕망 속에서 사랑을 발견하는 일과 같다고 생각한 듯하다. 우리는 텍스트의 이해와 해석 역시 그와 같은 일이라고 생각한다.

스스로는 문학 텍스트의 해석을 더 잘해 보기 위하여, 텍스트의 중재를 필요로 하는 나의 형제와 누이들에게는 텍스트의 이해와 연관된 이론과 실제를 보여주기 위하여 이 책은 기획되었다. 머릿속에서는 제법 쓸 만해 보이던 생각도 시공의 저항을 거쳐 구체적인 형상과 좌표를 얻게 되면 질적으로나 양적으로나 애초의 생각만 못하게 마련이다. 더 정성을 들여 노력하면 적어도 지금보다는 나아지리라는 생각으로 스스로를 위로해 본다. 감사를 드려야 할 분이 많이 있다. 비록 여기에 일일이 모시지는 못하였으나 그 분들은 다 아시리라, 내가 얼마나 감사하고 있는지.

2004년 봄

강웅식

머리말 ● 4

1 문학 교육과 텍스트 해석
이해와 설명의 변증법

2 작품론과 텍스트 해석
심층의미의 이해

텍스트의 이해와 욕망의 교육학

1 문학 교육과 텍스트 해석
: 이해와 설명의 변증법

1. 창작 교육과 독서 교육

대학에서 문학을 내용으로 하여 이루어지는 교육에는 크게 두 가지 범주가 있을 듯하다. 하나는 창작 교육일 것이고, 다른 하나는 독서 교육일 것이다. 창작 교육은 대체로 '시창작강의'나 '소설창작론'과 같은 과목에서 이루어질 것이고, 독서 교육은 '창작'을 표방하지 않은 거의 모든 강의에서 다양한 수준과 방법에 따라 이루어질 것이다.

모든 종류의 교육이 다 마찬가지이겠지만, 창작 교육과 독서 교육은 그 방법론을 마련하고 그 효과를 검증하는 데 많은 어려움이 따른다. 문학 창작과 문학 독서 두 가지만을 한정해 놓고 본다면, 그 어려움의 정도는 문학창작이 더욱더 극심할 것이다. 낭만주의 시대의 '천재성'과 같은 수준은 아니더라도 창작에는 아무래도 특별한 재능이 요청되는 것 같다. 나중에 영화화되어서 대중적인 인기를 누렸던 셰이퍼(Lavin Peter shaffer)의 희곡 「아마데우스」에서 살리에리가 자신에게는 없고 모차르트에게만 있는 것이라고 여기는 그런 천부의 재능을 말하는 것이 아니다. 여기서 말하는 재능은 시를 짓거나 소설을 짓는 일에 흥미를 느끼고 그 일을 반복하면서도 싫증을 내거나 지치지 않는 관심의 집중과 반복의 인내를 뜻한다. 문학 창작의 교육이 어려운 것은 재능의 문제 때문만은 아니다. 그 어려움은 창작이라는 것 자체에서 비롯한다. 사실 창작 과정을 개념화한다는 것은 거의 불가능에 가깝다. 현재 대학의 국어국문학과나 문예창작과에 개설되어 있는 여러 종류의 창작 강의는 그 자체가 하나의 실험일지도 모른다. 아무런 지침 없이 불가능에 가까운 개념화 작업을 매순간 수행해야만 하기 때문이다. 창작 교육에 비해 그 어려움의 정도가 상대적으로 덜할 뿐이지 독서 교육이라고 해서 그 과정에 어려움이나 문제가 없는 것은 아니다. 어쩌면 창작 교육에 비해 쉽다고 여기는 것 자체가 독서 교육이 제대로 이루어지는 것을 방해하는 요소일지도 모른다.

이 글에서는 나름으로 설정한 문학 교육의 두 가지 영역 가운데 특히 독서 교육과 연관된 문제들을 점검해보고자 한다. 앞서도 언급했듯이 창작 교육과 연관된 논의는 그 출발부터 개념화 작업의 문제라는 난제를 풀어야 하는 등 독서 교육과 연관된 논의보다 훨씬 더 세심한 준비 작업이 요청되기 때문이다.

2. 독서 교육과 텍스트 해석

문학 교육의 핵심 내용 가운데 하나가 독서 교육이라는 사실을 부정할 사람은 아무도 없다. 독서 교육에서 관건은 감상이나 수용의 대상이 되는 문학 작품을 이해할 수 있는 능력의 훈련이다. 작품과 연관된 자료들을 참조하면서도 궁극적으로는 작품을 주체적 시각에서 읽어낼 수 있는 주체적 독법 능력의 함양이 독서 교육의 중심이다. 그런데 교육 현장에서 이루어지는 문학 교육에서 가장 큰 문제는 바로 주체적 독법의 능력을 함양한다는 교육의 목표가 제대로 실현되지 못하고 있다는 점이다. 대학의 신입생들을 대상으로 한 문학 교실에서 가장 흔하게 확인되는 사실은 학생들이 문학 작품을 스스로 읽어낼 수 있는 훈련을 전혀 받지 못하였다는 것이다. 그 현상의 원인이 교사들의 태만이나 학생들의 무관심에 있다기보다는 우리 교육 제도 자체에 있다는 사실을 모르는 바는 아니다. 그러나 고등학교 교실에서 문학 교육이 제 기능을 발휘하지 못함으로써 고등학생들에게 작품 해독 능력을 함양시킬 기회조차 차단하고 있는 현실은 문제적이라 하지 않을 수 없다.

독서 교육에서 가장 핵심이 되는 것은 아무래도 문학 텍스트의 이해일 것이다. 대학의 문학 강좌에서 그 주요 내용 항목을 차지하는 문학이론·문학사·비평론 등의 과목은 그 정도의 차이는 있을지 모르나 대부분 텍스트의 해석 작업을 기초로 이루어진다. 그렇다면 텍스트를 해석한다는 것은 어떤 성격의 작업인가? 이 질문은 함께 고려해야 할 다른 문제들을 수반하는 복합적인 성격의 것이지만, 여기서는 우선 텍스트의 문제와 해석이라는 행위의 문제를 중심으로 살펴보고자 한다.

1) 작품과 텍스트

언제부터인가 우리는 작품이라는 말보다 텍스트라는 말을 더 선호하게 되었다. 문학 교육의 현장에서 자주 쓰이는 용어의 변화는 용어만의 문제가 아니라 그 배경을 이루는 인문학 방법론의 흐름의 변화와도 깊은 연관이 있다. 우리는 작품이라는 용어를 낭만주의 해석학과, 텍스트라는 용어를 구조주의의 분석 및 설명 모델과 각각 연결해 볼 수 있을 것이다. 사실 그 정신의 측면에서 낭만주의와 구조주의는 화해하기 어려운 지향을 보인다.

이해 없는 설명을 고수하는 분석주의자에게 텍스트는 엄격히 내부적인 작용만 하는 일종의 기계로 이해된다. 그리하여 이에 대해서는 저자가 의도하는 측면에서, 독자에 의한 텍스트 수용의 측면에서, 또는 어의(sense)의 개념으로, 다시 말해 형식, 즉 텍스트에 의해 작동되는 약호들(codes)의 교집합과 구별되는 전언(message)의 개념으로 측정될 수 있는 텍스트의 밀도(density)의 문제에서조차 아무 문제를 제기할 수 없다. 그러한 문제제기는 모두 심리화하는 것으로 간주되어 배격된다. 그런가 하면 낭만주의 해석자에게 구조 분석은, 저자의 의도와는 불가분의 관계에 있는 텍스트의 전언과는 맞지 않는 이질적인 객관화 과정에서 연유되는 것으로 비쳐진다. 다시 말해 이해는 독자의 영혼과 저자의 영혼 사이에 의사소통을 수립하는 것, 심지어 얼굴과 얼굴을 마주 보고 대화와 비슷한 일종의 '영적 교섭'(communion)과 같은 것으로 간주되고 있다.

이와 같이 해서, 한편으로는 텍스트의 객관성이라는 이름으로 모든 주관적 또는 상호주관적(intersubjective) 관계는 설명에 의하여 제거되고 다른 한편으로는 전언의 자기화의 주관성이라는 이름으로 객관화하는 모든 분석은 이해와 이질적이라고 선언되었다.[1]

폴 리쾨르에 따르면, 낭만주의 해석학은 천재성의 표현을 강조한다. 낭만주의 해석학의 과제는 해석자 자신이 천재성과 동등해지는 것, 다시 말해 해석자 자신을 그 천재성과 동시대의 사람으로 만드는 것이다. 작가의 천재성은 그것이 낳은 작품의 유일한 원인이므로 낭만주의 해석학은 작품 자체와 작가의 전기 자료들을 토대로 하여 부단히 그 원인으로 이동함으로써 종국에는 "저자를 저자 자신만큼, 더나아가 저자보다 저자를 더 잘 이해한다"는[2] 관점이다. 이에 비해 구조주의는 언어학의 모델에 근거하여 작품을 언어의 유사물로 다룬다. 하나의 문화에 공통되는 담론(discourse)의 특징에 근거를 두고 저자와 구별되는 공통 언어의 언어학적 특징을 다루므로 작가를 망각한다. 구조주의 분석은 대상의 객관성과 실증성을 강조하고, 경험으로 설명할 수 있는 것만을 말하려고 하지만, 그것이 자연과학의 모델에서 온 것은 아니다. 구조주의 분석은 언어학의 분석 모델을 그 모테로 한다. 구조주의 모델에 입각한 텍스트의 분석은 음운론에서 하는 것과 같은 종류의 추상화 방향으로 나아간다.[3] 구조 분석이 하는 일은 작품의 조각내기를 수행하고(수평적 양상), 다음에 전체 속에서의 부분

---

1) 폴 리쾨르, 박병수·남기영 역, 『텍스트에서 행동으로』(아카넷, 2002), p.199.
2) 이 말은 슐라이어마허(F. Schieiermacher)가 자신의 저서 『해석학』(Hermeneutik)에서 한 말이다. 본문의 인용은 폴 리쾨르의 다음 책에서 재인용한 것임.
   폴 뢰쾨르, 앞의 책, p.86.

들의 여러 통합의 수준을 수립하는 것이다(수직적 양상). 분석자가 분리시킨 이런 행동의 단위들은 경험될 수 있는 심리적 단위도 아니고 행동주의 심리학에 속할 법한 행위의 단위도 아니다. 구조주의 분석이 대상으로 삼는 것은 지시되는 세계도 없고 원인이 되는 저자도 없는 사물과 같은 텍스트이다.

낭만주의 해석학은 작품의 해석이나 이해와 연관된 문제들을 모두 작품의 원인이 되는 작가와 그의 창조적 정신으로 환원하고, 구조주의 분석은 텍스트의 바깥에는 아무것도 남겨 놓지 않고 텍스트를 그 내부관계들인 구조로만 설명함으로써 텍스트의 장소를 폐쇄 상태 속에 위치시킨다. 문학 작품과 연관된 나름의 경험에 근거할 때, 우리는 낭만주의 해석학이 제시하는 직접적인 이해의 비합리론이나 구조주의 분석이 제시하는 설명의 합리론은 모두 그 나름의 함정에 빠져 있다고 생각한다. 직접적인 이해의 비합리론은 주체가 얼굴을 마주한 상황에서 타자의 의식 속에 투입된다는 감정이입을 텍스트의 영역으로 확장시킨 것인데, 그 확장은 부당하다. 그것은 작품과 관계가 있는 두 주관성, 저자의 주관성과 독자의 주관성이 직접적으로 일치한다는

---

3) 음운론에서 음소는 음향적 실체로서 절대적 개념으로 간주되는 구체적인 소리가 아니다. 그것은 교환가능성의 방법에 의하여 정의되는 함수이며, 그 대립가(oppositive value)는 모든 다른 음소와의 관계로 결정된다. 이런 의미에서 음소는 '실체'가 아니고 '형식'이다. 그것은 관계들의 상호작용이다. 음운론의 기본 단위는 언어음소(phenemes), 형태소(morphemes), 의미소(semantemes) 세 가지이다. 음소는 모음과 자음 등 음성단위로서 언어학의 가장 작은 단위이다. 형태소는 음소들이 결합하여 형성하는 단위로서 의미를 가지기 시작하는 최소의 단위이다. /k/, /a/, /t/ 등의 음소들이 결합하여 /kata/가 되면 〈가다〉라는 뜻을 가진 단어가 되는데 이는 /ka-/와 /-ta/ en 형태소의 결합이다. 여기에 또 다른 형태소 /-ass/이나 /-n/을 연결시키면 /ka-ss-ta/(갔다), /ka-n-ta/(간다)와 같이 또 다른 단어가 된다. 이때 /ka-/는 특정의 어휘적 의미를 가지고 있으므로 시제를 뜻하는 /-ass/이나 /-n/과 같은 형태소와 구분하여 의미소(또는 어휘소)라고 부른다.

낭만주의적 착각에 빠져 있기 때문이다. 설명의 합리론은 기호체계들에 대한 구조적 분석을 텍스로 확장시키려는 시도이나 그 확장 역시 부당하다. 그것은 텍스트의 객관성이 텍스트 자체 속에 폐쇄되어 있으며, 저자와 독자의 주관성으로부터 독립되어 있다는 실증주의적인 착각에 빠져 있기 때문이다. 요컨대 작품의 이해를 감정이입으로 환원할 수 없으며, 텍스트의 설명을 추상적인 조합으로 환원할 수는 없다.

이와 같이 작품과 텍스트라는 용어는 그것들 나름의 이론적 토대에 근거하고 있다. 여기서 문제는 어떤 용어를 받아들이는가 하는 것이다. 용어 자체가 중요한 것은 물론 아니다. 중요한 것은 하나의 용어가 선택될 때, 거기에는 해석 작업의 어떤 내용과 지향점이 함께 수반된다는 점이다. 우리는 작품과 텍스트가 각각 지시하는 어떤 지향도 포기할 수 없으며, 동시에 두 가지 가운데 어느 한쪽만을 전폭적으로 수용할 수 없다. 우리는 그 두 가지 시각에서 사태의 진실과 관련하여 결코 부정할 수 없는 점들과 수용할 수 없는 점들을 섬세하게 변증(辨證)하는 가운데 하나의 용어를 선택해야 할 것이다. 결론부터 말하자면 우리는 '텍스트'라는 용어를 받아들이겠지만, 구조주의 분석에서 의미하는 텍스트의 개념을 초월한 어떤 의미를 가리키는 것으로 수용하겠다. 그 결론에 이르는 과정의 절차를 기술해 보기로 하자.

먼저 작품이라는 용어를 보자. 작품의 개념과 관련하여 폴 리쾨르가 정의한 아래의 내용은 우리의 논의를 전개해나가는 데 매우 유용한 지평을 제공해 준다.

첫째, 작품은 문장보다 더 긴 하나의 연속체(sequence)이며, 그 작품 자체를 구성하는 유한하고 폐쇄적인 전체와 관계가 있는 새로운 문제, 이해의 새로운 문제를 제기하는 하나의 연속체이다. 둘째, 작품은 코드화의 양식을 따르며, 코드화의 형식은 작문(composition) 자체에 적용되며, 담론을 이야기, 시, 수필로 만든다. 이러한 코드화는 우리가 일반적으로 문학 장르라고 말하는 것이다. 달리 말하면 어떤 작품은 어떤 문학 장르로 분류되며, 이러한 문학 장르는 그 작품에 속해 있다. 셋째로, 어떤 작품은 어떤 개인과 결합된 유일한 형태를 가지게 되며, 우리는 이러한 형태를 스타일이(문체)라고 말한다.[4]

위에서 보는 바와 같이, 리쾨르는 일상생활의 대화 상황에서 이루어지는 담론(discourse) 행위와는 다르게 누군가가 말하기 대신에 글쓰기라는 방식을 통해 문자로써 고정시켜 놓은 담론이 작품이라고 설명한다. 사실 그의 설명은 '작품'과 '텍스트' 사이에서 진동하고 있다. "그 작품 자체를 구성하는 유한하고 폐쇄적인 전체"라는 부분이나 어떤 글쓰기의 결과물이 문학이라는 장르에 속하게 되는 코드화의 메커니즘과 연관된 설명은 '텍스트'의 개념과 가깝고, "어떤 개인과 결합된 유일한 형태"의 측면은 '작품'의 개념에 가까워 보인다. 그러나 전체적인 맥락은 아무래도 '텍스트'의 개념에 가까운 것이 리쾨르의 설명인 것 같다. 그는 스타일의 문제를 통해 어떤 작품이 어떤 개인과 밀접한 연관이 있다는 사실에는 동의하지만, 작품의 의미가 그 작품을 쓴 저자의 심리적 의도와 일치한다는 사실에는 동의하지 않는 것

---

4) 폴 리쾨르, 앞의 책, p.121.

같기 때문이다. 저자란 누구인가? 사실 우리는 저자의 개념을 화자의 개념에서 도출하기 때문에 작품의 저자가 무엇인지 안다고 생각한다. 글쓰기가 말하기를 대체하면 이제 화자는 없다. 적어도 실제의 담론에서 말하는 사람의 직접적인 자기 지칭을 가리킨다는 의미에서의 화자는 없다. 말하는 주체와 말하기와의 밀접한 관계는 저자와 작품의 복합적인 관계에 의해 대체된다. 글쓰기 작업은 그것의 결과인 작품들 속에서 객관화되는 실천 활동이다. 문학작품은 그 누군가가 언어를 조직하는 작업의 결과이다. 그 관계로 말미암아 저자는 글쓰기와 작품에 의해 제도화되는 것이라고 말할 수 있고, 저자는 글쓰기에 의해 추적되고 기록되는 의미의 공간에 서 있다고 말할 수 있다. 작품은 저자가 등장하는 바로 그 장소이다. 그런데 그 장소에 등장하는 저자는 일상생활의 대화에서 화자가 그런 것처럼 자신의 저작물인 작품의 의미를 담보하는 유일의 보증인이 될 수 없다. 그 장소에 등장하는 것은 바로 문체이다. 문체가 개인적인 작업이고 개인적인 것을 산출하는 작업인 것은 분명하므로 소급해 가면 문체의 주체를 만날 수는 있을 것이다. 그러나 그 주체는 작품의 의미를 결정하지는 못한다. 문체화의 과정은 어떤 주체에게 이미 구축되어 있는 경험에서 비롯하지만, 이러한 경험은 개방성들, 변형하고 생성하는 놀이의 가능성들, 불확정성들을 포함하고 있다. 그러므로 문학작품에는 문체의 주체인 저자의 심리적 의도로 환원되지 않으며, 작품을 구성하는 문장들을 하나씩 단계적으로 이해하는 단순한 지성으로는 환원될 수 없는 작품의 의미에 대한 해석의 문제가 개입된다.

　이상과 같은 맥락 때문에 우리는 작품에서 텍스트라는 용어로 자연스럽게 이동하게 된다. 그러나 그러한 이동에도 불구하고 우리가 수용한 '텍스트'라는 용어가 구조주의 분석의 지평에서 바라보는 방향의 의미를 뜻하는 것은 아니다. 구조주의 분석에서 말하는 텍스트에는 외부는 없고 내부만 있다. 무엇인가에 대하여 누군가에게 말을 하고 있는 말하기의 경우와는 달리 그러한 텍스트에는 '초월적인 목표'(transcendental aim)가 없다. 구조주의 분석이 하는 일은 문학작품을 구성 요소들이 하나의 폐쇄적인 전체로 짜여진 텍스트로 파악하여 처음에는 텍스트의 조각내기를 수행하는 것이고, 그 다음에는 전체 속에서 부분들의 여러 통합의 수준을 수립하는 것이다. 텍스트의 구성 요소들은 그러한 통합의 수준에서 나름의 의미기능(signifying function)을 획득하는데, 그것은 철학적이거나 실존적인 의미가 아니라 폐쇄적인 전체 안에서 그것들이 보이는 배열 또는 배치를 뜻한다. 요컨대 구조주의 분석은 텍스트가 그 스스로를 초월하여 지시하는 그 어떤 대상이나 세계를 인정하지 않는다. 구조주의 분석의 지향이 해석이 아니라 분석과 설명이 되는 이유도 바로 거기에 있다.

우리는 작품이라는 용어 대신 텍스트라는 용어를 받아들인다. 그 텍스트는 구성 요소들의 짜임관계로 이루어져 있어 나름의 구조를 구축하지만, 그것은 내부만 존재하는 폐쇄 상태에 놓여 있지 않다. 구조의 짜임관계는 스스로에 만족하지 않고 스스로를 넘어서, 스스로 앞에 어떤 세계를 형성하고 그것의 의미 해독과 연관된 해석의 작업을 요청한다. 그리고 그 의미는 저자의 심리적 의도에 결코 환원되지 않는 다중적인 것이다.

2) 텍스트의 패러다임

　앞에서 우리가 작품이라는 용어 대신에 텍스트라는 용어를 수용한
것은 해석학의 낭만적 전통을 비켜가기 위함이었다. 낭만적 전통은
대화 상황을 문학작품에 적용되는 해석학적 작용의 기준으로 삼았다.
다시 말해 작품의 저자를 대화 상황에서의 화자와 동일한 수준의 평
면에서 생각했던 것이다. 그렇게 되면 작품의 의미와 관련하여 저자
가 절대적인 위치로 상승하게 된다. 작품의 의미는 저자의 심리적 의
도와 절대적으로 일치해야만 하는 것이다. 우리가 수용한 텍스트라는
용어는 글쓰기와 읽기의 관계는 말하기와 듣기의 직접적인 상호성을
전제로 한 대화적 상황에 환원될 수 없다는 사실의 표지이다. 문학 텍
스트의 해석과 연관된 문제들은 쓰기—읽기의 상황이 단순히 대화로
구성된 말하기—듣기 상항의 연장이 아닌 그 자체의 독특한 문제성
을 발전시키기 때문에 비롯하는 것이다. 이와 같이 대화적 관계가 읽
기의 패러다임을 제공하지 않으므로 우리는 읽기의 패러다임을 독립
적인 그 자체의 패러다임으로 구축할 필요가 있다. 텍스트의 패러다
임은 ①의미의 고정, ②저자의 심적 의도와의 단절, ③비실물적 지시
들의 현시(顯示) 그리고 ④수신자 범위의 보편성 등에 의하여 그 특징
을 드러낸다.[5] 리쾨르의 제안에 따라 우리는 문학 작품을 대화 상황
에서 구축되는 것과 같은 하나의 담론 행위로, 그러나 말하기에 의하
여 구축되는 대화 상황과는 별개의 글쓰기에 의하여 구축되는 독특한

---

5) 폴 리쾨르, 같은 책, p.248.

담론으로 본다. 아래에서는 두 상황의 차이를 중심으로 텍스트의 패러다임의 특징적 양상을 살펴보기로 한다.

(1) 의미(meaning)의 고정

일상생활의 대화에서 누군가에 의해 구축되는 담론은 시간 속에서 언제나 한 시점에서 실현된다. 말하기와 그것에 의하여 구축된 언표는 시간 속에서 발생한 하나의 사건이고 현재에 이루어지고 있는 하나의 행위이다. 글쓰기는 말하기와 그 결과를 고정한다. 글쓰기에 의하여 고정되는 것은 말로 하려면 할 수도 있었을 담론이다. 그것은 말로 하지 않았기 때문에, 바로 그 이유 때문에 글로 씌어진 담론이다. 텍스트는 글쓰기에 의하여 고정된 담론이다. "나보기가 역겨워/가실 때에는/말없이 고이보내드리우리다"라고 말로 하지 않고 글로 썼기 때문에 김소월의 「진달래꽃」이 탄생한 것이다. 글쓰기에 의한 고정화 작업은 말하기가 나타날 수 있었지만 나타나지 않은 자리에서 발생하여 말하기를 대신한다. 글쓰기가 말하기의 자리에서 말하기를 대체하면 글쓰기는 해방되고 이 때에 텍스트가 탄생하는 것이다. 글쓰기는 담론을 보존하고 그것을 개인과 집단의 기억에 활용할 수 있는 문서로 만든다. 말하기는 연속적이고 분절적인 과정을 통해 소리들이 의미의 기능을 가지게 하지만, 글쓰기는 음성 기호를 선형의 형상으로 바꿈으로써 소리들을 분석적이고 변별적인 요소로 바꾸어 놓는다. 그렇게 함으로써 글쓰기는 언어의 효력을 증가시킨다. 보존과 증가된 효력은 글쓰기에 발생한 것이긴 하지만, 그것들은 구어(口語)를 회화적 기호로 옮겨 쓰는 작업의 특징일 뿐이다.

글쓰기가 무엇인가를 고정한 결과가 텍스트이다. 글쓰기는 무엇을 고정하는가? 글쓰기는 말하기의 사건을 고정하는 것이 아니라 말하기를 통해 '말해진 것'을 고정한다. 바꾸어 말하면, 글쓰기는 발화(enunciation)의 결과인 언표(utterance)를 고정한다. 이러한 고정화는 텍스트의 객관성을 보증한다. 이 절의 제목으로 삼은 '의미의 고정'은 언표의 지시 내용이 고정된다는 것을 뜻하지 않는다. 그것은 텍스트의 의미를 객관화한다는 뜻이다. 이러한 객관화 효과가 아래의 절들에서 이어지는 패러다임의 양상들을 초래한다.

(2) 저자의 심리적 의도와의 단절

말하기의 담론에서 말하는 주체의 주관적 의도와 담론의 의미는 서로 중첩되므로 화자가 의미하는 바를 이해하는 것과 그의 담론이 의미하는 바를 이해하는 것은 같다. 그러나 글쓰기 담론에서 글쓴이의 의도와 텍스트의 의미는 서로 일치하지 않는다. 이와 같은 텍스트의 언어적 의미와 그 심리적 의도의 분리 현상은 담화의 기록에서 정말 중대한 문제이다. 저자가 없는 텍스트를 생각할 수 있다는 말이 아니다. 다만 텍스트와 화자의 관계가 완전히 폐지된 것은 아니지만 의도한 효과가 문면으로 직접 나타나지 않게 되어 복잡해진다는 말이다. 글쓰기는 읽기를 요구한다. 글쓰기와 읽기의 관계는 말하기와 대답하기 관계의 한 가지 경우가 아니다. 그것은 대화의 관계가 아니고, 대화의 예가 아니다. 읽기는 작품을 통한 저자와의 대화라고 말하는 것은 충분하지 않다. 독자와 텍스트의 관계는 완전히 다른 종류의 것이다. 대화는 질문과 대답의 주고받기이다. 그러나 저자와 독자 사이에는 이런 종류의 주고받기가 없다. 저자는 독자에게 대답을 하지 않는다. 오히려 텍스트는 글쓰기 행위와 읽기 행위를 두 편으로 나누며, 그 양편 사이에는 의사소통이 없다. 그리하여 독자는 쓰기 행위에 부재하고, 작자는 읽기의 행위에 부재한다. 이러한 이중의 부재가 텍스트로 하여금 그것만의 생애를 살게 한다. 이제 텍스트의 생애는 그 저자가 사는 한정된 지평을 탈출한다. 이제는 저자가 말하려고 했던 것보다 텍스트가 말하는 것이 더 중요하고, 모든 해석이 저자의 심리에 묶인 속박들을 끊어버린 의미의 영역 안에서 그 절차를 펼친다. 저자의 물리적, 심리적 존재의 도움 없이, 오직 의미만이 의미를 구제해준다. 저자는 더 이상 그것을 구제할 수 없다.

(3) 비실물적 지시들의 현시(顯示)

담론은 그 어떤 세계를 지시하는 것이다. 이는 말하기 담론에서 대화가 궁극적으로 지시하는 것은 대화자들이 공통적으로 처한 '상황'임을 의미한다. 어떤 면에서 이 상황은 대화를 둘러싸고 있다. 그리고 그 상황의 경계표들은 몸짓으로, 손가락으로 가리킴으로써 보일 수 있고, 지시 부사, 시간 부사, 장소 부사 등의 간접적 지시를 통하여 현실의 실제 대상을 지시하는 방법으로 지칭될 수 있다. 그러나 저자와 독자에게 공통되는 상황이란 존재하지 않는다. 또 보여주고 지칭하는 행위의 구체적인 조건들도 존재하지 않는다. 그렇다면 텍스트에서는 지시가 사라진다는 뜻일까? 그렇게 말한다면 지시와 실물 지칭을 혼동하는 것이고 세계와 상황을 혼동하는 것이 될 것이다. 텍스트는 현실의 실물(실제 대상)을 지시하지는 않지만, 그렇다고 텍스트에서 지시 작용 자체가 사라지지는 않는다. 서정주의 「국화 옆에서」에 나오는 그 '국화'나 김수영의 「풀」에 나오는 그 '풀'이나 유치환의 「바위」에 나오는 그 '바위'는 실물 지시의 대상이 결코 아니다. 사실 문학에서는 주어져 있는 실재에 대한 모든 지시가 파괴될 수 있다. 그러나 보여줄 수 있는 또 실물을 명시하는 지시적 특징의 이러한 파괴가 이른바 '문학'이라는 현상을 가능하게 한다. 문학 텍스트 속에 나오는 '풀'과 '국화'와 '바위'는 현실의 실물과 교환되지는 않지만 그래도 존재하는 그 무엇인가를 지시하며, 그와 같이 지시된 것들이 텍스트 앞에 그리고 독자 앞에 어떤 세계를 구축한다. 텍스트의 해석을 요청하는 것도 바로 그 세계이다. 텍스트에서 해석해야 할 것은 텍스트의 세계, 어떤 유일한 텍스트에만 있는 고유한 세계이다.

텍스트가 저자의 심리적 의도라는 족쇄에서 그 의미를 해방시키는 것과 같은 방식으로 텍스트는 실물 지시적 지시의 한계에서 그 지시를 해방시킨다. 우리에게 비록 가상이긴 하지만 그 어떤 세계는 텍스트에 의하여 열리게 된다. 문학은 대화의 직접적 실물 지시의 '상황'이 아니라 우리가 읽고 이해하며 좋아했던 그 모든 텍스트의 비실물적 지시를 투영하는 세계이다. 하나의 텍스트를 이해하는 것은 그와 동시에 우리 자신의 상황을 환하게 비추는 것이다. 텍스트의 지시가 열어놓은 세계는, 존재론적으로 이미 어떤 세계에 속해 있을 수밖에 없는 우리 존재의 새로운 차원을 열어 줌으로써 우리를 현실적인 상황의 가시성과 한계로부터 해방시켜 준다.

거의 모든 텍스트는 무언에 관한 것이다. 지시 없는 텍스트라는 개념의 절대적 텍스트를 상정해 볼 수 없는 것은 아니다. 그러나 그 같은 이상을 만족시키는 텍스트는 극소수의 복잡 미묘한 텍스트뿐이다. 기표의 자기 지시만이 존재하는 시 또는 그 자체에 대해서만 말하는 시라는 의미에서의 '순수시' 같은 새로운 형식을 생각해 볼 수 있으나, 그처럼 새로운 형식은 하나의 예외로서 가치를 지닐 뿐이며 모든 다른 텍스트에 열쇠를 제공할 수는 없다. 텍스트는 반드시 이런저런 방식으로 세계에 대해 무엇인가를 말하기 마련이다.

(4) 수신자 범위의 보편성

담론은 누구에겐가 건네지는 말이다. 언어체계는 누구에게 건네지는 것이 아니다. 그것은 의사소통의 토대이다. 그러나 담론이 그것의 상황에 함께 존재하는 상대방에게 말해지는 것과 모든 글쓰기의 경우와 같이 담화가 읽을 줄 아는 모든 사람에게 말해지는 것은 전혀 다른 문제이다. 글쓰기에서는 대화관계의 협소함이 폭발한다. 글로 씌어진 것은 단순히 당신에게 말해지는 것이 아니라 스스로 창출되는 청중에게 말해진다. 이것은 글쓰기의 정신성을 표현하는 것이며, 글쓰기가 담론에 부여하는 소외와 물질성을 주고 얻은 대가라고 할 수 있다. 글을 읽을 줄 아는 사람이면 누구나 글로 씌어진 것의 대화 상대가 된다. 사건의 순간적 특성, 저자가 사는 한정된 범위, 그리고 실물 지칭적 지시의 협소함에서 탈출하는 과정에서 텍스트라는 담론은 얼굴을 마주보는 성질의 한계를 탈출한다. 텍스트는 이제 눈에 보이는 청중을 가지고 있지 않다. 미지의 독자, 눈에 보이지 않는 독자가 특혜 없는 수신자가 되는 것이다.

3) 텍스트의 해석 : 이해와 설명의 변증법

의미와 의도의 분리 현상이 설명과 이해의 변증법을 발생시키는 하나의 절대적으로 고유한 상황을 만들어낸다. 만약 객관적 의미가 저자의 주관적 의도가 아닌 다른 어떤 것이라면, 그것은 여러 가지 방법으로 해석될 수 있다. 이제 텍스트에 대한 올바른 이해의 문제는 단순히 저자의 의도에 돌아감으로써 해결될 수는 없다.

텍스트의 해석은 필연적으로 과정의 형식을 취하게 된다. 텍스트의 의미는 텍스트를 바로 그 텍스트이게 만드는 필연적인 형식이다. 해석 작용은 텍스트의 부분들을 뜯어 읽는 데 그칠 수 없고, 의식의 내부에 있는 작품의 모상들을 반복해서 곱새겨 가며 수행되어야 한다. 그러한 반복의 과정에서 추측하기와 증명하기의 변증법이 등장하고, 이는 이해와 설명 사이에 작동하는 변증법의 한 모습을 이룬다.

텍스트의 의미와 관련하여 왜 우리에게 추측의 기술이 필요하며, 왜 우리는 의미를 해석해야 하는가? 텍스트는 모두 동등한 자격을 가지고 따로따로 이해될 수 있는 문장들의 단순한 열거가 아니기 때문에 해석되어야 한다. 텍스트는 하나의 총체적 체계이다. 전체와 부분의 관계는 항상 어떤 종류의 특성한 판단을 요구한다. 전체에 대한 전제가 부분의 인식에 함의되어 있다는 점에서, 텍스트를 하나의 전체로 재구성하는 것은 순환론적 성격을 지니고 있다. 그리고 반대로, 전체를 해석하려면 자세한 부분들을 해석해야 한다. 중요한 것과 중요하지 않은 것에 대해서, 본질적인 것과 비본질적인 것에 대해서 필연성이 없고 증거가 없다. 중요성의 판단은 추측이나.

　해석의 문제가 존재하는 것은 저자의 심리적 경험의 의사전달의 어려움 때문이라기보다는 텍스트의 언어적 의도의 본질 때문이다. 텍스트는 단순히 문장들의 직선적 연결이 아니다. 그것은 축적이며 전체이고 동적 체계이다. 텍스트의 이 특정 구조는 문장의 구조에서 도출될 수 없다. 그러므로 텍스트로서의 텍스트의 속성인 다중의 의미는 일상 언어의 개별 단어들의 다의성이나 개별문장들의 모호성과 다른 것이다. 이 다중의 의미는 전체로서 고려되는 텍스트의 전형적 특징으로서 그것은 다중의 읽기와 다중의 해석에 열려 있다.

　다중의 읽기와 해석에 열려 있다는 텍스트의 속성으로 인해 텍스트에 대한 중요한 판단인 추측의 타당성을 시험하는 검증의 문제가 야기된다. 그것은 경험적 증명의 논리보다는 확률의 논리에 더 가깝다. 이미 알고 있는 것에 비추어 하나의 해석이 비교 우위의 개연성을 가지고 있음을 보여주는 것은 하나의 결론이 옳다는 것을 보여주는 것과는 다르다. 이런 의미에서 검증은 증명이 아니다. 검증은 법 해석의 재판절차에 비교될 수 있는 논쟁 과학이다. 그것은 불확실성의 논리이고 질적 확률의 논리이다. 검증 절차의 속성에는 반증의 역할을 하는 요소가 개입되는데, 그것은 경쟁적 해석들 사이의 충돌이다. 한 해석은 개연성이 있어야 할 뿐 아니라 다른 해석보다 더 큰 개연성이 있어야 한다. 텍스트는 가능한 해석들의 제한된 장(場)이다. 검증의 논리학은 우리에게 독단과 회의의 두 극단 사이를 이동하는 것을 허용한다. 어떤 해석에 반대하거나 찬성하는 것, 해석들을 대립시키는 것, 양자 사이를 중재하는 것이 가능하며, 비록 그것이 우리 손이 닿지 않는 곳에 있다고 할지라도, 의견일치를 구하는 것은 항상 가능하다.

하나의 텍스트의 의미가 몇 가지 다른 방식으로 해석될 수 있다는 이 방법론적 당혹성은 그 대상의 본질 자체를 근거로 한다. 문학연구자가 독단과 회의 사이에서 방황한다고 해서 비난받아야 할 이유는 없다. 텍스트의 해석의 논리학이 제시하는 바와 같이 '특정한 다중의 의미'가 인간이 속해 살아가는 세계의 구조 속에 전제되어 있기 때문이다.

2 작품론과 텍스트 해석
:심층의미의 이해

1. 김수영의 「풀」

1) 문제 제기

이 글의 목적은 김수영의 시 「풀」을 새롭게 검토하려는 데 있다. 「풀」에 대한 기존의 해석들을 참조하면서 그것들과는 다른 해석을 제시하고자 하며, 「풀」이 김수영의 전체 시세계에서 차지하는 위치에 대해서도 나름의 새로운 생각을 개진하고자 한다.

이미 잘 알려진 바와 같이 1968년 6월 16일에 불의의 사고로 유명(幽明)을 달리하기까지 김수영이 세상에 남긴 작품들 가운데 「풀」(1968. 5. 29)은 그의 마지막 작품이다. 대개의 경우 마지막 작품이라고 해서 그것이 한 시인의 최고작이나 대표작으로 평가되는 것은 아니다. 그런데 김수영의 경우에 「풀」은 독자들에게 가장 널리 알려져 있다는 의미에서 그의 대표작이 되었고,[1] 많은 연구자들에게는 그의 최고작으로 평가되고 있다. 거기에는 나름의 이유가 있겠으나 그것이 작품 자체를 이해하고 평가하는 데 결정적으로 중요한 단서가 되지는 않을 것이다. 우리에게 문제는 작품 자체에 대한 이해와 평가이다. 우리의 문제를 풀어가는 과정에서 「풀」이 독자들에게 가장 인지도가 높은 대표작이라는 사실은 그렇게 중요한 고려의 대상이 되지 못한다. 작품 외적인 요인이 한 작품을 그 시인의 대표작으로 만들 수도 있기 때문이다. 그러나 「풀」이 김수영의 최고작으로 평가된다는 사실은 소홀하게 다루어질 사안이 아니다. 한 시인의 최고작은 어디까지나 작품 그 자체에 대한 해석과 평가를 근거로 선정되어야 하기 때문이다.

「풀」이 김수영의 작품들 가운데 그 완성도 가장 높은, 그의 문학의 극점이라는 평가에는 많은 연구자들이 동의한다.[2] 이 글의 관점 역시 그 견해를 수용한다. 그런데 「풀」이 김수영의 대표작이자 최고작이라는 평가의 타당성을 증명하기 위해서는 적어도 다음과 같은 사항들에 대한 해명이 수반되어야 한다. 첫째, 「풀」에 관한 유일의 해석일 수는 없겠으나, 작품 자체에 근거하여 누구나 수긍할 만한 해석의 의미체가 어떤 형태로든 구체적으로 제시되어야 한다.[3] 둘째, 「풀」이 어째서 완성도가 높은 작품인가에 대한 구체적인 설명이 제시되어야 한다.

---

1) 김수영의 「풀」은 현재 7종의 고등학교 문학교과서에 실려 있다. 아래의 책 참조.
　　이남호, 『교과서에 실린 문학작품을 어떻게 가르칠 것인가』(현대문학, 2001), p.186.
2) 김종철, 김주연, 김준오, 김현, 김혜순, 서준섭, 오규원, 이시영, 정과리, 정현종, 황동규 등의 시인과 평론가 이외에도 많은 연구자들이, 「풀」이 김수영의 대표작이자 최고작이라는 사실에 동의한다.
3) 「풀」과 관련하여 "내적 자유에 이른 공간"(정현종), "민중을 감춘 실존적 상징의 의미"(김준오), "정신편력의 한 극점"(김현), "김수영 생애의 한 귀결이었으며 동시에 새로운 삶을 위한 절대적 긴장"(정과리) 등과 같이 다소 모호하고 추상적인 개념 규정의 사례는 많지만, 구체적인 작품 해석을 제시한 사례는 드물다.

셋째, 김수영의 다른 작품들과 비교하여 어째서 「풀」이 더 나은 작품인가에 대한 판단의 근거가 제시되어야 한다. 「풀」과 연관된 논의들을 검토한 결과, 이상에서 제시한 세 가지 사항들 가운데 어느 하나를 부분적으로 다룬 논의는 많았으나 그것들 모두를 함께 고려한 논의는 거의 없었다고 판단된다. 본문에서는 기존의 논의들을 참조하면서 그 세 문제들에 대해 검토함으로써 이 글의 목적을 달성하고자 한다.

2) 「풀」에 관한 해석의 갈등

본고의 이 부분에서는 「풀」에 관한 나름의 새로운 해석을 제시하기 전에 기존의 해석들을 먼저 살펴보고자 한다. 아래에서 보는 바와 같이 「풀」은 김수영의 작품들 가운데에서는 비교적 짧고 단순한 형태로 되어 있다.

풀이 눕는다.
비를 몰아오는 동풍에 나부껴
풀은 눕고
드디어 울었다
날이 흐려서 더 울다가
다시 누웠다

풀이 눕는다
바람보다도 더 빨리 눕는다

바람보다도 더 빨리 울고

바람보다도 먼저 일어난다

날이 흐리고 풀이 눕는다

발목까지

발밑까지 눕는다

바람보다 늦게 누워도

바람보다 먼저 일어나고

바람보다 늦게 울어도

바람보다 먼저 웃는다

날이 흐리고 풀뿌리가 눕는다

—「풀」 전문

「풀」에 관한 해석들 가운데 가장 널리 알려져 있는 것은, '풀'과 '바람'을 각각 민중과 억압세력으로 보는 우의적(寓意的) 해석이다.[4] 그와 같은 우의적 해석에는 나름의 근거가 있다. 대개의 경우 우의(寓意)의 맥락은 뜻 접침의 구조로 되어 있으며, 그 구조는 〈a가 b와 맺는 관계는 c와 d가 맺는 관계와 같다〉는 유비관계를 바탕으로 한다. 「풀」에 관한 우의적 해석의 중추는, 작품에서 풀과 바람이 맺는 관계는 현실에서 민중과 억압세력이 맺는 관계와 같다는 것이다. 이 유비

---

4) 「풀」에 관한 우의적 해석은 흔히 '민중론자'들의 견해로 알려져 있다. 그러나 누가 언제 어떤 지면을 통해 그러한 의견을 개진했는지에 대해서는 구체적으로 밝혀진 바가 없다. 그럼에도 그 해석은 「풀」을 게재한 고등학교 문학교과서들이 모두 채택하고 있을 만큼 작품에 관한 유효한 통찰로서 폭넓게 수용되고 있다.

관계의 단서는 "비를 몰아오는 동풍에 나부껴/풀은 눕고/드디어 울었다/날이 흐려서 더 울다가/다시 누웠다"라는 대목이다. 그 우의적 해석은, 그 대목에서 풀이 눕는 것은 바람에 의해서 풀이 땅으로 기울어지는 모습을 묘사한 것으로, 풀이 우는 것은 바람이 세차게 불 때 풀이 땅으로 심하게 기울었다가 또 조금 일어서면서 마구 흔들리기도 하는 모습을 묘사한 것으로, 그리고 비바람이 불고 있으며 날이 흐리다는 것은 풀이 처한 상황의 암울함을 묘사한 것으로 본다. 따라서 「풀」의 1연은 비바람에 휩쓸려 풀이 마구 흔들리다가 땅으로 휘어지곤 하는 모습을 묘사한 것이 된다.

'비를 몰아오는 바람'을 뜻하는 '비바람'은 대체로 강한 느낌을 주며, '시련'이나 '역경'과 같은 것을 연상시킨다. 눕는 동작은 일어나는 동작에 비해 상대적으로 수동적인 느낌을 주며, '패배'나 '좌절'과 같은 것을 연상시키기도 한다. 흐린 날씨는 맑은 날씨에 비해 상대적으로 어둡고 슬픈 느낌을 주며, '불행'이나 '시련'이 지속되는 상황을 연상시킨다. 「풀」의 우의적 해석은 이상과 같은 사실들에 근거하여 '풀'과 '바람'의 관계를 '민중'과 '억압세력'으로 설정한 다음, 작품에서 풀이 눕는 동작이 일어나는 동작보다 더 많이 반복됨에도 불구하고 오히려 일어나는 동작이 더 강하게 느껴지는 점에 주목한다. 그 해석에 따르면, 「풀」은 어떤 억압세력에도 굴복하지 않는 끈질긴 생명력의 존재인 민중에 대한 깊은 이해를 보여주며, 민중과 억압세력의 관계를 보다 구체적으로 보다 실제적으로 또 보다 설득력 있게 말해주는 작품이 된다. 또한 「풀」이 하나의 예술작품으로서 높은 수준에 이르렀다고 평가할 수 있는 이유는, 민중을 무조건 긍정하지 않고 그 부정적 속성까지도 포용하면서 긍정하기 때문이라는 것이다. 다시 말해 억압세력에 짓눌려 늘 고통을 당하고 늘 좌절하며, 억압하기도 전에 먼저 비굴해지기도 하고 먼저 겁먹기도 하고 또 허약하기도 하지만, 긴 시간을 두고 전체적으로 보면 그러면서도 늘 삶을 이어갈 뿐만 아니라 때로는 억압세력을 압도하기도 하는 민중의 모습을 바람에 흔들리는 풀의 모습에 대한 섬세하고도 구체적인 형상화를 통해 성공적으로 제시하기 때문이라는 것이다.[5]

　이상에서 살펴본 우의적 해석은 작품에 관한 비교적 분명한 의미체(意味體)를 제시하며, 나름의 타당한 근거를 확고하게 갖추고 있는 것처럼 보인다. 그러나 작품을 곰곰이 살펴보면 그 해석에는 많은 무리가 있다는 것을 알게 된다. 무엇보다 먼저 "비를 몰아오는 동풍"을 곧바로 '비바람'으로 치환하여 이해하는 문제를 보자. '비바람'이란 낱말의 뜻이 '비를 몰아오면서 부는 바람'이니 문제될 것이 전혀 없어 보이기도 하지만, 그렇게 이해하면 "비를 몰아오는 동풍"의 뜻이 지나치게 일방적으로 고정되어 버린다. 동풍(東風)의 글자 그대로의 뜻은 동쪽에서 불어오는 바람이지만, '동풍삭임에 돌아온 제비'라거나 '동풍신연(東風新燕)'이라는 구절에서도 확인되듯 그것은 봄바람을 가리킨다. 봄에 곡식이 자라는 데 필수적인 지양분이 되는 비를 몰아오는 바람이라고 하여 곡풍(谷風)이라고도 불리는 것이 바로 동풍이다.[6] '東風細雨에 듯듯나니 桃花로다'라는 고시조의 일절에 나오는 '東風

細雨'처럼, "비를 몰아오는 동풍"은 '비바람'의 거세고 황량한 느낌보다는 오히려 부드럽고 풍요로운 느낌을 준다. '나부끼다'라는 낱말의 뜻 역시 '연기나 안개, 또는 얇은 천이나 종이, 머리카락 따위가 흔들려 날리듯이 움직이다, 또는 그렇게 하다'이다. 산자락에 나부끼어 흐르는 안개, 바람에 나부끼는 소녀의 단발머리, 하늘하늘 나부끼는 옷고름 등의 모습은 거세고 빠른 움직임보다는 부드럽고 느린 움직임을 연상시킨다. 약한 바람이라고 하더라도 풀이 땅에 닿을 정도로 나부끼게 할 수 있음은 물론이다. 그러나 풀의 움직임이 그처럼 크다고 해도 '바람에 휩쓸리는 움직임'과 '바람에 나부끼는 움직임'이 주는 각각의 느낌에는 큰 차이가 있다. 이와 같이 '동풍'과 '나부끼다'라는 낱말의 뜻 자체에 주목하게 되면, 「풀」의 1연이 바람에 휩쓸려 풀이 마구 흔들리다가 땅으로 휘어지곤 하는 모습을 묘사한 것이라는 해석에 의문을 품게 되고, 차라리 다음과 같은 독서 반응에 공감하게 된다.

이 시를 읽으면 우선 풀, 비, 바람이 상기하는 신선함과 습기에 찬 초록빛 등이 떠오른다. 따뜻함보다는 시원한 냉기, 정적인 풍경보다는 나부끼는 풀의 부드러운 움직임, 소리 없음 속의 흐릿한 어두움, 살아 움직임들을 감지하게 된다. 그리고는 대조되는 동사들, 반복의 기법, 리듬과 운 등에 맞추어 읽어나가다가 오히려 통사적인 의미파악을 놓치게 된다.[7]

'바람'과 '풀'의 관계와 '억압 세력'과 '민중'의 관계를 유비관계로

---

7) 이은정, 「상반된 해석」, 김승희 편, 『김수영 다시 읽기』(프레스21, 2000), pp.421~422.

파악한 우의적 해석은 위와 같은 자연스러운 독서 반응을 배제한 결과이다. 그럼에도 그 해석은 「풀」에서 한 가지 중요한 핵심을 지적하고 있다. 그것은 작품에서 '풀'이 갖추게 된 어떤 '힘'이다. 「풀」이라는 예술작품에는 바람에 나부끼는 풀의 모습에 대한 세심한 관찰을 통해 발견한 어떤 '힘'에 대한 깊은 통찰이 들어 있다. 「풀」에 관한 우의적 해석에서는 그 힘을 '민중의 끈질긴 생명력'이라고 보았다. 그 해석의 결정적인 문제점은 바로 그 점이다. 우의적 해석은 「풀」에 내재한 힘의 문제를 포착하긴 하였지만 성급하게도 그것을 일방적으로 민중과 연결시켰다. 그 해석은 작품에서 구축된 '힘'의 성격에 대해 좀더 깊게 고민해 보아야 했다. 작품의 구조 속에 구축된 풀의 힘이 민중의 그것일 수도 있음은 물론이다. 그러나 적어도 그 힘은, 이 글이 제시하는 해석의 의미체를 통해 확인되겠지만, '끈질긴 생명력'의 수준을 넘어선 어떤 것이다.[8]

「풀」에 관한 우의적 해석과는 달리 작품 해석에 '민중'과 '억압세력'의 대립관계를 이끌어 들이지 않는 관점도 있다. 대표적인 것이 황동규의 견해이다. 그는, 바람이 불지 않으면 움직일 수 없는 풀이 바람이 불지 않는데도 움직인다는 모순율이 모순으로 느껴지지 않게 되는 상태에 이르는 과정을 보여줌으로써, 생의 깊이와 연관된 어떤 감동을 맛보게 하는 시가 바로 「풀」이라고 주장한다.[9] 구체적인 분석의 절차 없이 시인 특유의 직관만으로 포착해낸 까닭에 지나치게 맹목적

---

8) 억압 세력과 민중의 관계로 바람과 풀의 관계를 해명하려 해도 문맥의 아귀가 잘 맞아떨어지지 않는 이유도 실제로 작품에 내재된 힘에 관한 사상 내용의 수준이 '민중의 끈질긴 생명력'의 수준을 넘어서기 때문이다.

9) 황동규, 「시의 소리」, 『사랑의 뿌리』(문학과지성사, 1978), pp.156~157.

이라는 흠은 있지만, 황동규의 견해는 작품의 진리내용과 관련하여 결코 무시할 수 없는 통찰을 보여주며, 실제로 분석의 절차를 추가한 여러 해석의 이형(異形)들을 가능하게 하였다. 그러나 그의 견해는 '모순율이 모순으로 느껴지지 않게 되는 상태'와 '생의 깊이와 관련된 어떤 감동'을 매개할 수 있는 구체적인 분석의 절차와 해석의 내용을 결여하고 있어서 객관적으로 수긍할 만한 해석의 의미체로 받아들이기에는 지나치게 추상적이고 모호하다.

김현은, 황동규의 견해가 "풀을 단순한 상징, 알레고리의 상태에 떨어진 상징으로 보게 하는 대신에, 삶에 대한 여러 형태의 접근을 가능케 하는, 여러 양태의 상징적 해석을 가능케 하는 상징동력으로 이해케" 함으로써 「풀」에 대한 인식의 진전을 가져왔다고 평가하면서, 그 나름으로 작품 안에서 풀이 움직이는 것을 함께 느끼는 사람의 존재를 찾아낸다.[10] 「풀」의 3연에 나오는 "발목까지/발밑까지 눕는다"라는 구절에서 '발목'과 '발밑'의 주인은 바로 풀밭 속에서 서 있는 누군가라는 것이다.[11] 그와 같이 「풀」에서 김현이 강조하는 것은 '풀밭에 서 있는 사람의 체험'이다. 그 체험이란 '풀의 눕고 울음을 풀의 일어남과 웃음으로 인식하고, 날이 흐리고 풀이 누워도 울지 않을 수 있게 된 것'이다. 그런데 김현의 해석에는 그 누군가가 풀의 눕고 울음을 어째서 풀의 일어남과 웃음으로 인식하게 된 것인지에 대한 설명이

---

10) 김현, 「웃음의 체험」, 황동규 편, 『김수영의 문학』(민음사, 1983), pp.209~211.
11) 김현의 주장과는 달리 그 구절에 나오는 '발목'과 '발밑'의 주인을 풀로 볼 수도 있을 것이다. 하지만 작품에서 풀이 의인화되어 있다고 해도 '발목'과 '발밑'의 주인을 풀로 보는 것은 자연스럽지 못하다. 사람이 눕는 동작을 묘사할 때 그것이 그 어떤 모양의 것이든 '발목까지, 발밑까지 눕는다'고 한다면 자연스럽지도 적절하지도 않은 표현이 될 것이기 때문이다.

구체적으로 제시되어 있지 않다. "「풀」은 그의 정신 편력의 한 극점일 것이다"[12]라는 김현의 논문의 마지막 문장이 공허하게 느껴지는 것도 그와 같은 설명의 불충분함 때문일 것이다.

김혜순은 「풀」에서 '풀'은 바람이나 시간과 상관이 없는 "자의적 존재"이며, "스스로 변화(獨化)"하는 자유로운 존재라고 주장한다.[13] 그에 따르면, 「풀」은 "스스로의 변화성(눕고, 일어나고, 울고, 웃는)으로 타물(바람)에 의존치 않고 그 존재를 성립시킨 존재자의 모습을 구현한 작품이다."[14] 김혜순은 '바람'을 축으로 하여 시간을 '선행 시간'과 '후행 시간'으로 단순하게 나눈 다음, 두 종류의 시간대에 풀의 움직임의 양태들을 배치해 봄으로써 타율적인 것에서 자율적인 것으로 화하는 풀의 움직임의 자화(自化) 과정을 포착해냈다. '풀의 움직임의 자화 과정'이라는 김혜순의 해석의 결론은 주목할 만하나, 그 결론에 도달하기까지 논증 과정은 객관적인 수긍을 불러내기에는 단순하고 불충분하다.

3) 「풀」의 의미

앞 절에서는 「풀」에 관한 기존의 해석들을 검토하면서 그것들의 문제점들을 살펴보았다. 여기서는 기존의 해석들이 지닌 문제점을 참작하면서 나름의 새로운 해석을 시도해 보겠다.

---

12) 김　현, 앞의 글, 같은 책, p.212.
13) 김혜순, 「문학적 『장자』와 김수영의 시 담론 비교 연구」, 김승희 편, 앞의 책, p.189.
14) 김혜순, 앞의 글, 같은 책, p.190.

　김수영의 시 「풀」은, 풀과 비와 날과 바람이라는 네 개의 명사가 '나부낀다' '눕는다' '일어난다' '운다' '웃는다'라는 다섯 개의 동사 그리고 '흐리다'라는 한 개의 형용사와 엇걸리는 관계가 단순하게 반복되는 형태로 되어 있다. 그러나 '바람'과 '동풍', '풀'과 '풀뿌리'와 같은 유의어들을 사용하고, '드디어' '다시' '빨리' '먼저' '늦게' 등의 부사와 '까지' '보다' 등의 토를 다양하게 활용함으로써 '풀'의 움직임이 단순한 반복 이상의 어떤 의미를 지니고 있는 듯한 인상을 주고 있다. 따라서 「풀」의 해석은 바로 그와 같은 '단순한 반복 이상의 어떤 의미'에 대한 해석이 중심 내용이 된다.

　일반적으로 「풀」의 해석에서 제일 먼저 시도되는 것은 '바람'과 '풀'의 관계에 대한 이해이며, 대부분의 경우 양자의 관계를 대립관계로 파악한다. 대립은 '서로 반대되거나 모순됨, 또는 그런 관계'나 '서로 맞서거나 버팀, 또는 그런 관계'를 가리킨다. 풀과 바람의 관계를 그와 같은 뜻의 대립관계로 파악하는 것은 "비를 몰아오는 동풍"을 '비바람'으로 번역하여 이해하기 때문이다. '비바람'이 연상시키는 역경과 시련의 심상은 동시에 풀을 그러한 상황 속에서 고통을 당하고 있는 연약한 존재자의 심상으로 받아들이게 한다. 그와 같이 연약한 존재자인 풀에 고통을 주는 거세고 강한 '비바람'은 도덕적으로 악한 존재자의 심상이 되고, 그처럼 악한 존재자인 '비바람'에 의해 고통을 당하는 '풀'은 도덕적으로 선한 존재자의 심상이 된다. '풀' 그 자체가 도덕적으로 선한 존재자는 아니지만 도덕적으로 악한 존재자의 심상이 된 '바람'에 의해 고통을 받기 때문에 도덕적으로 선한 존재자의 심상이 되었다. '바람'은 거세고 강하기 때문에 부정적이고 악한 존재자의 심상이 되고, '풀'은 여리고 약하기 때문에 긍정적이고 선한 존재자의 심상이 된 것이다. 「풀」에 관한 우의적 해석이 개입되는 것도 바로 이 지점이다. 강하지만 부정적이고 도덕적으로 악한 '바람'은 '억압 세력'이 되고, 약하지만 긍정적이고 도덕적으로 선한 '풀'은 '민중'이 되는 것이다. 그러나 풀과 바람의 관계를 민중과 억압세력의 대립관계로 보는 '우의적 해석'은 풀과 바람에 관한 편견과 선입견에 근거하고 있다. 앞 절의 논의 과정에서도 지적되었듯이, "비를 몰아오는 동풍"을 시련과 역경을 연상시키는 '비바람'으로 바꾸어 읽어야 하는 근거를 작품 자체의 그 어디에서도 발견할 수 없다. 동풍은 곡식과 식물들에게 자양분을 가져다 주는 비를 몰아오는 봄바람이기 때문이며, 그와 같은 봄바람을 생태학의 차원에서 풀이 마다할 이유가 없기 때문이다. 결과적으로 풀과 바람의 관계를 부정과 맞섬을 내용으로 하는 대립 관계로 볼 수 없다. 작품에서 바람은 풀을 부정하지 않으며 풀은 바람에 맞서지도 않는다. 풀은 바람에 나부끼지만, 풀을 나부끼게 하는 바람 또한 울고 웃고 눕고 일어나는 행동을 풀과 함께 반복한다. 풀은 바람보다 늦게 울고 늦게 눕기도 하고 바람보다 먼저 웃고 먼저 일어나기도 한다. 풀과 바람은 관계를 맺고 있지만 그것은 결코 대립관계는 아니다. 풀과 바람이 맺는 관계의 매개요인은 풀의 움직임인데, 풀은 바람에 나부끼는 존재이고 바람은 풀을 나부끼게 하는 존재이다. 비를 몰아오는 동풍에 나부끼는 풀의 움직임은 풀의 생태에 긍정적인 것이므로 풀을 움직이게 하는 바람은 풀에게 결코 부정적인 존재는 아니다. 풀의 움직임을 매개로 한 풀과 바람의 관계는 수동과 능동의 관계일 뿐이다. 바람은 타자(풀)를 움직이

게 하는 힘을 가지고 있고, 자신의 생태에 긍정적인 움직임을 타자의
도움을 받아야만 수행할 수 있는 풀은 그러한 힘을 가지고 있지 못할
뿐이다. 바람은 풀을 억압하지 않는다. 바람이 부는 것은 자연의 이치
이다. 풀 역시 바람을 원망하지 않는다. 풀이 바람에 나부끼는 것 역
시 자연의 이치이기 때문이다. 바람과 풀은 대립하지 않는다. 풀에 비
해 바람은 상대적으로 풀을 움직이게 하는 능력을 가지고 있지만, 그
능력이 도덕적으로 악한 것은 결코 아니다. 풀의 움직임은 능동적
(active)인 움직임이 아니다. 바람의 움직임에 반응하는(reactive) 움직
임이다. 바람에 비해서 풀은 능동적인 힘(능력)을 가지고 있지 못하지
만, 그러한 능력의 부재가 풀을 도덕적으로 선하게 만들어 주는 것은
아니다. 그런데 풀이 스스로 움직이지 못한다는 사실은 자연의 본질
론적 숙명이다. 문제는 그 숙명을 받아들이느냐 받아들이지 않느냐
하는 것이다. 김수영의 시「풀」에서 주목되어야 하는 것은 바로 풀의
그와 같은 능력의 문제이다.

　이상에서 살펴본 것과 같이 풀과 바람의 관계를 부정과 대립의 관
계로 볼 수는 없지만, 그렇다고 작품에 대립과 부정과 모순의 계기가
전혀 없는 것은 아니다. 언뜻 보아 작품에서 대립을 보이는 것은 '눕
고/일어나고'와 '울고/웃는'에서 확인되는 움직임의 양태들이다. 그
러나 그 양태들이 서로 부정적이고 적대적인 모습을 보이지는 않는
다. 그것들을 대립으로 보는 것은 전체적인 맥락을 고려하지 않고 각
각의 양태들을 고립된 개별 요소로만 보기 때문이다. 눕고 일어나는
움직임의 모습과 울고 웃는 감정의 상태는 상호 결합되어야만 전체적
으로 온전하고 자연스럽게 된다.[15] 사실 '눕고/일어나고'와 '울고/웃

는'에서 확인되는 움직임과 감정의 양태는 풀과 바람의 관계에서 볼 수 있는 것과 같은 수동과 능동의 그것이다. 그런데 이 작품에는 이제까지 별로 주목된 적이 없는 대립관계를 보여주는 요소가 있다. 그것은 '나부끼다'와 '눕다/일어나다/울다/웃다' 사이의 대립이다. 이들 다섯 개의 동사는 모두 풀과 연관된 묘사라는 점에서는 동일하다. 차이점은, '나부끼다'가 사실적인 묘사인 반면에 그 밖의 다른 것들은 의인화를 통한 비유적 묘사라는 것이다. 「풀」의 분석에서 이 새로운 대립항에 대한 주목은 매우 중요하다. 왜냐하면 '눕고/일어나고'와 '울고/웃는'에서 보는 것과 같은 개별 요소들 사이의 의미상의 대립이 보다 심층적인 대립구도(풀의 타율적인 움직임과 자율적인 움직임의 대립) 속에서 완화되기 때문이다. '눕다, 일어나다, 울다, 웃다'라는 각각의 동작은, 그것들의 의미상의 차이 자체가 무화되는 것은 아니지만, 적어도 상호 부정적인 차원의 대립에서는 벗어나게 되는 것이다. 풀은 바람에 나부끼지만, 풀을 나부끼게 하는 바람 또한 울고 웃고 눕고 일어나는 행동을 풀과 함께 반복한다. 풀은 바람보다 늦게 울고 늦게 눕기도 하고 바람보다 먼저 웃고 먼저 일어나기도 한다. 현실 세계에서 풀의 움직임은 바람에 의한 타율적인 것이지만, 작품의 가상 세계에서 풀의 움직임은 자율적인 것으로 바뀐다. 그것은 「풀」이라는 예술작품에서 구축된 하나의 사건이다. 그리고 작품의 구조, 다시 말

---

15) '눕는다'와 '일어난다'의 경우는 풀의 움직임을 의인화해서 묘사한 것이라고 볼 수 있는데, 과연 '웃는다'와 '운다' 역시 풀의 어떤 움직임을 의인화한 것인지에 대해서는 논란의 여지가 있다. '웃는다'와 '울다'를 풀의 움직임으로 보게 되면 그것을 현실 속에서 관찰 가능한 풀의 움직임으로 번역하기 위해 확대해석을 하게 될 위험이 있다. 사실 '웃는다'와 '운다'는 의인화된 풀이 부단한 움직임 속에서 느끼는 감정의 양태로 보아도 무방할 것이다.

해 언어들의 짜임관계는 풀의 자율적 움직임이라는 놀라운 사건을 당연하고 필연적인 것으로 받아들이게 한다.

풀밭에 서서 풀의 움직임과 관련한 어떤 체험을 발화하고 있는 인물의 존재, 그리고 작품의 보다 심층적인 대립항인 풀의 '타율적인 움직임'(나부끼다)과 '자율적인 움직임'에 근거할 때 우리는 작품에서 또 하나의 심층 대립항을 찾아낼 수 있다. 그것은 바로 '사실'(풀의 타율적인 움직임)과 '환상'(풀의 자율적인 움직임)의 대립이다.[16] 작품에서 한 인물은 풀이 바람에 나부끼는 모습을 보고 있다. 그런데 그 순간 사실의 관찰에서 촉발된 환상, 즉 바람 없이도 풀이 스스로 움직이는 것 같은 환상을 체험하고 그 인물은 그것에 대해 말한다. 작품에서 '풀이 눕는다'는 화자의 언표는 풀의 자율적인 움직임의 모습을 진술한 것이지만 그 언표를 발화하는 화자의 발화행위는 언표가 지시하는 내용을 하나의 사건으로 확정해 놓으려는 선언의 행위이기도 하다. "풀이 눕는다"는 언표를 우리는 '풀이 눕는다(스스로 움직인다)고 이로써 단언한다'라는 심층 구조의 문맥으로 변형시킬 수가 있는데, 의인법을 적용한 언표와 그것의 부단한 반복은 하나의 환상을 구체적인 사건으로 승화시키게 되는 것이다.[17] 이 작품의 구성적 계기로 수용된 것들, 즉 '풀', '바람', '흐린 날', '비', 그리고 '눕다, 울다, 일어나다, 웃다'의 동사가 연상시키는 무수한 배경과 움직임과 감정의 양태

---

16) 강웅식, 「언어의 윤리와 시의 완성」, 『텍스트에서 경험으로』(새미, 2003), pp.86~101.
17) 여기서 '풀이 눕는다'라는 문장 자체를 이미 스스로 움직일 수 있게 된 풀의 움직임에 대한 묘사로 보는 이이유는 제2연에서 화자가 "바람보다도 더 빨리 눕는다"라고 말하기 때문이다. 작품에서 풀은 이미 스스로 움직이게 된 풀이다. 제1연에서 풀이 우는 것은 기쁜 감정의 표현이다. 너무 기쁠 때 우리는 울기도 한다.

들은 모두 현실의 것들이지만, 환상을 매개로 하여 작품 자체 안에서 특유한 짜임관계를 갖게 되자 그것들은 현실의 경험 세계에서와는 다른 위치를 갖게 되고 그 의미가 조금씩 변하게 된다. 움직임을 중심으로 한 바람과 풀의 관계를 '더 빨리', '먼저', '늦게' 등의 부사를 통해 교란시키고 있는 것에서도 볼 수 있듯이, 작품에서 현실의 공간이나 시간이 완전히 무시되는 것은 아니기에 그것의 힘이 근본적으로 부정되는 것도 아니다. 그러나 놀랍게도 그 구속성은 사라지게 된다. 동일한 문장형태의 반복이나 운율과 같은 비의미적 언어조직을 통하여 시간이 압축되고, 풀이 바람에 나부끼는 모습에서 비롯한 풀의 자율적인 움직임이라는 영상을 통하여 공간이 겹쳐짐으로써 이제까지 존재하지 않았던 어떤 것이 제시되는 것이다.

그런데 만일 "날이 흐리고 풀뿌리가 눕는다"라는 형태의 결구 없이 사실에서 비롯한 환상의 반복으로 단순하게 끝을 맺었더라면, 「풀」은 이미 존재하는 것의 무력한 투사에 머물게 되고 말았을 것이며, 현재와 같은 강도를 결코 누리지 못했을 것이다. 그 문제의 구절에서 암시되는 풀의 움직임은 현실의 그 어떠한 움직임의 형상과도 교환이 성립되지 않는 것이다. 풀뿌리의 움직임이란 현실의 경험세계에서는 가시적으로는 경험할 수 없는 어떤 것이기 때문이다. 우리는 시인이 그 구절에 이르러 풀의 자율적인 움직임이라는 영상을 포기했다고는 볼 수 없다. 가시적인 어떤 것과 직접 연결시킬 수는 없지만, 현실의 경험세계의 그것과는 교환이 되지 않는 어떤 움직임으로 나아감으로써 작품의 짜임관계 속에서 풀은 이 부분에 이르러 비로소 현실의 그것과는 다른 풀이 된다. 다시 말해 현실적인 생명체의 죽음을 통해 그 어떤 다른 것이 되는 것이다. 이와 함께 현실에서 풀이 바람에 나부끼는 사실에 대한 체험의 직접성이 사라지게 되고, 그러한 사실에서 비롯한 환상을 성립시킨 매개였던 바람의 구속력도 함께 사라지게 된다. 그리하여 「풀」은, 김수영 자신의 표현을 빌리면, "여지껏 없었던 세계가 펼쳐지는 충격"을 준다.[18]

작품에서 '눕는다'와 '운다'가 더 자주 나오지만, 작품의 분위기는 더 적게 나오는 '일어난다'와 '웃는다'에 의해 더 크게 영향을 받는다. '일어난다'의 능동적 움직임과 '웃는다'의 기쁜 감정은 풀의 능력을 부단히 증대시키고 심지어 '풀뿌리가 눕는다'라는 능동적 자기 촉발의 움직임으로 나아가게 한다.[19] 풀뿌리의 움직임은 바람의 영향과는 아무런 관계가 없는 철저한 자기 촉발의 움직임이기 때문이다. 이처럼 김수영의 시 「풀」은 '풀'이라는 존재의 능력의 극대화를 통한 기쁨과 긍정의 세계를 보여준다. 작품을 이해하기 위한 전제로서 풀을 민중이라고 보는 우의적 해석의 시각은 작품 자체의 문맥과 통하지 않는다. 그러나 「풀」에서 구축된, 작품의 구조에 의해 필연적이고 당연한 것으로 여겨지게 하는 풀의 자기촉발의 능력이야말로 '민중'이 지녀야 할 근원적인 힘이라고 말하는 것은 가능할 것이다.

---

18) 김수영, 「시여, 침을 뱉어라」, 『김수영 전집2 산문』(민음사, 2003), p.401.
19) 「풀」에서 구축된 자기 촉발의 힘은 '민중의 끈질긴 생명력'의 수준을 넘어선다. '끈질긴 생명력'이라는 말은 이미 수동성과 슬픈 감정을 전제하고 있다. 그것은 버틴다거나 견딘다는 느낌을 주기 때문이다. 그런 힘은 능동적(active) 힘이 아니라 반작용(reactive)의 힘이다.

4) 김수영 문학과 「풀」의 위치

앞 절에서 우리는 「풀」에 관한 나름의 해석을 제시하였다. 이 절에서는 서두에서 제기한 세 가지의 과제 가운데 나머지 두 가지에 대해 살펴보겠다.

간혹 지켜지지 않은 경우도 있었으나 김수영은 20여 년에 걸친 시작 기간 동안 평균 한 달 내지 두 달에 한 편 꼴로 작품을 발표하였다. 원고에 남긴 작품의 탈고일에 근거할 때, 그는 1968년에 모두 네 편의 작품을 썼다. 「성(性)」(1968. 1. 19), 「원효대사」(1968. 3. 1), 「의자가 많아서 걸린다」(1968. 4. 23), 「풀」(1968. 5. 29) 등이다. 이는 1968년에도 평소에 유지되던 작품 발표의 간격이 지켜졌음을 알 수 있다. 그런데 그 해에 발표된 다른 작품들과 비교할 때 「풀」은 매우 이질적인 작품이다. 김현의 지적처럼 「풀」은 "김수영적인 특성들, 자기성찰, 풍자, 야유, 탄식 자학 등의 지적인 요소들과 어울리지 않는다."[20] 김수영 문학이 폭로적인 자기분석에 근거하고 있다는 사실은 구체적인 작품들에서 쉽사리 확인된다. 60년대에 발표된 작품들에서 상대적으로 폭로와 노출의 경향이 강화되긴 하지만, 50년대에 발표된 작품들에서도 우리는 그러한 자기분석의 사례를 흔하게 발견할 수 있다. 60년대의 작품들처럼 일상생활의 구체적 세부를 노출하지는 않으나 50년대의 작품들 역시 분석 주체인 '나'가 등장하여 자신의 생활과 정신과 예술에 대해 반성한다. 50년대에 씌어진 작품들과 비교할 때 60년대

---

20) 김현, 앞의 글, 같은 책, p.206.

의 작품들에서 김수영은 자신의 구체적 일상을 분석 대상으로 삼으면서 거기에다 희극적인 상황을 부여한다. 「罪와 罰」(1963), 「강가에서」(1964), 「어느날 古宮을 나오면서」(1965), 「식모」(1966), 「엔카운터誌」(1966), 「電話이야기」(1966), 「도적」(1966), 「美濃印札紙」(1967), 「性」(1968), 「의자가 많아서 걸린다」(1968) 등 1960년대에 그가 쓴 작품들 대부분이 그러한 경향을 보여준다.

김수영의 전반적인 작품 성향과는 크게 대비되는 「풀」의 성격과 관련하여 한편에서는 김수영 문학의 진화 과정에서 그 작품이야말로 그가 정말로 쓰고 싶었던 작품이고 그 이후로도 지속적으로 쓰고자 했을 작품이라고 주장하는가 하면,[21] 다른 한편에서는 그 작품은 "행복한 시간의 우연"에 불과한 것이라고 주장하면서 그 이후로 그가 과연 그와 같은 작품을 지속적으로 추구했을 것인가에 대해서는 회의적인 입장을 보인다.[22] 미래는 함부로 예단할 수 없는 것이므로 그 이후로도 김수영이 그와 같은 시도를 하였을 것인지에 대해서는 파악할 수 없으나, 적어도 우리는 「풀」이 결코 그의 시의 진화 과정에서 돌발적으로 생겨난 '행복한 시간의 우연'이 아니라 점진적인 형성 과정의 필연적인 귀결이라 생각한다. 우리가 볼 때, 「풀」은 그 내용의 측면에서는 「토끼」(1949)와 「달나라의 장난」(1953)과 「폭포」(1957)를 잇는 '윤리적 주체'의 부단한 자기 형성 과정의 한 매듭점이며, 동시에 그 형태의 측면에서는 「눈」(1966. 1. 29)과 「꽃잎1」(1967. 5. 2)과 「꽃잎2」(1967. 5. 7)에서 집중적으로 시도된 '언어의 작용'과 연관된 실험 과

---

21) 황동규, 「정직의 공간」, 황동규 편, 앞의 책, pp.125~128.
22) 유종호, 「시의 자유와 관습의 굴레」, 황동규 편, 앞의 책, p.257.

정의 한 매듭점이기 때문이다.

"생후의 토끼가 살기 위하여서는/전쟁이나 나의 진실성 모양으로 서서 있어야 하였다/누가 서 있는 게 아니라/토끼가 서서 있어야 하였다"라고 노래한 「토끼」에서 주목되는 것은 "누가 서 있는 게 아니라 내가 서 있"고자 하는 주체의 의지이다. 주체의 그러한 의지라는 문제를 놓고 볼 때 「토끼」의 연장선상에 놓여 있는 「달나라 장난」(1953)의 화자는 아래에서 보는 것처럼 "스스로 도는 힘"에 대한 열망을 보여준다.

팽이가 돈다

팽이가 돌면서 나를 울린다

제트기 벽화 밑의 나보다도 더 뚱뚱한 주인 앞에서

나는 결코 울어야 할 사람은 아니며

영원히 나 자신을 고쳐가야 할 운명과 사명에 놓여 있는 이 밤에

나는 한사코 방심조차 하여서는 아니 될 터인데

팽이는 나를 비웃는 듯이 돌고 있다

비행기 프로펠러보다는 팽이가 기억이 멀고

강한 것보다는 약한 것이 더 많은 나의 착한 마음이기에

팽이는 지금 수천 년 전의 聖人과 같이

내 앞에서 돈다

생각하면 서러운 것인데

너도 나도 스스로 도는 힘을 위하여

공통된 그 무엇을 위하여 울어서는 아니 된다는 듯이

서서 돌고 있는 것인가

―「달나라의 장난」 부분

위의 시에서 "영원히 나 자신을 고쳐가야 할 운명과 사명에 놓여 있"음을 자각하는 화자를 우리는 윤리적 주체라 부를 수 있다. 윤리학에서는 사람이 각자 자신의 능력을 발휘하며 자기완성에 이르기 위해 노력하는 것을 자기실현이라 하고, 그것을 사람이 삶에서 추구해야 할 궁극가치로 설정한다. 자기 삶을 스스로 결정하는 것, 다시 말해 자신의 목표를 선택하며 그 목표에 부합되는 행동양식을 실천할 능력을 지니고 발휘하는 것이 인간의 본질이라 파악하는 것이다. 그 능력을 발휘할 수 있게 해주는 것이 바로 힘이며, 긍정적인 혹은 이상적인 사회는 그 구성원 각자가 인간으로서 타고난 자질과 능력을 마음껏 사용하고 발전시키는 방향으로 그 힘을 극대화하는 목표를 지향해야 한다고 믿는 것이 윤리학의 이상이다. 어쩌면 김수영 문학은 윤리적 주체가 창작을 매개로 자기실현을 이룩해가는 역동적 드라마와 같은 것이었다고 보아도 무방할 것이다. 우리는 김수영이 여러 산문을 통해 현실의 정치와 사회 문제에도 적극적인 관심을 보이면서 부정적이라 판단되는 현상들에 대해 강력한 이의와 비판을 제기했다는 사실을 알고 있다. 아마도 그의 그런 행동 역시 자기를 실현해 가는 윤리적 주체의 행동의 연장선상에 놓이는 것으로 파악할 수 있을 것이다.

1968년에 쓴 시론인 「시여, 침을 뱉어라 : 힘으로서의 시의 존재」에서 "현대에 있어서는 시뿐만 아니라 소설까지도 모험의 발견으로서 자기 형성의 차원에서 그의 '새로움'을 제시하는 것이 문학자의 의무로 되어 있다"고 주장하다시피[23], 윤리적 주체의 부단한 자기형성의 문제는 김수영 문학의 핵심이라 할 수 있다. 그리고 "나는 너무 작품의 힘의 가치에만 치중하고 있는지도 모른다"라는 구절이 시사하듯이[24], 윤리적 주체에게 자기실현과 자기형성의 능력을 가능하게 해주는 '힘'의 문제는 본질적이고 필연적인 것이다. 김수영은 그의 여러 작품에서 그와 같은 '힘'의 문제를 다루는데, 「폭포」는 그 대표적인 경우라 할 수 있다.

　　폭포는 곧은 절벽을 무서운 기색도 없이 떨어진다

　　규정할 수 없는 물결이
　　무엇을 향하여 떨어진다는 의미도 없이
　　계절과 주야를 가리지 않고
　　고매한 정신처럼 쉴 사이 없이 떨어진다

　　금잔화도 인가도 보이지 않는 밤이 되면
　　폭포는 곧은 소리를 내며 떨어진다

　　곧은 소리는 소리이다
　　곧은 소리는 곧은
　　소리를 부른다

---

23) 김수영, 앞의 글, 같은 책, p.400.
24) 김수영, 「예술작품에서의 한국인의 애수」, 앞의 책, p.351.

번개와 같이 떨어지는 물방울은

취할 순간조차 마음에 주지 않고

나타(懶惰)와 안정을 뒤집어 놓은 듯이

높이도 폭도 없이

떨어진다

—「폭포」 전문

위의 시는 "고매한 정신"이라는 추상적 관념을 높은 곳에서 급격하게 떨어지는 폭포의 형상을 통해 감각적으로 제시한 작품이다. 폭포의 형상과 소리를 통해 '고매한 정신'은 시각적이고 청각적인 감각의 대상으로 다가오긴 하지만, 화자 자신의 언표처럼 그것은 규정할 수도 없고 무엇을 향하여 떨어진다는 의미도 없다. '고매한 정신'의 그와 같은 '규정할 수 없음'과 '의미 없음'은 그것이 인간의 이해 능력을 초월한 어떤 것이라는 점을 가리키며, 바로 그렇기 때문에 그것은 경외심이나 열정적 격정을 불러일으키는 숭엄한 대상이 된다. 「풀」에서 풀의 움직임을 관찰하면서 나름의 인식과 발견을 통해 풀의 자율적인 움직임과 일체가 되는 체험을 하는 존재자를 설정할 수 있듯이, 「폭포」에서도 폭포의 형상과 소리에 대한 관찰을 통해 나름의 인식과 발견에 이르는 존재자를 설정할 수 있다. 두 시에서 설정할 수 있는 존재자는 모두 윤리적 주체들이다. 「폭포」에서 그 존재는 '고매함'과 '곧음'을 지향하고, 나타와 안정을 경계하며, 자신에게 경계와 반성의 계기가 되어 준 폭포의 형상과 소리에조차도 취하지 않으려고 하는 윤리적 주체이다. 그러나 그 주체는 자신의 외부에 있는 숭엄한 대상의 힘에 기대어 자신이 처하게 될지도 모를 존재의 부정적 양태를 경계한다. 무서운 기색도 없이 떨어지는 형상과 고매한 정신을 연상시키는 "곧은 소리"의 장엄함과 우렁참에도 불구하고 작품의 어조에 슬픔이 배어 있는 듯한 인상을 받게 되는 것은, 작품의 화자인 윤리적 주체의 부단한 성찰과 경계에도 불구하고 폭포의 힘이 아직 그의 힘으로 화하지 못했기 때문일 것이다.

「폭포」와 비교할 때 「풀」의 화자는 "발목까지/발밑까지 눕는다"는 구절의 '발목'과 '발밑'을 풀의 그것으로 보아도 무방할 만큼 철저하게 감추어져 있어서, 서술하는 주체인 화자와 서술되는 대상인 풀이 거의 하나가 되었다고 느껴질 정도이다. 풀의 움직임은 생태학의 차원에서 풀의 존재를 유지하기 위해 필요한 것이지만, 애초에는 바람에 나부끼는 수동적인 것이었다. 그러나 풀은 부단한 나부낌 속에서 수동적인 것을 능동적인 것으로, 슬픈 감정을 기쁜 감정으로 전환한다. 「풀」에서 능동적인(또는 자율적인) 움직임과 기쁜 감정은 외부에서 주어진 것이 아니다. 그것은 풀이 부단히 눕고 일어나고 울고 웃는 행위를 통해 생산한 것이다. 풀이기도 하고 화자 자신이기도 한 「풀」의 윤리적 주체는 김수영 자신의 말처럼 자기형성의 차원에서 스스로의 새로움을 제시한다. 김수영이 1968년에 발표한 시론인 「시여, 침을 뱉어라」의 부제는 '힘으로서의 시의 존재'이다. 그는 1960년대에 쓴 여러 산문에서 박용철(朴龍喆)의 「빛나는 자취」 같은 작품들이 보여주는 '힘의 세계'에 대해 자주 언급한다. 자기촉발의 '힘'에 대해 노래하는 「풀」이 '행복한 시간의 우연'이 아니라 섬진적인 형성과정의 필연적인 귀결이라고 보는 근거도 바로 그러한 사실들에 있다.

「풀」의 작품 완성도에 대한 검토에서 빼놓을 수 없는 작품은 1966
년 1월에 발표된 「눈」이다. 화자가 작품과 밀착해 있다는 점에서 「눈」
은 「풀」과 매우 유사한 작품이다.

　　눈이 온 뒤에도 또 내린다

　　생각하고 난 뒤에도 또 내린다

　　응아 하고 운 뒤에도 또 내릴까

　　한꺼번에 생각하고 또 내린다

　　한줄 건너 두줄 건너 또 내릴까

　　廢墟에 廢墟에 눈이 내릴까

—「눈」 전문

김수영은 「장마 풍경」(1964. 7. 21)이라는 글에서 "풍경을 볼 때도
바쁘게 보는 풍경이 좋다. 일을 하다가 잠깐 쉬는 동안에 보는 풍경.
그리고 다시 아무렇지도 않은 듯이 일을 계속하게 하는 풍경. 다시 말
하자면 그것은 일을 하면서 보는 풍경인 동시에 풍경 속에서 일을 하
는 것이다"라고 하였는데, 「눈」에서도 우리는 그 구절에서 포착할 수

있는 것과 같은 김수영 특유의 윤리적 주체의 역경주의(力耕主義)와 금욕주의를 발견하게 된다. 「눈」에서 화자는 하염없이 눈이 내리는 풍경을 보면서 무엇인가를 쓰고 있고, 쓰면서 생각하고 생각하면서 풍경을 본다. 풍경이 주는 즐거움에 매료되어 자신의 일손을 놓고 싶은 욕망을 자제하니 '금욕주의'이고 풍경을 보면서 풍경 속에서 나름의 일을 계속하니 '역경주의'이다. 그와 같이 무엇인가를 쓰면서 생각하고 생각하면서 눈이 내리는 풍경을 보는 화자의 모습 자체가 하나의 풍경이 되어 작품으로 구축된 것이 바로 「눈」이다. 그러나 「눈」은 단순히 의미 있고 아름다운 풍경만을 보여주는 시는 아니다. 이 시에서 언어의 조직과 작품의 구조는 풍경이나 시인의 생각을 단순히 묘사하는 데 머무르지 않고, 풍경과 생각을 통합할 뿐만 아니라 작품에서 하나의 사건을 구축한다. 그 사건은 '폐허에 눈이 내린다'는 것이다. 첫 행에서도 알 수 있듯이 이 시는 현실의 경험세계에 기반하고 있다. 지속해서 눈이 내리는 모습이 작품에 수용되면서 그것은 하나의 사건으로 구축되기 시작하는데, 그 사건화에 기여하는 것은 바로 작품의 구조이다. 첫째 행과 둘째 행에서 두 번 반복되는 "또 내린다"에 이어지는 셋째 행의 "또 내릴까"는, 넷째 행에서 다시 반복되는 "또 내린다"로 인해, 회의하는 의문이 아니라 확신하는 강조가 된다. 이어서 다섯째 행과 여섯째 행에서도 반복되는 '내릴까'는, 그처럼 확신하는 강조의 문맥을 점층적으로 강화하면서 작품의 결구인 마지막 행에 이르러 마침내 '폐허에 눈이 내린다'는 사건을 성취한다. 인간의 삶의 터전으로서 기능을 상실한 '폐허'는 대지의 상처이자 세계의 상처이기도 할 것이다. 그러한 폐허에 내리는 눈은 난순한 자연 사물이 아니라 주술적 치유력을 지닌 신의 선물이 된다. 그 하얀 선물에 덮여 그 검고 황폐한 상처는 아마도 치유될 수 있을 것이다. 이 시에서 구축된 사건은, 그러므로, 단순히 '폐허에 눈이 내린다'는 사실이 아니다. 쉽사리 화해될 수도 극복될 수도 없는, 폐허로 상징화되는 상처가 주술적 치유력을 지닌 눈에 의해 새하얗게 치유되는 것, 그것이 바로 이 시에서 성취된 사건이다. 시에서 성취된 사건은 현실의 경험세계에서도 성취될 어떤 것을 환기시킨다. 시가, 나아가 예술이 양탄자와 같은 단순한 장식적인 아름다움에서 벗어나 그 어떤 진리 내용에 도달할 수 있는 근거도 이제까지 존재한 적이 없는 어떤 것의 존재 가능성을 그와 같이 작품 자체를 초월함으로써 환기시키는 데 있을 것이다. 이와 같이 '사건으로서의 시'와 '구조로서의 시'가 상호 조화를 이룬다는 점에서도 「눈」과 「풀」은 매우 닮아 있다. 그것은 「풀」이 결코 '행복한 시간의 우연'이 아니라는 사실을 증명해 준다. 그런데 두 작품에서 구축된 힘의 성격은 서로 차이가 있다. 「눈」에서 그 힘은 자연의 은총 같은 주체 바깥의 힘이지만, 「풀」에서 그 힘은 주체의 확대된 능력에 의해 생성된 주체 내부의 힘이다.

5) 정리

이제까지 살펴보았듯이 「풀」은 김수영 문학의 전개 과정에서 돌발적으로 생겨난 '행복한 시간의 우연'의 산물이 아니다. 그것은 점진적인 형성 과정의 필연적인 귀결이다. 「풀」은 그 내용의 측면에서는 「토끼」(1949)와 「달나라의 장난」(1953)과 「폭포」(1957)를 잇는 '윤리적 주체'의 부단한 자기형성 과정의 한 매듭점이며, 동시에 그 형태의 측면에서는 「눈」(1966. 1. 29)과 「꽃잎1」(1967. 5. 2)과 「꽃잎2」(1967. 5. 7)에서 집중적으로 시도된 '언어의 작용'과 연관된 실험 과정의 한 매듭점이다.

「풀」의 해석에서 '바람'과 '풀'의 관계를 억압세력과 민중의 관계로 파악하는 것은 작품의 문맥과 잘 맞지 않는다. 작품에서 바람과 풀의 관계는 그 자체로 보아야 하며, 그 관계에서 주목해야 할 것은 힘의 문제이다. 현실세계에서 풀의 움직임은 바람에 의한 수동적인 것이지만, 작품의 가상세계에서 풀의 움직임은 능동적인 것으로 바뀐다. 작품에서 '눕는다'와 '운다'가 더 자주 나오지만, 작품의 분위기는 더 적게 나오는 '일어난다'와 '웃는다'에 의해 더 크게 영향을 받는다. 「풀」은 '풀'이라는 존재자의 능력의 극대화를 통한 기쁨과 긍정의 세계를 보여준다.

김수영이 1968년에 발표한 시론인 「시여, 침을 뱉어라」의 부제는 '힘으로서의 시의 존재'이다. 그는 1960년대에 쓴 여러 산문에서 박용철(朴龍喆)의 「빛나는 자취」 같은 작품들이 보여주는 '힘의 세계'에 대해 자수 언급한다. 자기촉발의 '힘'에 대해 노래하는 「풀」이 '행복한 시간의 우연'이 아니라 점진적인 형성과정의 필연적인 귀결에 따른 것이라고 보는 근거도 바로 그러한 사실들에 있다.

「풀」은 고정된 본질 대신에 운동과 변화가 가득 찬, 어떤 특별한 고정점도 없으므로 무한한 운동을 가능하게 하는 '힘의 세계'를 지향하고자 했던 김수영 문학의 핵심을 작품의 높은 완성도를 통해 보여주는 그의 대표작이자 최고작이라 할 수 있나. 이 점은 김수영의 대표작들에 속하는 「폭포」나 「눈」과 비교해 볼 때 분명하게 확인된다.

2. 김소월의 「진달래꽃」

1) 문제 제기

서정시, 그 가운데서도 특히 김소월의 시에서 어떤 사회성을 기대한다는 것은 매우 무모한 일처럼 보일 것이다. 서정시란 오히려 사회로부터 멀어져서 주관의 내면성으로 철저하게 침잠할 때에 보다 의미있는 목소리를 창출하며, 우리 시사에서 소월시만큼 서정시의 본질적 성격에 육박한 예도 그리 많지 않기 때문이다. 서정시에서도 사회와 관련된 내용을 직접적으로 추출할 수 있기는 하다. 가령, 소월의 「바라건대는 우리에게 우리의 보섭대일 땅이 있었더면」이나 이상화의 「빼앗긴들에도 봄은 오는가」에서 우리는 그러한 의미의 사회성을 어렵지 않게 포착할 수 있다. 그 두 작품의 화자들이 느끼는 고통과 절망이 일제강점기의 식민지 상황에서 비롯한 것이란 점은 누가 보아도 자명하다. 그러나, 서정시의 사회성이란 문제에 있어 그것을 시인의 사회에 대한 관심이나 입장과 같이 작품의 표면에 직접적으로 드러난 요소와 관련지어서만 설명할 수는 없다. 그럴 경우, 작품의 내재적 공간 깊숙이 잠재돼 있는 더욱 본질적이고도 미묘한 사회성을 소홀히 할 염려가 있다. 서정시가 아무리 개인의 주관적 내면성과 친숙한 문학양식이라 하더라도, 여러 형식법칙을 통해 이룩된 작품의 서정적 언어의 짜임관계 속에는 그 작품을 낳은 사회의 상황이 은밀하게 침전되기 마련이다. 바꾸어 말하면, 어떤 작품이 생산된 시기의 사회적 상황이 작품의 문면에 직접적으로 드러나 있지 않은 경우에도 거기서 우리는 모종의 사회성을 발견하고 이해할 수 있다는 것이다. 이 글은 바로 그와 같은 문제의식에서 출발된다.

서정시에서 사회성을 검토하고자 할 경우, 한 작품이 놓여 있는 당대의 사회와 관련된 사항을 직접적으로 작품으로 끌고 들어가서는 안된다. 그보다는 우선 작품 그 자체의 형상을 정확하게 응시해야 하며, 바로 그러한 응시로부터 작품에 각인된 사회적 요소들이 창출되도록 해야 한다. 이 글에서는 김소월의 시 「진달래꽃」의 표면구조 그 이면에 은폐돼 있는 심층구조를 분석하는 과정에서 그 작품에 침전된 사회적 요소가 창출되도록 할 생각이다. 이 글은, '심층구조'란 용어에서 암시되다시피, 작품의 분석과정에서 약간의 기호학적 방법을 차용하고자 한다. 「진달래꽃」의 심층구조는 그 표면구조에 의해 철저히 은폐돼 있어서 그것을 알기 위해서는 화자가 발화한 언표들의 기저기능(基底機能:underlying function)을 알아내야만 하기 때문이다. 그리고 그 기저기능은 '눈에―보이는―조직'(visible make-up)으로는 알아낼 수 없고 기지조직(underlying organization)을 통해시민 알아낼 수 있다.

2) 「진달래꽃」의 심층의미

흔히 우리가 이해하고 있듯이 「진딜래꽃」에는 일종의 이야기가 담겨 있다. 그 이야기는, '나'를 싫증내고 떠나가는 '님'을 말없이 조용히 보낼 뿐만 아니라 거기에다 꽃까지 뿌리고, 그 꽃을 "사뿐히 즈려밟고" 가라는 소원까지 곁들이며, 마지막 연에서는 이별의 슬픔으로 솟구치는 눈물마저 참아내는 한 여인에 관한 것이다. 그러면, 우선 작품을 살펴보기로 하자.

　　나보기가 역겨워
　　가실 때에는
　　말없이 고히 보내드리우리다

　　寧邊에 藥山
　　진달래꽃
　　아름따다 가실 길에 뿌리우리다

　　가시는 걸음걸음
　　놓인 그 꽃을
　　사뿐히 즈려밟고 가시옵소서

　　나보기가 역겨워
　　가실 때에는
　　죽어도 아니 눈물흘리우리다

— 「진달래꽃」 전문

이 시에서 화자(話者)의 연인은 그를 "역겨워" 하여 떠나는 것으로
돼 있다. 그렇지만 작품에서 그 사실과 관련된 정보는 분명하게 제시
돼 있지 않다. 화자가 그렇다고 하니까 우리는 그런 줄 알 뿐이다. 그
러므로 우리는 여기서 화자의 그러한 언표를 발생하게 한 발화상황을
검토해볼 필요가 있다. 문어(文語)든 구어(口語)든, 화자의 언표행위
를 발생하게 하는 일련의 정황을 발화상황이라고 부른다. 그것을 근
거로 하여 우리는 발화행위가 발생하게 되는 물리적 사회적 환경, 대
화자들의 개성, 언표행위를 하는 대화자들의 모습, 대화자들이 서로
를 바라보는 견해 등에 관해 면밀히 고찰할 수 있게 된다. 특히 언표
행위보다 먼저 일어났던 사건들에 관해 진지하게 고찰할 수 있게 된
다. 이미 발화된 내용만 알려져 있고 그 발화상황이 전혀 알려져 있지
않다면, 언표행위를 해석하기가 매우 곤란해진다. 왜냐하면, 무엇이
동기가 되어 그 발화가 생성되었으며 그것이 어떤 효과가 있었는지를
알 수 없을 뿐만 아니라, 언표행위의 진정한 가치와 교신하고자 하는
정보조차도 정확하게 판단할 수 없기 때문이다.

　　화자의 발화상황과 관련해서 우리는 다음 두 가지 가능성을 검토해
볼 수 있다: "나보기가 역겨워/가실 때에는"이란 언표는, 연인이 정
말 화자에 싫증이 났다는 사실 그 자체를 진술한 것이다: 연인이 떠
날 수밖에 없는 이유는 따로 있지만 화자로서는 그것을 막을 수 없어
서 일종의 자책으로 한 말이다. 소월 특유의 화법에 근거해 볼 때, 그
언표의 발화상황은 분명히 후자와 관련돼 있음을 알게 된다. 작품에
서 그 사실을 알려주는 단서는 "가실 때에는"의 '가다'란 동사이다.
그것은 작품의 표면적인 의미의 맥락에서는 나타나지 않고 은폐돼 있

는 '연인의 죽음'이란 발화상황을 은밀하게 암시해 준다. 우리말에서
'가다' 란 동사의 의미층위에는 이승의 세계에서 저승의 세계로 떠나
간다는 의미가 내포돼 있다. 우리 시사에서 '가다'의 그 같은 의미의
내포를 가장 잘 활용한 시인이 바로 소월이다. 이 점은,

> 세월은 물과 같이 흘러가지만
> 가면서 함께 가자 하던 말씀은
> 당신을 아주 잊던 말씀이지만
> 죽기前 또 못잊을 말씀이외다
>
> —「님의 말씀」

> 내력을 잊어버린 옛時節에
> 났다가 새없이 몸이 가신
> 아씨님 무덤위의 풀이라고
>
> —「담배」

> '가고 오지 못한다' 는 말을
> 철없던 내귀로 들었노라
> 萬壽山을 나서서
> 옛날에 갈라선 그 내님도
>
> —「나는 세상모르고 살았노라」

> 深深山川에 붙는 불은

가신님 무덤가엣 금잔디

— 「금잔디」

등의 구절에서 분명하게 확인된다. 인용된 구절들에서 사용된 '가다'에는 모두 이승의 세계에서 저승의 세계로 떠나간다는 의미, 즉 죽음의 의미가 내포돼 있다. 이처럼 '가다'는 죽음이란 비극적 사건을 삶의 영역에서 수용하기 위해 사용되기도 하는 말이며 그 자체로서 인간의 죽음에 대한 시적 표현이 된다.

「진달래꽃」이 아닌 다른 작품들에서 '가다'가 죽음의 의미로 사용됐다고 해서, 작품에서의 '가다'를 죽음의 의미로 이해해야 한다는 논리는 성립되지 못한다. 이와 동일한 맥락에서, 소월시에 일반적으로 나타나는 담화방법상의 특성을 완전히 도외시 한 채 '가다'의 의미를 죽음과 관련된 것으로 파악해서는 안 된다는 논리 역시 성립될 수 없다. 문제의 핵심은 「진달래꽃」 그 자체에서 '가다'를 죽음의 의미로 파악했을 경우 과연 작품이 그러한 해석을 견뎌내느냐 하는 점에 있을 것이다. 그점을 확인하기 위한 절차로서 작품의 각 연 끝 어절들의 모음을 분석해 보기로 하자.

	〈가〉	〈나〉
제1연	dîriurida	î - i - u - i - a
제2연	puriurida	u - i - u - i - a
제3연	kasiopsosə	a - i - o - o - ə
제4연	hîlriurida	î - i - u - i - a

위에서 〈가〉항은 자음과 모음을 함께 분석한 것이고, 〈나〉항은 모음

만을 뽑아 놓은 것이다. 그 어절들의 모음이 형성하는 슬픔의 호곡소리를 들어 보라. 더욱이 두 번째 /i/음은 이어지는 음소들의 연결로 인해 장음으로 발음되는 부분이다. 그렇게 읽으면 그것은 구슬픈 만가(挽歌)의 리듬마저 연상하게 한다. 실제로 「진달래꽃」에는 그러한 만가의 요소가 작품의 핵심적 계기로 잠재돼 있다. 만가에서 '가다'는 아주 흔히 쓰이는 말이며, 그 의미는 이승에서 저승으로 떠나간다는 뜻이다.

화자의 발화상황과 관련해서 이제까지 검토한 내용들을 근거로 할 때, 「진달래꽃」에는 두 개의 장면이 중첩돼 있는 것으로 파악할 수 있다. 작품의 표면구조에는 드러나지 않았지만, 화자 앞으로 죽은 연인의 상여 행렬이 지나가는 장면이 작품의 심층구조에 은폐돼 있는 것이다. 그러한 심층구조의 파악 없이 작품을 의미론적으로 해석하고자 할 경우, 어째서 화자가 연인이 떠나는 이유를 자기가 역겨워졌기 때문이라고 말하고, 2연에서 자기를 배반하고 떠나는 연인에게 꽃(그것도 하필이면 진달래꽃)을 뿌려 줄 뿐만 아니라 3연에서는 그 꽃을 사뿐히 그러나 짓이겨 밟으라고 부탁하며, 4연에서 죽어도 눈물을 흘리지 않겠다고 굳게 다짐하는지 그 의미를 제대로 파악할 수 없게 된다. 혹자는 우리가 추출해 낸 작품의 심층구조를 근거 없는 것이라고 말할지도 모른다. 그러나 그것은 작품의 바깥에서 이끌어 들인 것이 아니라 작품 그 자체의 구성적 계기들로부터 추출한 것이기에 그러한 반론을 충분히 이겨낼 수 있다. 이제 우리에게 남은 일은 그러한 심층구조가 작품의 표면구조의 이야기와 얼마나 잘 부합하는가를 확인하는 절차이다. 아무리 그럴 듯한 가설일지라도 그것이 작품의 실제 해석

을 통하여 증명되지 않으면, 그것은 전혀 무의미하며 더 나아가 작품
그 자체로 보아 틀린 것이 되기 때문이다.

3) 소월 시와 별리의 사회적 의미

「진달래꽃」에서 '가다'란 동사의 내포적 의미를 죽음으로 파악하면,
이 시는 소월 초기시의 주제인 사랑과 죽음이란 두 개의 초점 위에 놓
여진 것이라 볼 수 있다. 사랑하는 연인의 죽음은 화자로부터의 영원
한 떠남을 의미한다. 이 경우, 화자가 연인에게 그 어떠한 호소를 한
다고 해도 그것을 막을 수는 없다. 1연에서 화자는 연인이 떠나는 것
은 자기가 역겨워졌기 때문이라고 말하고, 야속하게 떠나가는 연인을
말없이 고이 보낸다. 그것은 사랑의 율법에서는 지극히 자연스러운
일이다. 연인의 죽음으로 인해 야기된 절대적 이별 앞에서, 그 책임을
연인에게 묻는다는 것은 그를 진정으로 사랑했던 사람으로서는 상상
할 수 없는 태도이다. 이별의 모든 책임은 자기에게로 돌리는 것이 마
땅하며, 말 없이 고이 보내는 것도 당연한 귀결인 것이다.
　이 시에서 연인의 죽음이란 극직 상황의 진제는 철저하게 은폐된
사실이다. 이제까지 이 시가 살아 있는 두 사람의 이별 이야기로 다양
하게 읽힐 수 있었던 것도 그러한 이별의 본래 모습이 은폐돼 있었기
때문이다. 만일 그것이 표면적인 의미의 맥락에서 쉽게 노출돼 버렸
다면, 「진달래꽃」은 결코 지금과 같은 다양한 의미의 울림을 갖지 못
했을 것이다. 여기서 문제가 되는 것은 그러한 은폐의 사정이다. 작품
에서 화자의 첫 언표가 발화되기 이전에 연인은 이미 죽은 몸이었고,

화자 역시 그점을 분명히 깨닫고 있었다. 그런데도 그 사실을 잊어버리기라도 했다는 듯이, 화자는 마치 현실에서 연인이 자기를 싫어하여 떠나가는 것처럼 말했다. 화자의 그러한 언표의 이면에는 매우 중요한 의도가 숨겨져 있다. 화자는 연인의 떠남을 결코 돌아올 수 없는 저승의 세계로의 떠남이 아닌 그저 이 세상 먼 곳으로의 떠남으로 받아들이려 한 것이다. 죽은 연인을 매장하기 위해 지나가는 그 슬픈 행렬을 보면서도 화자는 그것을 사실로서 받아들이지 않는다. 그것은 연인의 죽음을 자기의 주관적 내면성 속에서는 인정하지 않으려는 화자의 의지를 나타낸다. 바로 그러한 이유 때문에 화자는 현실적인 이별의식(장례절차)과는 구별되는 자기만의 이별의식을 거행하고 있는 것이다(이러한 사정은 나중에 이 시의 마지막 행을 해석하는 데 매우 유효한 단서가 된다).

아무튼 그러한 의도에서 발화된 그 언표의 결과 연인의 죽음은 '가다'란 동사와 미래시형의 결합을 통해 삶의 영역으로 수용되고 그 순간 연인은 마치 살아 있는 사람과 같은 생동감을 부여받게 된다. 사자(死者)에게 부여된 삶의 생동감이란 어디까지나 가상에 불과한 것임은 물론이다. 그것은 비록 현실적으로는 지속될 수 없는 속성의 것이긴 하지만, 적어도 서정시의 한 위대한 순간 속에서는 놀라운 생동감을 획득한다.

1연에서 다양한 시적 장치들을 통해 가능하게 된, 연인의 죽음이란 비극적 상황과 죽은 연인에게 부여된 삶의 생기는 2연과 3연에서도 그대로 지속되어 마치 살아 있는 두 사람이 이별하는 것과 같은 장면을 연출하게 된다. "寧邊에 藥山/진달래꽃", 어쩌면 두 사람의 사랑

의 작은 역사가 담겨 있을지도 모를 그 꽃을 한아름 따서 연인이 "가
실길"에 뿌린다. "가실 길", 그것은 연인이 가야만 되는 필연적이고도
절대적인 길이다. 여기서 화자가 뿌리는 꽃이 '진달래꽃'이란 사실은,
그 행위가 죽은 연인을 위한 것임을 암시한다. 기존의 해석들에서는,
그 대목을 단순히 시인의 전기적 사실과 연결시키는 것으로 만족했었
다. 그러한 이해는, '진달래꽃'이 작품 그 자체에서 갖는 의미와 효과
에 대해 충분한 설명을 제공하지 못한다. 이 시에서 그 꽃은 죽은 연
인의 혼을 진무해 주기 위해 의도적으로 선택된 것일 뿐만 아니라 필
수적인 매개물이다. 두견새가 피울음을 토해 놓은 것 같다는 시각적
연상 때문에 두견화라 불리기도 하는 진달래꽃. 그 꽃과 관련된 고사
(故事)의 내용은 떠나는 연인에게 뿌려주는 꽃으로 왜 하필이면 진달
래꽃이 선택되었는가 하는 의문에 충분한 설명을 제시해 준다. 이로
써 우리는 시인이 작품의 제목을 왜 '진달래꽃'이라고 했는지 그 이유
를 알 수 있게 된다. 화자의 이별의식에서 중요한 기능한 담당하고 있
는 진달래꽃은 그것이 작품의 제목으로 되면서 그러한 의식(儀式) 그
자체에 대한 일종의 상징으로 기능하게 되는 것이다.

　이 시의 3연에서 "사뿐히 즈려밟고 가시옵소서"는, 죽은 사람이기
에 저 어둡고 황량한 저승의 세계로 보내야만 하는 그 미음외 고통에
대한 매우 적절하고도 놀라운 표현이다. 그 대목에서 "사뿐히"와 "즈
려"는 서로 상반되는 의미의 말이다. 정주 방언에서 '즈려밟다'는 "발
밑에 있는 것을 힘을 주어 밟는 동작을 가리킨다."[25] 그렇지만 그 둘

<hr>

25) 李基文, 「素月詩의 言語에 대하여」, 『心象』 1982년 1월호, p.27.

의 결합은, 작품 그 자체의 내재적 짜임관계에서 보자면, 결코 모순된 표현이 아니다. 거기에는 연인을 통해서만 자기를 해방시키는 화자의 진정할 수 없는 에로티시즘의 그리움이 잠재돼 있다. "가시는 걸음걸음"에서 그 발걸음은 현실에서는 상여꾼들의 그것이다. 그러나 화자는 그것을 연인의 그것이라 생각한다. 죽은 연인이기에 "사뿐히" 밟을 수밖에 없지만, 화자에게는 그 사실이 고통으로 다가온다. 화자는, 연인이 죽은 것이 아니라 그저 돌아올 기약을 하기 어려운 먼 곳으로 떠나는 것이라 생각하지만, 그 기약 없음이 화자를 고통스럽게 한다. 화자는 "사뿐히"에 바로 이어 "즈려밟고"라고 말함으로써 이제 앞으로는 결코 만날 수 없는 연인과의 마지막 물리적 접촉을 염원하고 있는 것이다. 여기서 우리는 작품의 제목이 '진달래꽃'으로 되어야만 하는 이유를 다시 한번 확인하게 된다(그 제목은 작품이 실려 있는 시집의 제목이기도 하다). 비록 주관적 내면성의 영역에 국한 된 것이긴 하지만, 진달래꽃에는 화자의 생생한 실존의 흔적이 묻어 있기 때문이다. 그것은 연인에 대한 화자의 기억과 함께 그의 현존의 징표가 되며, 그 때문에 연인은 화자 자신이 죽기까지는 함께 살아 있는 것이 된다.

4연에서 주목되는 대목은 "죽어도 아니 눈물흘리우리다"이다. 이 시의 표면구조의 이야기만으로 본다면, 그 대목의 의미는 매우 모호하다. 그렇지만, 심층구조와 관련지어 파악할 때, 그 대목은 필연적인 귀결이라 할 수 있다. 우리말에서 '죽어도'로 시작되는 관용구는 화자의 의지를 표현하는 말 가운데서도 가장 강렬한 것이다. 그것으로도 모자라 화자는 "아니"의 원래 위치를 도치함으로써 자기의 의지를 더욱 강력하게 표명한다. 이제는 다시 보지 못할 연인의 떠남 앞에서도 절대로 울지 않겠다는 것이다. 위에서 화자는 죽음의 논리에 따라 연인이 저승의 세계로 떠나는 것을 인정하지 않았다. 그는 연인을 산 사람으로서 보내고자 하였다. 작품에서 사용된 그 모든 시적 장치들은 화자의 그러한 의도에서 비롯한 것들이었다. 앞에서 문제가 된 대목 역시 화자의 그러한 의도와 연결지어서만 적절하게 설명될 수 있다. 연인의 시신을 실은 상여행렬이 지나가고 상여꾼들의 슬픈 만가가 울려 퍼지는 가운데 그 행렬을 따르는 사람들은, 아마도 한 사람의 죽음 앞에서 자기들의 운명의 그림자를 엿보고는 눈물을 흘릴 것이다. 그러나 화자는 그렇게 눈물을 흘려서는 안 된다. 왜냐하면, 다른 사람들과 마찬가지로 자기도 함께 울어버리면, 그것은 자기 스스로가 연인의 죽음을 인정하는 것이 되기 때문이다. 작품에서 화자는 연인의 떠남을 저승의 세계로의 절대적 떠남이 아닌 그저 먼 곳으로의 떠남으로 믿으려 한다. 바로 그렇게 믿으려는 화자의 의지야말로 연인의 떠남과 관련된 작품 그 자체의 내재적 일관성이기도 하다. "죽어도 아니 눈물흘리우리다"란 대목이 작품의 내재적 논리의 맥락에서 필연적일 수밖에 없는 것도 바로 그러한 이유 때문인 것이다.

이제까지 우리는 「진달래꽃」의 표면구조의 이면에 은폐돼 있는 심층구조를 찾아내고 그것을 다시 표면구조와 연관지어 작품을 해석해 보았다. 우리가 찾아낸 그 심층구조에는 장례의식의 한 절차인 발인(發靷)과정이 내재돼 있었다. 이 작품에서는 은폐돼 있었지만, 소월시에는 민간의식(民間儀式)을 빌려온 작품이 「진달래꽃」 이외에도 더 있다. 그 가운데서도 대표적인 경우가 「招魂」과 「비난수하는 맘」이다. '초혼'은 초혼과 발상(發喪)으로 이어지는 고복의식(皐復儀式)의 한 절차이고, '비난수'는 정주 방언에서 무당이나 소경이 귀신에게 비는 말을 가리킨다.[26] 여기서 우리는 매우 흥미로운 사실은 발견하게 된다. 그것은, 그들 세 작품이 민간의식의 차용이란 점에서도 유사하지만 작품의 내재적 측면에서도 거의 동일한 요소를 공유하고 있다는 사실이다.

"함께 하려노라, 오오 비난수하는 나의 맘이어,/있다가 없어지는 세상에는/오직 날과 날이 닭소래와 함께 다라나 버리며,/가까웁는, 오오 가까웁는 그대뿐이 내게 있거라!"로 끝맺고 있는 「비난수하는 맘」의 경우를 살펴보자. 일반적으로 '비난수'의 담당자가 무당이나 소경이란 점을 감안할 때, 그것은 액막이 굿과 관련돼 있음을 알게 된다. 그렇기 때문에 그것을 구성하는 언표의 내용은 대체로 '가라'의 유형으로 돼 있기 마련이다.[27] 그 이유는, 액막이 굿의 목적이 이승에 미련을 둔 원혼(寃魂)이 방황하며 해곶이를 할까 염려하여 그를 달램으로써 이승의 세계로 제대로 가게 하려는 데 있다는 점에서 찾을 수 있다. 그런데, 「비난수하는 맘」에서는 그러한 비난수를 화자 자신이 직접 담당하면서 그 목적을 전도시킨다. "가까웁는, 오오 가까웁는 그대뿐이 내게 있거라!"에서도 볼 수 있듯이, 화자는 오히려 사자(死者)를 붙잡아 두려고 한다. 이러한 사정은 「招魂」에서도 동일하게 나타난다.

「초혼」에서 우리의 관심을 끄는 대목은, "선 채로 이 자리에 돌이 되여도/부르다가 내가 죽을 이름이어!/사랑하든 그 사람이어!/사랑

---

26) 이기문, 앞의 책,p.25.
27) 白石의 시 「오금덩이라는 곧」에 그 일례가 보인다:"잘 먹고 가라. 서리 서리 물러가라. 네 소원 풀었으니 다시 침노 말아라."

하든 그 사람이어!"이다. 초혼과 발상으로 이어지는 고복의식에서 발상의 절차가 빠져버린 것이 바로 「초혼」이라 할 수 있다. 발상을 하기 위해서는 초혼의 절차에서 죽음이 확인돼야 하는데, 화자는 오로지 초혼만을 거듭하는 것이다. 「초혼」에서 특히 "선채로 이 자리에 돌이 되여도/부르다가 내가 죽을 이어!"란 구절은, 「진달래꽃」에서의 "죽어도 아니 눈물흘리우리다"란 구절과 작품의 내적 의미의 맥락에서도 그렇고 그 언표의 효과 면에서 그렇고, 서로 일맥상통한다. 연인의 죽음으로 인해 비극적 운명 속에서 홀로 되어 버린 「초혼」의 화자에게, 그 자신을 에워싸고 있는 수많은 사람들이 북적대는 인간적 삶은 오히려 낯선 것이 된다(화자가 연인을 애타게 부르는 공간은 사람들이 북적대고 모여 사는 마을에서 멀리 "떨어져 나가앉은 山우헤서"이다). 그러한 화자에게는 자기의 운명과 동떨어져 끊임없이 흘러만 가는 일상적 시간의 지속적 흐름이란 것도 아무런 의미를 갖지 못한다. 「초혼」에서 화자가 돌이 되는 사물화는 영원한 현재를 통하여 낯선 공간의 불모성과 무의미한 시간의 파괴적 흐름에 저항하려는 의지를 보여준다. 그 돌은 화자가 자기의 존재론적 뿌리를 내릴 수 있는 중심점이다. 비록 그 지점이 아무리 차갑고 황량하며 현실의 실제 영역으로부터 멀리 떨어져 있다고 하더라도, 그것은 영원한 현재를 통히여 연인과의 공속성의 명맥을 유지해 주는 유일한 영역이 되는 것이다. 이러한 사정은 "죽어도 아니 눈물흘리우리다"고 말한 「진달래꽃」의 화자의 경우도 마찬가지이다. 그런 점에서 「초혼」의 그 '돌'은 「진달래꽃」의 '진달래꽃'과도 동일한 의미연관을 지닌다고 볼 수 있다.

4) 소월과 '조선혼'의 문제

이상에서 살펴 본 바와 같이, 민간의식을 차용하고 있는 소월시들은 대체로 보냄의의 절차를 배제해 버린다(「진달래꽃」의 경우 연인을 보내긴 하지만, 죽은 사람으로서가 아닌 산 사람으로서 그렇게 한다는 점에서 그것의 본질적인 의미는 동일하다). 그 같은 유형의 작품이 아니더라도, 사랑과 죽음의 초점 위에 놓여진 소월의 대부분의 시들에서 그 화자는 죽은 연인과의 불가능한 유대를 갖기 위해 몹시 애를 쓴다. 진정으로 사랑했던 연인을 잊지 못하는 것은 만인만유의 공통된 정서다. 그렇지만, 소월시의 화자들처럼 죽은 연인을 잊지 못하고 갖은 방법을 동원하여 자기의 의식(혹은 기억) 속에 그를 살아 있는 존재로 붙잡아 두려고 발버둥치는 사람은 극히 드물다. 우리는 대개 현실의 삶을 살아가기 위해, 아니 그렇게 살아가는 동안 자연히 그를 잊기 마련이다. 가끔씩 연인이 못 견디게 그리운 순간은 있겠지만, 우리는 소월시의 화자들처럼 그렇게 지속적으로 연인과의 공속성을 유지하기 위해 애쓰지는 않는다.

그렇다면 이제 우리에게는 한 가지 문제만이 남게 된 셈이다. 그것은 소월시의 화자들이 그토록 애타게 찾는 그 죽은 연인이 시인의 차원에서는 과연 무엇이겠는가 하는 점이다. '죽은 연인', 소월이 속해 있는 시대사적 맥락에서 볼 때 그것은 잃어버린 조국일 수밖에 없다. 조국에 대한 소월의 태도는 연인에 대하여 소월시의 화자들이 가지는 태도와도 같다는 점을 고려하면, 우리는 연인을 대하는 화자들의 태도를 통하여 그것의 특이한 성격을 밝혀낼 수 있게 된다. 소월시의 화자

들은 죽은 연인을 잊지 않기 위해 갖은 방법을 동원하면서 몸부림을
친다. 조국에 대한 태도 역시 그와 동일하다고 볼 수 있다. 그 당시의
다른 지식인들과 구별되는 소월의 미덕과 함께 그의 한계를 나타내준
다는 점에서, 그것은 결코 소홀히 다룰 수 없는 문제이다. 어떤 개인이
자기의 죽은 연인을 잊지 못하고 언제나 기억하려 애쓰는 모습은 아름
답고도 감동적이다. 그렇지만 잃어버린 조국을 죽은 연인처럼 생각한
다면 그것은 큰 잘못이다. 그렇게 될 경우, 그 조국은 죽은 연인처럼
영영 되찾을 수 없게 되고 오로지 개인의 기억 속에서만 존재하게 되
기 때문이다. 이와 동일한 문제가 조국에 대한 소월의 태도에서도 발
생했다. 그것은 소월에게 조국을 되찾으려는 의지가 없었기 때문에 비
롯된 문제가 아니다. 문제의 핵심은 바로 그의 시대의식에 있었다. 그
가 두보의 「春望」을 빌려와 "이 나라 나라는 부서졌는데/이 山川 여
태 山川은 남아 있더냐/봄은 왔다 하건만/풀과 나무에뿐이어"라고 말
하고, 그의 시 「물마름」에서 '남이장군'과 '홍경래'를 떠올리며 자신의
신세를 한탄했을 때, 그러한 그의 모습에서 우리는 조선조의 전통적
선비의 모습과 마주치게 된다. 그는 조국의 상실을 단순히 동양의 역
사적 맥락에서만 파악했던 것이다. 그는 그것이 자본주의의 지배란 세
계사적 맥락에로의 편입이라는 사실을 1920년대에는 깨닫지 못했던
듯하다. 그가 비로소 그것을 어렴풋이 인식했던 것은 1930년대였다.
그의 시 「봄과 봄밤과 봄비」가 그 점을 확인하게 해준다.

主任先生 얼굴이 내 눈에 환하다
오늘밤, 봄밤, 비오는밤, 비가

햇듯햇듯 보슬보슬 회친회친, 아주 가이업게 귀엽게

비가 나린다, 비오는 봄밤,

普通學敎三學年, 비야말로, 세상을 모르고,

가난하고 불상한 나의 가슴에도 와주는가?

五大江의 이름 외이든 地理時間

津江율, 大洞江, 豆滿江, 洛東江, 鴨綠江,

무쇠다리 우헤도, 무쇠다리를 녹일(스를 듯), 비가온다

燈불이 밝은 것은, 自動車가 들리는 소리, 이는 자동차 노래소래이라.

이곳은 國境, 朝鮮은 新義州도, 鴨綠江 鐵橋,

朝鮮人, 日本人, 中國人, 멧명이나 될꼬 멧명이나 될꼬

지나가다, 지나를 간다, 돈 있는 사람, 또는, 끼니조차 번드린 사람

鐵橋 위에 나는 섰다. 分明치 못하게 ? 分明하게 ?

朝鮮, 生命된 苦悶이여 !

우러러 보라, 하늘은 감핫고 아득하다.

自動車의 멀리멀리 붙고 붙는 두 눈,

騷音과 騷音과 냄새와 냄새와,

사람이라 어물거리는 다리 우헤는 電燈이 밝고나.

다리 아래는 그늘도 깊게 번듯거리며

푸른 물결이 흐른다. 굽이치며 얼신얼신.

— 「봄과 봄밤과 봄비」 전문

위의 작품은 그 구성상 크게 두 부분으로 되어 있다. 1행에서 9행까지를 전반부로, 그리고 10행부터 나머지 끝행까지를 후반부로 볼 수

있을 것이다. 전반부에서는 과거와 현재, 즉 회상과 현실이 교차된다. 지금 한 인물이 있는 곳은 압록강 철교 위다. 때는 봄밤이고, 비가 내리고 있다. 밤에 철교 위에서 하염없이 내리는 봄비를 바라보고 있는데, 머리 속으로 문득 어떤 한 영상이 떠오른다. 화자는 그 영상이 그토록 갑작스럽게 기억의 저 깊은 저장고로부터 끌려 올려지는 순간을 가리켜 '환하다'고 묘사한다. 그렇게 회상된 '주임선생'의 얼굴은 회상의 연쇄효과를 일으키며 보통학교 3학년 시절과 그때 지리시간의 수업내용을 순차적으로 떠올리게 된다. 그런 연쇄과정의 내용을 감안하건대, 아마도 '주임선생'의 담당과목은 지리였던 듯하다. 맨 처음 떠오른 것은 주임선생의 얼굴이지만, "五大江의 이름 외이든 地理時間/津江율, 大洞江, 豆滿江, 洛東江, 鴨綠江,/무쇠다리 우헤도, 무쇠다리를 녹일(스를 듯), 비가온다"라는 구절에서도 확인되듯이 그 회상의 계기는 화자가 서 있는 철교 밑을 흐르는 압록강이었을 것이다. 이어지는 후반부에서는 화자의 눈앞에서 펼쳐지는 현실의 풍경이 주조를 이루고 있다. 꼬리를 물고 이어져 있는 자동차들의 긴 행렬, 그 번쩍거리는 전조등의 불빛과 소음과 냄새, 그리고 쇄도하는 군중들, 그런 풍경들을 바라보면서 화사는, "鐵橋 위에 나는 섰다. 分明치 못하게 ? 分明하게 ?"라는 구절에서도 확인되듯이 자신이 발을 딛고 서 있는 지반에 불안감을 느낀다. 그런 불안감은, 밤하늘의 검고 아득한 모습과도 같은 화자의 절망감으로 이어진다. 화자는 도도하게 흘러가는 압록가의 물결을 절망감에 휩사인 채 바라본다. 그의 시에 비로소 자본주의의 근대적 징후들이 그로테스크한 모습으로 나타났을 때, 그것은 그가 세계사적 변화를 비로소 자각하게 되었음을 알려

준다. 그러나 그러한 새로운 시대는 그와는 거리가 먼 것일 수밖에 없었다. 김억에게 보낸 편지에서, 그가 "山村 와서 十年 있는 동안에 山川은 별로 變함이 없어 보여도 人事는 아주 글러진 듯 하옵니다. 世紀는 저를 버리고 혼자 앞서서 달아간 것 같아옵니다"라고 말하거나, "이곳 와서부터 '조선에 대한 희망'이 믿을 수 없게 되었습니다"라고 말한 것이 그 점을 증명해 준다.

5) 정리

구조주의 분석은 문학 연구에 객관성과 과학적 체계성을 부여해 주지만, 잘못 하면 하나의 생명 없는 유희나, 분열적인 대수학 같은 것으로 전락하고 말 것이다. 구조주의 분석은 인간에게 어떤 대립을 인식하게 하고 진보적 매개를 향하는 경향을 인식하게 하는 기능을 할 수 있을 때 그 의의가 더욱 강화될 수 있을 것이다.

이해의 진정한 대상을 구성하는 것이 심층 의미론이고 독자와 텍스트 주제 사이의 구체적인 유사성을 요구하는 것이 심층 의미론이다. 그러나 텍스트의 심층 의미론은 저자가 말하려고 의도한 것이 아니라, 텍스트가 말하고자 하는 것(텍스트의 주제—의도), 즉 텍스트의 '비실물적 지시'이다. 텍스트의 비실물적 지시는 텍스트의 심층 의미론에 의하여 열리는 세계이다. 우리가 이해하기를 원하는 것은 텍스트 뒤에 숨어 있는 어떤 것이 아니라, 텍스트 앞에 드러난 어떤 것이다. 이해되어야 하는 것은 담론의 최초의 상황이 아니라, 하나의 가능 세계(a possible World)이다. 이해는 작가 자신과 작가의 상황과는 큰 관계가 없다. 이해는 텍스트의 지시에 의해 열린 제안된 세계를 붙잡기를 원한다. 텍스트를 이해하는 것은 텍스트가 어의(sense)에서 지시(reference)로 이동하는 것, 즉 텍스트가 무엇을 말하는가에서 텍스트가 무엇에 대하여 이야기하는가로 텍스트가 이동하는 것을 따라가는 것이다. 이 과정에서 구조 분석의 중재 역할로 말미암아 이 객관적 접근법이 정당화되고 동시에 주관적 접근법이 수정된다. 우리는 이해를 텍스트의 토대가 되는 모종의 의도를 직관적으로 파악하는 것과 동일시하지는 않는다. 구조 분석이 만들어내는 심층 의미론의 도움을 통해 우리는 텍스트의 어의를 텍스트에서 출발하는 하나의 명령으로 사물을 보는 새로운 방법으로 또는 어떤 특정한 방식으로 생각하라는 하나의 명령으로 간주하게 된다.

이해는 어떤 이질적인 심리적 생활을 즉각적으로 파악한다든지 어떤 정신적인 의도를 정서적으로 밝혀낸다든지 하는 일과 무관하다. 이해는 이해를 선행하고 이해를 동반하는 총체적인 설명적 절차에 의해 중재된다. 이 인격적 자기화의 상대 개념은 〈느낄〉 수 있는 어떤 것이 아니다. 그것은 우리 앞에서 텍스트의 지시, 즉 하나의 세계를 열어 주는 텍스트의 힘이라고 정의한 설명에 의하여 해방되는 역동적 의미이다.

3 작가론과 텍스트 해석
: 문체의 발견

1. 김혜순과 알레고리

1) 화법(畵法)과 화법(話法)의 이중구조

X선의 투과에 의해 드러나는 신체 구조의 음화들은 우리의 기분을 묘하게 만든다. 그것들은 결코 아름답지 않다. 거기에는 삶의 초록색이 완벽하게 배제돼 있다. 죽음의 빛깔을 연상시키는 검은 색조를 배경으로 우리들의 두개골과 허파와 위장과 골격이 흉물스럽게 드러난다. 생명의 온기를 결여한 사물로 물화되어 나타나는 신체의 부위들은 잠시나마 우리의 감정을 아득하게 한다. 그것은 죽음 앞에서의 감정과도 유사할 것이다. 죽음 앞에서 우리가 느끼는 감정은 텅 빈 감정일 것이며, 그것은 아득한 감정일 것이기 때문이다.

김혜순의 시는 우리의 일상적 삶과 우리를 둘러싸고 있는 세계와 사물들을 특수한 촬영술로 찍어서 독특하게 현상한 일종의 음화이다.

그의 시들은 우리를 편안하게 하거나 즐겁게 하지 않는다. 그 음화들에서는 언제나 김혜순 특유의 저 무시무시한 파토스가 발생한다. 그것은 우리의 의식 속으로 파고들어 와서 일상적 현실과 사물에 대한 우리의 관습적 인식을 온통 뒤흔들어 놓는다. 김혜순은 자신의 네 번째 시집의 자서에서 이렇게 썼다 : "또 시집을 내느냐고 웃는 사람들에게 이 귀신들을 하나씩 선물한다. 부디 머리 풀고 곡하면서 소란스럽기를." 실제로 그의 시는 우리의 의식을 소란스럽게 만든다. 그 소란스러움은 화법(畵法)과 화법(話法)의 이중구조라는 그 음화의 독특한 구조에서 기인한다.

화법(畵法)은 본질적으로 시와 관련된 문제는 아니다. 그것은 회화의 문제이다. 김혜순의 시에서는 그 화법(畵法)의 문제가 매우 중요한 의미를 갖는다. 김혜순은 작품에 회화적 요소를 매우 적극적으로 끌어들이기 때문이다. 김혜순의 회화적 상상력은, 객관적 일관성으로 시각적 이미지들을 조직해야 하는 외적 필연성으로서의 원근법적 시점 고정에 의존하지 않는다. 김혜순의 그것은 어떤 내적 필연성에 따라 시각적 요소들을 자유롭게 결합하고 구성하는 초현실주의적 환상과 표현주의적 왜곡에 입각한 상상력이다.

김혜순의 시에서는, 그래서, 강화된 환상의 사유로운 유희에 의해 우리의 일상적 현실은 제압되고 무시무시하게 고조된다. 모든 것이 수상하고 환상적으로 되어 버린다. 사물의 외관 뒤에는 일그러진 그림자가, 생명이 없는 사물의 배후에는 괴기스럽고 유령 같은 생명이 잠복해 있다. 그의 작품 속으로 편입돼 들어가게 되면, 모든 것이 그로테스크해진다. 그 같이 어둡고 음울하며 그로테스크한 장면이나 영상의 배후에서 풍부한 의미와 형상들의 세계가 이차적으로 튀어나온 다. 이러한 현상은, 우리가 어떤 그림을 오래도록 관조하면 화폭 속에 고요하게 응집돼 있던 시각적 요소들이 강렬한 언어적 형상으로 변화 하는 것과도 같다. 김혜순의 시적 특질을 형성하는 회화적 화법(畵法) 이 거기에 머무르지 않고 강렬한 언어적 형상, 즉 시적 화법(話法)으 로 변용되는 것―그것이 바로 김혜순의 시 세계를 관류하는 비밀의 건축술이다.

그의 독특한 시적 건축술은 단순히 한 시인의 개성만을 의미하지 않는다. 거기에는 오늘날 우리가 살아가는 후기 산업사회의 부정적 징후들과 관련된 시인의 정신적 고투의 흔적이 각인돼 있다. 물질적 으로는 과거 그 어느 시대보다 풍요로워졌지만 인간의 고유한 특성인 정신의 측면에서는 오히려 더욱 빈곤해진 오늘날의 모순스러운 상황 속에서, 그 같이 어두운 상황에 책임을 지려는 시인의 진지한 고뇌가 거기에 침전돼 있는 것이다. 이 글이 궁극적으로 주목하는 바도 그의 그러한 진지함이다. 그러나, 그것을 말하기 위해서는 먼저 화법(畵法) 과 화법(話法)의 음화적 이중구조로 돼 있는 작품 그 자체의 형상을 철저하게 응시해야만 한다.

2) 음화(陰畵)와 악몽의 의미

김혜순은 1979년 겨울호 『문학과지성』에 「월식」 「도솔가」 「마라톤」 「담배를 피우는 시인」(이 작품은 시인의 첫 시집에 묶이면서 「담배를 피우는 屍體」로 그 제목이 바뀐다)을 발표하면서 작품 활동을 시작했다. 그의 등

단 작품들 가운데서 특히 「담배를 피우는 시체」와 「마라톤」은 우리의
의식을 소란스럽게 만들기에 충분하다. 먼저 그 제목부터 그로테스크
한 인상을 주는 「담배를 피우는 시체」를 보기로 하자.

어디서 접시 깨어지는 소리를 들었다.
언제나 그 소리가 들렸다.
옆에서 죽은 여자의 전신이 망가진 기계처럼 흩어졌다.
꺼어먼 뼈 사이로 검은 독충들이 기어나왔다.

내가 한 마리 독충을 들고 웃는다.
혹은 말을 걸어 보고 싶다.
〈내 진 술은 여기서부터 더듬기 시작〉
바, 방에는 검은 독충들이 더, 듬, 으, 며 흩어지고

어리고 섬찍한 금을 긋는다.
내가 죽은 여자의 입술을 주어서 담배를 물려 준다.
그러다가 이내 뺏아가고 다시 물려 준다.
불이 우는 것 같다. 어디서 복숭아 냄새가 난다.

詩 속에 사닥다리라는 말을 넣고 싶다.
사닥다리를 든 내가 계단에서 서성거린다.
창문이 열리고 흰 스카프를 쓴 죽은 여자의 얼굴이 걸려 있다.
아, 아직도 접시 깨어지는 소리가 들린다.

— 「담배를 피우는 屍體」 전문

생명이 파열될 때 나는 소리일 수도 있는 '접시 깨어지는 소리'가 작품 전체에 불길한 배음으로 깔려 있고, '죽은 여자'의 이미지가 반복적으로 나타난다. 죽음이란 존재의 소멸을 의미할 뿐만 아니라, 죽은 육체의 부패를 의미한다. 그런 점에서 '죽은 여자의 전신이 망가진 기계처럼 흩어졌다'와 '꺼어먼 뼈 사이로 검은 독충들이 기어나왔다'의 구절은 죽은 육체의 부패를 암시하는 것으로 파악할 수 있을 것이다. 이 시는 어떤 인물의 죽음에 대한 시인의 고통이나 슬픔을 시화한 작품일 수도 있다. 혹은 인간의 죽음과 관련된 초현실주의적 환상을 무의식의 자동기술법으로 숨가쁘게 써내려 간 것일 수도 있다. 시인의 등단시 함께 발표된 작품인 「도솔가」뿐만 아니라 그의 첫 시집의 도처에서 '죽은 어머니'란 말이 자주 나오는 것으로 보아, 이 시에서 죽음의 문제는 시인의 직접적인 체험과 관련된 것으로 추측되기도 한다. 그렇지만 이러한 유형의 시는 분석은 가능해도 해석은 불가능한 성질의 것이다. 그 같은 작품들을 놓고 해석을 하려는 시도는 엉터리 시에 주석을 붙이는 일보다도 더 어리석은 짓이다. 우리는 작품에 드러난 화자의 언표를 통하여 시인 자신도 의식하지 못한 어떤 내용을 추출해 내기도 한다. 그 경우 기본적인 전제는 작품의 표면에 무엇인가가 일단 드러나야 한다는 사실이다. 시인이 작품에 아무런 정보도 제시해 놓지 않는다면, 우리는 그 작품에 대해 접근할 길이 없게 된다. 「담배를 피우는 屍體」의 경우 시인은 이 시의 모티브와 관련된 아무런 정보도 작품에 제시해 놓지 않았다. 우리가 이 시에서 파악할 수 있는 것은, 죽은 여자의 창백한 얼굴과 끔찍스런 부패 이미지 그리고 우리의 신경을 주뼛하게 하는 파열음 정도이다. 이 시에서 우리가 주목해야 할 점은 작품의 그러한 구성요소들이 형성하는 독특한 분위기이다. 어둡고 음울하며 그로테스크한 그 분위기는 김혜순의 다른 시들, 그러한 분위기의 배후에서 풍부한 의미와 형상들의 세계가 이차적으로 튀어나오는 작품들로 퍼져나간다.

밤 汽車의 이빨 사이로
시리게 기어 나갔다.
하,하,하,하 웃으며 달리는
밤 汽車의 입술 가장자리에
나무들이 박혔다.
따라오던 바람이
밤 汽車의 머리채를
송두리째 강바닥에 던졌다.
이빨 사이에서 자꾸 떠밀렸다.
밤 汽車의 이빨 사이로 시리게 기어 나갔다.
안개가 목 위로 차올라 왔다.

—「마라톤」 전문

'밤 기차'는, 마라톤이란 제목이 암시하다시피, 종착역을 향하여 쉬지 않고 달린다(그 기차는 김혜순 특유의 표현주의적 왜곡에 의해 괴기스러울 정도로 거대하게 확대된 어떤 존재로 변형된다). 그리고 한 인물이 실제 세계에서는 기차의 창문으로 추측되는 '밤 기차의 이빨' 사이로 '시리게 기어' 나간다. 누구나 기차로 장거리 여행을 하다 보면 맑은 공기를 마시기 위해 창문 밖으로 고개를 내밀고 싶은 충동을 느낄 것이며, 실제로 우리는 그렇게 하기도 한다. 작품의 그 인물의 사정은 그렇듯 평온한 휴식의 문제와는 무관한 듯하다. '밤 기차의 이빨'이라는 이미지에서 시사되는바, 그 인물을 흉칙스럽고 거대한 어떤 존재에게 잡아먹히지 않기 위해 그 이빨 사이로 기어나오는 것처럼 보인다. 이 시는 매우 섬뜩한 인상을 주며 나아가 비극적으로 읽힌다. 작품에서 그 인물의 탈출은 불가능한 것으로 처리돼 있고, 그 인물은 결국 죽음을 맞이하는 것으로 묘사돼 있기 때문이다. 작품의 결말은 '안개가 목 위로 차올라 왔다'란 구절로 맺어져 있는데, 안개는 물의 아주 작은 입자들이 모여서 된 것이란 점에서 그 구절의 이미지는 익사의 이미지로 보아도 무방할 것이다.

「마라톤」의 표층적 모티브는 달리는 밤 기차와 주변 풍경이다. 시인은 그러한 모티브를 애초에는 거기에 나타나지 않았던 내용에 어울리는 것이 될 때까지 극단적으로 변형시킨 것이다. 이 시에서 죽어가고 있는 한 인물의 처절한 고통에도 불구하고 "하, 하, 하, 하 웃으며 달리는/밤 기차"는 다양한 의미로 읽을 수 있을 것이다. 그것은 파멸의 종착역을 향해 무섭게 달려가는 이 야만적인 후기 산업사회일 수도 있고, 죽음이란 궁극적 목적지를 향해 달려가는 그 모든 인간적 삶에 대한 상징일 수도 있으며, 삶의 황폐화와 부자유의 극점을 향해 달려가는 폭악한 정치 권력에 대한 비유일 수도 있다. 아무튼 그것은 작품에서 그 인물을 속박하고 억압하는 대상임에는 틀림이 없다. 억압하는 대상이 "하, 하, 하, 하 웃으며 달리는" 모습은, 역설적으로, 그와는 대비되는 억압받는 자의 모습을 강력하게 드러낸다. 어느 시대 어느 사회를 막론하고 억압받는 자의 모습은 중요한 의미를 갖는다. 우리는 언제나 억압하는 자의 강압과 폭력을 망각해서는 안 되기 때문이다. 이 시에서 목 위까지 차오른 안개에 휩싸인 한 인물의 모습은 바로 그러한 강압과 폭력에 대한 일종의 경고로 이해할 수 있을 것이다. 또한 그것은 이 시대를 살아가는 우리 모두의 음울한 음화일 것이다.

　김혜순의 시에서는 조화롭고 유기적인 아름다움의 세계는 거의 찾아보기 어렵다. 작품에 구축된 장면이나 이미지들은 모두가 충격적이고 낯설은 모습으로 왜곡되고 변형된 것들이다. 작품 속의 인물들의 표정은 절망과 고통으로 일그러져 있기가 일쑤이다. 그의 시에서는 "세상은 아름답다"란 식의 순진한 믿음은 파괴되고, 그러한 믿음에 기대어 안락해지려는 욕망은 거부된다. 「전염병자들아」란 시에서 어떤 인물은, 현재의 조화라는 긍정적 환상에 감염된 자들을 향하여, 더듬는 말투로, 숨차게, "저기, 저기, 쳐다보라. 유화, 물감으로, 그려진,/행복이, 액자, 속에, 담겨, 있고, 이제, 막, 기쁨의, 사. 카. 린. 이. 강. 물. 처. 럼. 네. 피. 속으로, 들어가고, 있/구나."라고 외친다. 김혜순이 자기의 시에서 조화롭고 유기적인 아름다움의 세계를 일소해 버리는 것은 전통적 서정시의 근본적인 속성에 내재해 있는 모종의 상처에 대한 시각과도 무관하지 않다.

　서정시란 본질적으로 인간의 감정을 누그러뜨리는 이미지와 소리를 갖고 있어서 많은 작품들의 경우 흔히 위로의 제스처를 취한다. 이 세상에 엄존하고 있는 불행과 고통에도 불구하고 세상과의 순진한 화해를 바라는 위로의 제스처는 일종의 범죄로까지 전락할 위험성을 내포한다. 그것은, 오늘날 관리되는 사회의 문화 산업이 선전하기도 하고 한 사회의 정치 독재자가 조장하기도 하는, '그럼에도 세상은 아름답고 살만한 것'이란 식의 지배이데올로기와 유사한 성질의 것으로 변질될 수도 있기 때문이다. 김혜순은 「유리」란 시에서 그러한 문제와 관련된 자신의 시적 태도를 매우 극명하게 보여준다. 그 시에서 시인은 인격화된 유리의 목소리를 빌려 "나에겐/달콤한 목소리도 없어/뜨거운 눈물도 없어/그러나 난/단번에 깨어질 줄 알아/온몸으로 날카로운 유리의 파편을 품고/천 갈래 만 갈래/반짝이면서/일순간 너희들의 눈을 멀게 하고/날아오를 줄 알아"라고 말한다. 그렇듯 김혜순의 시에서 우리는 감미로운 정서를 자아내는 '달콤한 목소리'를 들을 수 없다. 그는 자신의 고독과 내면의 슬픔 속에서도 나약한 자기연민의 감정에 결코 빠지지 않는다.

    노을 속에 머리칼을 처박고

    서 있다 보면,

    나의 발부터 야금야금 먹어치우는

    밤의 정체를 숨죽여 바라보다 보면,

    긴 행렬을 짓고

    개울을 가로질러 가는

    물새떼들을 보다 보면,

    뒤따라 슬픔이 자르듯이

    가슴에 새겨지는 것을 보다 보면,

    얼굴엔 눈물이

    생선 비늘처럼 꽂히는 것을

강물에 비춰보다 보면,

나무들이 이리저리 돌아서고

들판이 한없이 접히는 것을 어지러워하다 보면,

느닷없이

플레쉬를 터뜨리듯

내 뺨에 철썩 처얼썩 떨어지는

그의 손바닥을 보다 보면

내 얼굴에서 강둑에 떨어져 번득이는

비늘을 보다 보면, 내 눈알을 쏘아보다 보면

비상 먹은 달이 팽팽하게 떠올라오지

—「日沒」전문

석양 무렵의 특정한 풍경 속에 한 인물이 "머리칼을 처박고／서 있다". 그 인물은 원인 모를 슬픔에 휩싸여 눈물을 흘린다. 일반적으로 저녁 노을이 환기시키는 정서는 목가적이거나 전원적인 것이며 그것의 주조적 정조는 애상(哀想)적인 것이라 할 수 있다. 이 시의 경우에도 역시 예외는 아니어서 '개울' '강물' '물새떼' '나무' '들판' 등의 목가적이며 전원적인 징시의 시어들과 '슬픔' '눈물' 등의 애상적 정조의 시어들이 작품의 문면에 드러나 있다. 그렇지만 이 시의 실제 분위기는 그러한 정서나 정조와는 거리가 멀다. 작품의 분위기는 한껏 격앙돼 있고 심지어 섬뜩한 인상을 주기까지 한다. 작품을 전체적으로 살펴보면, 그러한 인상의 원인이 분명하게 드러난다. 작품 속에는 '처박다' '쏘아보다' '번득이다' '자르다' '먹어치우다' '팽팽하다'

등의 삭막하고 공격적인 의미의 말들이 함께 뒤섞여 있다. 그것들이 앞에서 열거한 시어들이 환기하는 정서와 정조를 해체하고 변형시킨다. 물론, 슬픔을 단지 강렬하게 표현한다고 해서 그것이 해소되지는 않을 것이다. 이 시에서도 화자의 슬픔은 해소되지 않은 채 작품 전체에 어두운 그림자를 드리우게 한다. 그것은 작품의 결미에서 하늘에 노을빛이 사라진 다음 밤의 어둠을 배경으로 떠오른 '비상 먹은 달'의 일그러진 형상으로 통합된다. 독약을 삼켜 고통스럽게 일그러진 인물의 표정을 연상시키는 '비상 먹은 달'의 이미지는 감상적 슬픔이라는 독약을 삼켜버리려는 화자의 격심한 고통을 암시할 것이다.

김혜순은 내면의 슬픔과 관련된 고통을 자학적일 정도로 극단까지 증폭시키는 경우는 있어도 그것을 직설적으로 토로하는 경우는 거의 없다. 감상적 슬픔에 함몰되면 자기 연민이란 감정의 안개 속에 모든 것이 흐릿해지게 된다. 그렇게 되면, 주체는 자기를 슬프게 하고 고통스럽게 한 대상이나 원인에 대해 파악하려 하지 않으며, 그것을 극복하려는 의지조차 상실하게 된다. 김혜순은 그러한 것을 결코 용납하지 않는다. 그는 고통을 증폭시킴으로써 거기에서 강렬한 힘을 발생하게 한다. 그 힘은, "두 주먹을 움켜쥐고/이를 악물고/너를 향해/내 눈알을/빼 던진다"(「대결」)에서 볼 수 있는 것처럼, 자신과 주위의 대상들을 바로 보려는 의지로 연결된다(「일몰」의 경우만 하더라도 '보다'라는 동사가 시의 문면에 압도적으로 많이 나타나며, 바로 보려는 그 의지는 "내 눈알을 쏘아보다"란 구절에서 집약적으로 드러난다). 김혜순의 시에서 주로 나타나는 행위소는 '보다'이다. 그밖의 다른 행위소들은 모두 '보다'란 행위의 원심력 속으로 모여든다. 그 원심력을 주관하는 것은 시인의 강렬한 눈이다. 마치 초음파 감지기를 장착한 카메라가 우리의 평범한 눈으로는 발견할 수 없는 신체 내부의 질병을 감지해내듯이, 그는 우리가 보지 못하거나 보려고 하지 않는 것들을 포착하고 들추어낸다. 김혜순의 시가 우리의 의식을 소란스럽게 하는 근본적인 이유도 바로 거기에 있다. 그는, 놀라운 투시력으로 일상적 현실의 배후에 잠복해 있는 또 하나의 끔직스런 현실을 복원해내며, 존재와 사물의 저 깊은 곳에 감추어져 있는 쓰라린 상처를 감지해낸다.

달은 먹는다
우리의 깊은 잠을
잠든 영혼이 품은 대낮의 햇볕을
대양을 떠가는 배들의 영혼을
폭풍우 치는 밤 들판에 흩어진
꿈틀거리는 시신들을
보리밭에 머리 처박고 가랑이 벌린
밤처녀의 혼령을
웃으며 빨아먹는다
둥그렇고 싯누런
완벽한 죽음의 얼굴이
동산 위에 떠올라
잠든 세상의 꿈을
마구 뒤섞어 달빛으로 절여 먹는다.

—「달」 전문

　이 시에서 '달'은 우리를 각박한 현실로부터 벗어나게 해주는 아름다운 몽상이나 감미로운 상념의 대상이 아니다. 그것은 불길한 악몽 속에서나 나올 법한 야차나 마귀의 모습으로 변형되어 있다. 달은 '우리의 깊은 잠'과 '대낮의 햇볕'과 '배들의 영혼'과 '꿈틀거리는 시신'과 '밤처녀의 혼령'을 '웃으며 빨아 먹는다'. 그 어떠한 경우에라도 달이 야차나 마귀가 되는 일은 결코 일어나지 않을 것이다. 달과 관련된 시인의 직접적인 체험의 공간에서도 달은 언제나 그랬듯이 그 교교한 빛을 발산했을 것이다. 그럼에도 시인은, 자신의 그 고감도 렌즈로, 아주 색다른 각도에서, 달빛과 그 주변 풍경을 찍어냈다. 달밤의 정경을 모티브로 한 여타 다른 작품들과 이 작품이 구별되는 점은, 달이 빛을 발하는 모습을 이 시인이 "달은 먹는다"라고 표현했다는 데 있다. 달은 스스로 빛을 발하는 발광체가 아니다. 그것은 태양빛을 흡수해야만 빛을 발하게 되는 반사체이다. "달은 먹는다"란 표현이 의미상의 모순을 일으키지 않고 현실에 대한 유효한 통찰로서 적절한 표현이 될 수 있는 것도 달의 속성에 내재해 있는 반사체로서의 성격 때문이다. 반사체인 달은 태양빛을 받기도 하지만 밤의 세상 풍경을 흡수하기도 할 것이다. 그런 점에서 그 표현은 달이 세상의 모습을 비추는 것을 왜곡시켜 나타낸 것이라 할 수 있다. 이 시에서 달에게 먹히는 것으로 묘사된 대상들은 실제로는 달에 반사돼 나타난 형상들인 것이다. 김혜순의 날카로운 투시력은, 교교한 달빛이 넘실대는 정경 속에서 푸근하거나 감미로운 분위기에 빠지지 않고 그러한 형상들을 포착한 것이다. 보라, 세상은 고요하게 잠들어 있는 것처럼 보이지만, 고통스럽고 불길한 꿈으로 얼룩져 있으며 무언의 고통 속에서 죽어간 시신들이 꿈틀거리고 있지 않은가. 작품에서 "둥그렇고 싯누런/완벽한 죽음의 얼굴"로 동산 위에 떠오른 달에 비친 형상들은 끔찍하게 일그러진 현실의 음화일 것이다.

위의 작품에서 표현된 달은 적어도 관광여행 안내서에 삽입된 어느 환상적인 그림 속의 달이 저지를 수도 있는 범죄에서 벗어난다. 그러한 그림 속의 달은 이 부정적인 현실 상황에서도 행복이 가능하다고 속삭임으로써 지배자의 이데올로기에 부응한다. 또한 그것이 약속하는 행복은 많은 돈을 지불해야 얻을 수 있는 것이며, 그럼에도 그것으로 진정한 행복이 실현될 수 없다는 점에서 일종의 기만이기도 하다. 김혜순은 악몽과도 같은 현실과 그 속에서 살아가는 우리들의 고통과 관련된 음화들을 독특하게 현상해냄으로써 순진한 서정시가 저지를 수도 있는 허위와 기만으로부터 멀어진다.

3) 부정적 현실의 알레고리

그리스 신화를 읽은 사람이라면 아르고스(Argus)란 이름을 본 적이 있을 것이다. 황소를 망보는 백 개의 눈을 가진 파순꾼 말이다. 김혜순의 시에서 섬광처럼 번득이는 그 강렬한 투시력은 바로 그 아르고스가 지닌 백 개의 눈을 떠올리게 한다. 김혜순이 주의깊게 바라보는 것은 황소가 아니다. 그가 뚫어 보는 것은 이 세계의 어둠이며 그 속에서 살아가는 존재의 고통스런 현실이다. 고통을 직시하는 일은 괴롭고 힘든 일이다. 때로 그것은 두려운 일이기도 하다. 이 점은 김혜순이라고 해서 예외일 수는 없을 것이다. 우리의 평범한 눈에는 포착

되지 않는 것들을 보게 되는 과정에서 발생할 수 있는 두려움과 고통
에 대해, 시인은 「제삿밥 먹으러 온 귀신들이 보이니」에서,

> 나는 보인다
> 안보이다 보인다
> 나는 안보이는 것만 보인다
> 나는 보이는 것만 안보인다
> 보인다
> 큰일났다 안보일 것이 보여 큰일 났다

라고 말하기도 한다. 그럼에도 그는 어둠과 고통의 형상들을 지켜보
는 일을 멈추지 않는다. 우리들의 일그러진 음화들을 아픈 마음으로
그는 본다.

> 겨울 산 나무들은
> 비명을 질러댄다
> 머리를 땅에 처박고
> 긴 목으로 일렁이며
> 가랑이를 공중에 좍 벌린 채
> 거꾸로 선 나무들은
> 비명을 질러댄다
> 입으로 흙이 들어가서
> 위장이 꽉 막히도록

놀란 머리카락들이

땅 속에서 철사줄처럼

팽팽해 지도록

비명을 질러댄다

겨울 산에 가보라

겨울 나무들이 벗은 살에

매운 매를 맞으며

땅 속에 얼굴을 파묻은 채

막힌 비명을 질러대는 것이 보이리라

—「비명」부분

시인은 본다, 겨울 산 나무들이 휴면의 침묵 속에 빠져 있지 않고 비명을 질러대는 것을. 그 비명 소리를 들은 자 어찌 겨울 산이 적요하다고 말하겠는가. 겨울 산 헐벗은 나무들은 잠들어 있는 것이 아니다. 그것들은 "땅 속에 얼굴을 파묻은 채/막힌 비명을" 질러댄다. 시인의 투시력은 고요하고 쓸쓸한 겨울 산의 풍경 배후에 잠복해 있는 헐벗은 나무들의 고통스런 형상을 감시해냈다. 시인은 그것을 다양한 각도에서 인간적인 표징과 몸짓으로 재구성한 것이나. 이제 '겨울 산 나무들'이 차가운 삭풍에 흔들리는 모습은 고문대에 거꾸로 매달려 비명을 지르며 몸부림치는 사람들 혹은 고통스런 비명 그 자체의 이미지로 변형된다. 이 시에서 놀랍도록 명료하게 형상화된 그 비명은, "아무도 모르게 죽은/사람들의 머리채와/거꾸로 선 나무들의/머리채가 서로 맞닿아/질긴 매듭이 지워지고/더욱 큰 비명이 디져 니온다"

의 구절에서 암시되다시피, 이 시대의 온갖 유형의 억압받는 자들의
입에서 터져 나오는 것이리라.

고통스런 형상은 김혜순의 시 도처에서 우리가 아주 흔하게 발견할
수 있는 요소이다. 그것은 작품 속에 등장하는 인물의 표정으로 나타
나기도 하며, 작품을 이루는 구성 요소들의 전체적인 짜임관계 속에
서 작품 그 자체의 형상으로 드러나기도 한다. 그렇듯 그의 시는 대부
분 어둡고 고통스런 형상으로 얼룩져 있으나 거기에는 세계와 존재의
어둠을 직시하려는 힘으로 충만돼 있다. 김혜순의 투시력은 그 대상
을 가리지 않는데, 죽음이 예정된 불연속적 존재인 우리 인간의 존재
론적 숙명과 관련된 부분에서도 그 힘을 발휘함으로써 우리의 정신을
사납게 만들기도 한다.

　　　진흙 가면을 벗고 나면
　　　거기 사방에 구멍이 뚫린
　　　주검의 鳥籠이 있고
　　　주검의 鳥籠을 열고 들어서면
　　　거기 온몸에서 쥐어짜진
　　　땟국물 같은 영혼이 한 모금 남아
　　　한가로이 썩고 있다 하네

— 「남은 자들을 향하여」 전문

우리가 죽게 되면 시체가 되고 그 시체는 곧 부패할 것이다. 죽은
육체의 부패는 우리가 살아 있는 동안 쓰고 다녔던 '진흙 가면'을 벗

게 할 것이다. 김혜순의 시에는 죽음의 객관적 증표로서의 시체 이미지가 자주 출몰한다. 시체는 살아 있는 우리에게 공포와 고통의 대상이다. 그것은 그 앞에서 그것을 목도하는 사람뿐 아니라 모든 사람을 파멸시킬 수 있는 죽음의 폭력에 대한 증거가 된다. 그 끔찍스러운 증거물은, 미구에 언젠가 내가 죽으면 나는 어떻게 될 것인가 하는 생각을 불러 일으킴으로써 우리의 의식을 무겁게 짓누른다. 그렇지만 그러한 순간은 잠시뿐이고 우리는 그 무거운 의식에서 벗어나 우리 앞에 놓여 있는 욕망의 대상들을 향하여 우리의 온몸을 던진다. 언젠가는 결국 죽게 된다는 사실을 우리는 눈을 가린 채 보지 않으려고 한다. 김혜순은 죽음의 문제에 대한 우리의 고집스런 외면에도 아랑곳하지 않고 작품 속에 시체 이미지를 끌어들여 그것에 대한 우리의 고통과 공포를 증폭시키고 지속시킨다.

죽은 줄도 모르고 그는

황급히 일어난다

텅 빈 가슴 위에

점잖게 넥타이를 매고

메마른 머리칼에

반듯하게 기름을 바르고

구데기들이 기어나오는 내장 속에

우유를 쏟아붓고

죽은 발가죽 위에

소가죽 구두를 씌우고

묘비들이 즐비한 거리를

바람처럼 내달린다

죽은 줄도 모르고 그는

먼지를 털며 돌아온다

죽은 여자의 관 옆에

이불을 깔고

허리를 굽히면서

메마른 머리칼이 쏟아져 싸이고

차가운 이빨들이 이 안에서 쏟아진다

그 다음 주름진 살갗이

발 아래 떨어지고

죽은 줄도 모르고 그는

다시 죽음에 들면서

내일 묘비에 새길 근사한

한 마디 쩝쩝거리며

관뚜껑을 스스로 끌어 올린다

—「죽은 줄도 모르고」 전문

　　허망하기도 해라, 우리의 끔찍스런 일상이여. "점잖게 넥타이를 매고", "머리칼에/반듯하게 기름을 바르고", 잠들기 위해 "이불을 깔고" 하는 우리의 일상은, 우리가 이미 죽어버린 줄도 모르고 살아 있다는 착각 속에서 무의미하게 반복하는 무덤 속의 삶이었단 말인가. 이러

106

한 의문과 관련된 고통을 우리 스스로 증폭시킬 필요는 있지만, 그렇다고 극단적인 허무주의나 비관주의에 빠질 필요는 없다. 우리의 일상적 삶이 아무리 다람쥐 쳇바퀴 돌 듯이 무의미하게 반복된다고 할지라도, 우리는 그것을 비웃을 수는 없다. 그러한 태도는 우리의 삶그 자체를 부정하려는 처사이다. 우리의 삶은, 그것이 비록 지금 현재에는 무의미한 악순환의 마법에 걸려 있는 것처럼 보일지라도, 미래의 보다 인간적인 삶을 향한 노력의 현실적 근거이자 출발점이 되는 것이다. 우리 일상의 끔찍스런 음화를 찍어서 현상해낸 김혜순의 의도 역시 삶 그 자체의 가치를 비웃으려는 데 있지 않다. 그가 제기하는 문제는 이 부정적 현실 속에서 획일화된 우리의 일상과 관련된 것이다. 아침에 황급히 일어나서, 우유를 쏟아붓듯이 마시고, 거리를 바람처럼 내달리다가, 먼지를 털며 돌아와서는 이불을 깔고, 관 뚜껑을 끌어올리듯이 이불을 끌어올리고 죽음과도 같은 잠에 빠져드는 우리의 일상, 그 악순환의 반복에서 벗어나 있는 사람은 아무도 없다. 오늘날 모든 인간적 삶을 중앙집권적으로 획일화하는 그 극단적이고 어두운 현실은 주체를 말살한다. 그것은 주체를 말살함으로써 그 자체도 죽음과 유사해진다. '죽은 줄도 모르고' 반복하는 우리의 일상은 우리가 진정으로 원해서라기보다는 부정적 현실의 속박에 의한 것이다. 김혜순이 이 시에서 말하고자 하는 것도 죽음과 같은 우리의 일상그 자체가 아니라 그렇게 만드는 현실의 속박이다. 속박받고 있다는 사실에 대한 자의식은 그 속박에서 벗어나려는 욕구의 중요한 계기가된다. 김혜순이 일상적 삶의 형상 속으로 저 끔찍한 죽음의 이미지를 끌어들이는 의도는, 삶의 올바른 위치에 대한 우리의 자의식을 일깨

우기 위함인 것이다.

　우리가 김혜순의 시에서 그토록 빈번하게 목도하는 고통의 형상들은 부정적 현실의 속박으로부터 추론된 귀결이라 할 수 있다. 그것들은 지금 여기서 벌어지고 있는 것들에 대한 체험의 소산인 것이다. 김혜순은 그러한 체험을 직접적인 소재를 통해서 드러내기도 하는데, 그러한 작품들은 주체와 현실이 공허해졌다는 이 시대의 결정적인 문제를 강력하게 드러내는 데에는 미흡한 감이 있다(「정형외과 병동」「날마다의 복사」「살과 쇠」「태평로·2」 등). 그 문제와 관련해서 김혜순의 시적 능력이 최고로 발휘되는 것은, 직접적인 소재를 다루지 않으면서도 그러한 체험을 그만의 독특한 세계 속에 집약해 놓은 작품들에서이다. 그 가운데서 가장 대표적인 경우로서 다음 작품을 꼽을 수 있다.

　　식지 않는 욕망처럼

　　여름 태양은 지지 않는다

　　다만 어두운 문 뒤에서

　　잠시 쉴 뿐 서산을 넘어

　　결코 사라지지 않는다

　　다시 못다 끓은 치정처럼

　　몸 속에서 종 기가 곪는다

　　날마다 몸이 무거워진다

　　밥을 먹을 수도 돌아누울 수도 없을 만큼

　　고름 종기로 몸이 꽉찬다

한시도 태양은 지지 않고

한시도 보고 싶음은 지워지지 않고

한시도 끓는 땅은 내 발을 놓지 않고

그리고 다시 참을 수 없는 분노처럼

내 온몸으로

붉은 혹들이 주렁주렁 열린다

—「여름 나무」 전문

이 작품은, 우리가 앞에서 살펴본 작품들처럼, 화법(畵法)과 화법(話法)의 이중구조로 된 음화의 시이다. 나무의 관점에서 그것이 열매를 맺는 과정을 다루고 있지만, 그것은 김혜순의 독특한 화법(畵法)에 의해 추하고 손상된 모습으로 그려져 있다. 일반적으로, 나무에 탐스럽게 열린 열매는 풍요의 상징이며, 그 때문에 흔히 아름다운 예찬의 대상이 되곤 한다. 그렇지만 이 시의 열매는 흉물스럽다는 인상을 준다. 그것은 나무의 몸 속의 종기가 곪고 또 곪아서 '참을 수 없는 분노처럼' 밖으로 솟아나온 '붉은 혹'이기 때문이다. 빨갛게 익은 사과를 보고 우리는 탐스럽다는 느낌을 받겠지만, 이 작품에서 '붉은 혹'은 우리에게 그러한 인상을 주지 않는다. 그것은 오히려 어떤 것에 대한 경고의 표시로서 기능한다. 사실 모든 식물의 열매 속에는 어떤 끔찍한 요인이 내포되어 있다. 그것은 결코 행복하고 풍요로운 결실이 아니라 그 식물들을 사로잡아 놓는 속박에 따르는 어떤 것이기 때문이다.

이 시에서 김혜순이 주목하고 있는 것도 그러한 속박의 문제이다.

그 문제에 대한 시인의 인식은 '그리고/다시' 란 구절에서 지극히 축약적으로 드러난다. 태양이 사라지지 않는 한 식물은 광합성 작용을 계속할 것이며 해마다 꽃을 피우고 열매를 맺을 것이다. 그럼에도, 도대체, 그 식물에게 더 나아지는 일이란 결코 발생하지 않는다. 마치 무한궤도의 진행과도 같은 반복과 순환의 법칙에 따라 식물은 "그리고 다시 참을 수 없는 분노처럼/내 온몸으로/붉은 혹들이 주렁주렁 열린다"(시인이 이 부분에서 피동형을 사용한 사실에 주목하라). 시인이 작품에 집약해 놓은 역사적 체험의 형상화는 매서운 데가 있다. 작품에서 한시도 지지 않는 태양은 나무를 속박하는 대상이지만, 그 나무의 생명을 유지하게 해주는 것이기도 하다. 정말로 태양이 사라진다면 그것은 나무에게는 총체적 파국과도 다름없는 상황이 된다. 그렇다고 태양이 계속 있다고 해서 나무에게 더 좋은 상황이 발생하는 것도 아니다. 작품에서 나무는 자신에게 무엇인가 새로운 일이 일어나기를 바라지만, 언제나 그랬듯이 '온몸으로/붉은 혹들이' 주렁주렁 열릴 뿐이다. 그 끊임없는 희망의 좌절 과정은, 베케트의 유명한 희곡 『고도를 기다리며』에서 한 인물이 내뱉는 대사의 한 구절을 생각나게 한다. 그 인물은 이렇게 말한다 : "아무것도 일어나지 않고, 아무도 오지 않으며 아무도 가지 않는다는 것, 그것이 끔찍스럽다." 그렇다, 그것은 끔찍스러운 일이다. 우리의 삶이 정말 그런 것이라면, 우리는 굳이 지금 여기에서 내일을 위해 애쓰고 힘쓸 필요조차 없게 된다. 그럴 경우, 우리에게는 다만 쾌락주의와 허무주의만이 남게 될 것이다. 시인의 의도가 그런 데 있지 않음은 물론이다.

「여름 나무」를 통해서 시인이 의도하는 바는 그런 끔찍스런 삶의 현실에 대한 경고에 있다. 자기의 현 상태를 돌아보고 자각하지 않는 정신은 마비되어 결코 내일의 꿈을 꾸지 못한다. 현재의 삶이 끔찍스러울수록 그러한 현실을 자각하고 인식하는 정신만이 거기서는 그렇지 않은 미지의 영역으로 자기의 삶을 이끌어 간다. 그 미지의 영역은 공허하고 추상적인 유토피아가 아니라 지금 여기에서의 삶의 부정적인 내용과 대립되는 어떤 것이란 점에서 중요한 의미를 갖는다. 시인의 의도는 바로 그 같은 사실에 있는 것이다.

4) 폭로와 탄핵의 시학

보들레르는, 언젠가, 이 세계는 향기를 잃었으며 그때부터 색채도 잃었노라는 말을 했다고 한다. 그 말은 자본주의란 생산양식이 낳은 물신숭배로 인해 오히려 궁핍해진 세계 상태에 대한 폭로를 의미할 것이다. 한편, 그것은 그러한 상황 속에서 예술적으로도 빈곤해진 시인의 고뇌어린 탄식이기도 할 것이다. 화법(畵法)과 화법(話法)의 음화적 이중구조로 이루어진 김혜순의 시의 형상은 그러한 '폭로'와 '탄식'의 산물이다.

현대의 파편화된 세계는 인간의 행복한 삶의 토대로서 평온하기만 한 무대일 수 없게 되었고, 예술은 그러한 세계의 조화로운 반영일 수 없게 되었다. 그 같은 상황에서 오락물을 연상시키는 유쾌한 예술과 위로의 말만을 남발하는 천박한 예술 작품들은 일종의 허위의식의 산물로 전락하게 된다. 그러한 작품들은 그것이 실제로 놓여 있는 현실의 어둠과 고통을 외면하거나 그것으로부터 도피함으로써 진정한 예술 작품으로서의 가치와 품위를 상실하기 때문이다. 한마디로 말해서 그것들은 예술 이하인 것이다. 김혜순의 시는 오늘날 우리 삶의 객관적 궁핍함을 반영하고자 함으로써 불가피하게 음화적 성격을 띠게 된다. 그것은 향기와 색채를 잃어버린 세계의 불모성에 진지하게 책임을 지려는 고뇌의 소산이라 할 수 있다.

김혜순은 그저 듣기에만 좋을 뿐인 '달콤한 목소리'나 순진한 화해의 목소리를 배격한다. 오늘날 우리의 극단적인 어둠의 현실을 역설스럽게도 사실적으로 그려낸 것이 그의 시적 음화들이다. 그것은 기만적인 위로의 말만을 남발하는 시나 무책임하게 자연으로 도피를 추구하는 시들에 대한 부정(否定)의 형상이기도 하다. 김혜순의 시는 오늘날 이 세계를 지배하는 자본의 논리에 의해 소외된 우리의 부인되고 묵살된 고통을 폭로하며 우리를 억압하는 것들을 탄핵한다. 그가 우리 앞에 펼쳐 보이는 그 음화들은 그러한 폭로와 탄핵의 언어적 등가물인 것이다.

2. 채만식과 풍자[1]

1) 풍자와 해학

1924년 『조선문단』 12월에 발표한 단편 「세 길로」로 시작하여 1949년에 중편 「소년은 자란다」를 쓸 때까지 채만식은 65편의 단편과 13편의 중·장편, 그리고 22편의 희곡을 발표하였다. 우리 문학사에서 채만식은 흔히 풍자 소설가로 규정된다. 그러나 채만식이 지은 작품들의 구성이 모두 풍자의 방법을 택하고 있는 것은 아니다. 채만 식이 지은 전체 작품들을 검토한 연구자들 가운데는 채만식의 창작 기간을 네 시기로 나누어 풍자 소설을 제2기의 특성으로 한정하는 연 구자가 있는가 하면, 그 영역을 더욱 좁혀서『태평천하』나 「치숙」(癡 叔)과 같은 일부 작품만을 풍자 소설로 다루는 연구자도 있다. 또 어 떤 연구자는 농민들의 생활을 그린 채만식의 소설에는 풍자적인 어조 가 전혀 나타나지 않는다는 사실을 지적하기도 한다. 여러 연구자들 의 지적이 아니더라도 채만식이 지은 작품들 가운데 풍자적 구성에 의존하는 작품의 수효가 3분의 1을 넘지 않는다는 사실을 우리는 확 인할 수 있다. 그럼에도 채만식이라는 소설가의 특성을 언급할 때 풍 자와 연관된 문제들을 배제한다면 채만식 문학의 특징적 양상들 가운 데 매우 중요한 부분을 놓치게 된다는 사실도 우리는 수긍할 수 있다.

'풍자'(諷刺)는 어떤 부정적인 대상을 비꼬아 서술함으로써 그 대상 을 비판하는 것을 뜻한다. 비꼬아 서술하는 과정에서 서술되는 대상 이 우스꽝스럽게 묘사되며, 그것이 사람들의 웃음을 유발한다. 판박 이 도덕에 집착하는 엄숙주의자와 물질적 이익에 탐닉하는 물신숭배 자는 풍자의 대상이 된다. 억압적인 권위의식과 물질적인 이해관계에 사로잡혀 있는 사람을 비판하기 위하여 사용되는 풍자는 사회생활의 상하관계를 뒤바꾸어 놓는다. 특권 없는 사람이 특권 있는 사람을 비

---

1) 이 글은 고등학교 학생들에게 채만식의 단편소설의 해석을 통해 그의 소설에 나타난 풍자적 특성을 이해시키고, 그러한 이해를 근거로 학생들이 작품과 연관된 물음에 논리적으로 답할 수 있는 훈련을 위해 구성된 것이다.

판하여 궁지에 몰아넣는 것이다. 풍자를 통해 유발되는 웃음에는 폭로와 징벌의 의미가 들어 있다. 특권에 의해 은폐되어 있던 부정적인 모습이 풍자를 통해 만천하에 드러나기 때문에 웃는 것이고, 그처럼 부정적인 모습에 대한 징벌의 표현으로 웃는 것이다. 이와 같은 풍자의 역학이 소설의 구성으로 포섭된 작품들을 가리켜 우리는 풍자적 구성에 입각한 소설이라 부른다. 웃음을 유발한다는 공통점 때문에 풍자와 해학(諧謔)을 유사하게 보고, 익살이냐 웃음이냐 하는 기준으로 풍자와 해학을 구분하기도 한다. 그러나 그런 구분은 풍자와 해학의 차이를 분명하게 설명해 주지 못한다. 어떤 부정적인 대상을 비꼬아 서술하여 그 대상을 우스꽝스럽게 만듦으로써 웃음을 유발한다는 점에서 풍자와 해학은 크게 다르지 않다. 풍자와 해학의 차이는 풍자가 일방적으로 폭로와 징벌을 지향하는 데 비해 해학이 폭로와 징벌을 넘어 용서와 화해를 지향한다는 데 있다. 인간은 과오를 범하기 쉬운 존재이다. 해학은 그런 인간을 따뜻하게 감싸면서 용서와 화해로 나아간다. 넓게 보면 풍자는 해학 안에 포함될 수 있다. 따라서 풍자와 해학의 차이는 절대적인 것이라기보다는 상대적인 것이다. 풍자에서는 조소와 공격과 비판의 성향이 비교적 강하게 나타나고, 해학에서는 동정과 이해와 용서의 성향이 비교적 짙게 나타난다.

채만식이 지은 모든 소설을 풍자 소설이라고 말할 수는 없지만, 그가 소설을 지을 때 풍자의 수법을 즐겨 사용했다는 사실을 우리는 인정하지 않을 수 없다. 이 글에서는 채만식의 대표적인 단편 소설들을 통해 그의 소설에 나타난 풍자의 양상에 대해 살펴보고자 한다.

2) 「레디메이드 인생」[2]

「레디메이드 인생」은 1934년 『신동아』(5~7월호)에 연재한 단편소설이다. 작품 속에 1934년이라는 시기가 구체적으로 밝혀져 있다는 사실에서도 확인되듯이 채만식은 이 작품에서 사회 상황을 직접 지시하고 있다. 이 작품의 사건 진행은 크게 세 장면으로 압축할 수 있다.

1. P가 신문사 사장인 K를 찾아가 취직을 부탁하나 거절당한다.
2. 취직을 못해 낙담하고 있는 P를 역시 직업이 없는 친구들인 M과 H가 찾아오고 P는 그들과 어울려 책을 잡히고 술집에 가서 세상과 자신들의 신세를 한탄한다.
3. 아내와 이혼한 후 시골에 사는 형에게 맡겨 두었던 아들 창선이 서울로 올라오고, P는 아들에게 인쇄소의 일을 배우도록 한다.

신문사나 잡지사에 들어가 글을 쓰는 일을 하려던 P가 일자리를 얻지 못하고 아홉 살 난 아들인 창선에게 인쇄소 일을 배우게 하는 것이 이 작품의 중심 스토리이다. 작품 속에 1934년이라는 시기가 구체적으로 명시되어 있다는 점으로 미루어 보아 그 당시 우리 사회에 실업자가 많았다는 사실을 알 수 있다. 작품의 서두에 직장을 얻으려고 애쓰는 P의 실업 상태가 배치되고 작품의 말미에 P가 아들인 창선을 인

---

2) 이 글에서 해석의 대상으로 삼은 작품들 가운데 「레디메이드 인생」의 경우는 김인환 교수의 다음 책에 제시된 해석의 내용을 전반적으로 수용하였음.
 김인환, 『비평의 원리』(나남, 1994), pp.143~170.

쇄소에 일자리를 얻게 하는 장면이 배치됨으로써 이 작품의 스토리는 실업과 취업의 대조 위에 전개된다. 그러한 스토리 전개의 의도는 실업자를 낼 수밖에 없는 사회를 비판하려는 데 있다.

K사장은 일자리를 구하러 온 P에게 농촌에 가서 야학을 하거나 몇 사람이 모여 신문 또는 잡지를 만들어 보라고 권한다. 신문사는 구제 기관이 아니라는 핑계를 대면서 취직 부탁을 냉정하게 거절하고, 실업자에게 사회 운동을 하라고 권하는 K사장의 말은 전혀 이치에 닿지 않는다. 일자리조차 얻을 수 없는 사회 현실에 대해서는 단 한마디도 언급하지 않고 열심히 일만 하면 돈은 저절로 생긴다는 논리를 세우는 K사장은 식민지 특권층의 논리를 대변하는 위선자이다. P는 K사장과 같은 사람들을 '망할 자식들'이라고 욕하고 그들의 행동을 '엉터리없는 수작'이라고 비판한다. 작품에서 작가는 값싼 유곽(遊廓) 장면을 작품의 균형이 훼손될 만큼 지나칠 정도로 장황하게 묘사하는데, 이는 K사장과 유곽에서 만난 작부를 대조함으로써 K사장에 대한 비판을 강화하기 위한 장치로 보인다. 아이를 가지고서도 술집에 나와 몸을 맡기는 여자라든가, 20전에 몸을 팔겠다고 나서는 여자들의 생활을 안락의자에 앉은 K사장의 생활과 대조시킴으로써 당시의 사회 현실을 제시하려고 한 것이다. 작품에 직접 제시된 사실에 따르면 당시에 신문기자의 월급이 40원이고 한 달치 방세가 3원이다. 이를 통해 우리는 20전이 어느 정도의 돈인가를 짐작할 수 있다. 기자의 월급을 40만 원이라고 환산하면 20전은 2천 원인 셈이다. 인간의 권리나 도덕 관념과 같은 원리의 측면에서 볼 때는 특별한 사건일 수밖에 없는 작부들의 행동이 당시의 사회 현실 속에서는 일상적이고 평

범한 사건이 된다. P의 사색이라는 형식을 통해 작가는 그 여자들의 행동은 어떤 의미에서 '정당성을 가진 노동'이며, 그 여자들의 문제는 동정이나 도덕관념으로 해결할 수 없는 '집단의 역사적 문제'라고 설명한다.

다른 사람에게 일자리를 줄 수 있다는 점에서 K사장에게는 권력이 있으나, 일자리를 얻기 위해 K사장에게 부탁을 해야 한다는 점에서 P에게는 권력이 없다. 권력이 있는 K사장의 위선이 권력이 없는 P에 의해 폭로된다는 사실을 통해 우리는 이 작품의 풍자적 성격을 확인할 수 있다. 그처럼 P가 K사장의 위선을 비판하고 있지만, 몇 가지 장면을 통해 P 역시 이 작품에서 비판되고 있다는 사실을 우리는 주목해 보아야 할 필요가 있다. '되다가 찌부러진 찌끄러기', '개밥의 도토리', '초상집의 주인 없는 개', '직업 동냥의 구걸' 등의 어구에서도 P에 대한 비판의 시각을 잘 엿볼 수 있는데, P의 행동이 어떻게 비판되고 있는지 구체적으로 살펴보자.

1. 담배 가게 주인이 자기를 무시한다는 생각 때문에 값싼 마꼬 대신에 비싼 해태를 산다.

2. 아내와 갈라서면서 아들을 키울 능력도 없는 처지에 자신이 늙은 후에 아들이 공손하지 않을 것이 염려되어 아들을 아내에게 맡기지 않는다.

3. 방세를 조르지 않는 친지의 집을 일부러 떠나 모르는 사람의 집으로 옮기지만 방세를 조르자 자신의 결정을 후회한다.

4. 흥미도 없는 술집 여자가 20전에 몸을 맡기겠다고 하니 눈물을 흘리며 가지고 있던 돈을 전부 주어 버린다.

작품에서 P는 한때 동경에서 사회 운동에 관여한 것으로 되어 있다. P가 사회 운동에 참여했다는 사실은 그가 사회 현실에 대한 나름의 의식을 지니고 있으며 그런 의식에 근거하여 사회의 문제를 풀어 보려는 실천 운동에 참여했다는 점을 알려 준다. 사회의식이란 자기 삶을 전체 사회의 연관관계 속에서 직시하려는 것이다. 그런데 P는 언제나 냉혹한 현실의 문제들을 비켜 지나간다. 담배 가게 주인이나 이혼한 아내에 대한 그의 태도는 그의 선택과 결단이 대체로 체면이나 위신에 근거한다는 것을 보여준다. 방세를 조르지 않는 친지의 집을 일부러 떠나고, 아내와 이혼하면서 아들을 돌볼 능력도 되지 않는 터수에 늙은 후의 홀대가 두려워 떠맡겠다고 하고는 형에게 맡기는 행동은 P의 의식이 현실 문제에 어둡다는 사실을 증명한다. 술집 여자의 말 한마디에 눈물을 흘리며 2원이 넘는 돈을 다 줘 버리는 행동을 통해 우리는 P의 성격이 매우 충동적이고 즉흥적이라는 사실을 알 수 있다. 자신의 삶의 문제를 폭넓은 사회적 맥락의 전체 연관관계 속에서 해석하고 사회의 변화를 통해 자신의 삶의 문제를 풀어 보려고 하는 사회의식을 지닌 사람을 지식인이라고 규정할 때, 우리는 아무래도 P를 지식인이라고 인정할 수 없다. 그는 언제나 배운 것을 한탄하고 어떻게 해서라도 배워야 한다고 주장하는 사람들을 비난하지만, 우리는 그의 의식과 행동에서 지식인다운 사려 깊음과 분별력을 찾아볼 수 없다. P뿐 아니라 좌익 진영에 가담한 적이 있다는 M이나 총독부 고원(雇員) 시험에 낙방한 H에게서도 우리는 지식인다운 면모를 발견할 수 없다. 결국 우리는 이 작품에서 K사장과 같은 식민지 특권층의 위선과 자기 합리화뿐만 아니라 P와 같은 무산 지식층의 허위와 위선 역시 풍자의 대상이 되고 있음을 알 수 있다.

「레디메이드 인생」에서 비판되고 있는 또 하나의 중심 대상은 한국의 근대사이다. 작품에서는 P의 생각으로 제시되어 있으나 거기에는 작가의 목소리가 너무 강하게 투사되어 있다. 채만식은 P가 광화문의 기념비 앞에서 한국의 근대사에 관련하여 이런저런 생각을 하는 것으로 처리하였다. 1902년, 고종의 나이 51세에 즉위 40년이 되었음을 기념하여 전국의 중심에 이정원표(里程元標)를 세우고 비각을 짓게 하였는데, 이 기념비는 한국 근대사의 상징이 될 수 있다는 점에서 작가의 그러한 처리는 매우 능숙한 것이라 할 수 있다. P의 상상을 통해 드러난 내용에 근거할 때, 우리는 채만식이 한국의 근대사를 네 단계로 나누었음을 알 수 있다.

1. 바가지를 쓰고 벼락을 막으려던 대원군이 스러지고 개항이 되었다.

2. 정변과 국치를 1919년 이후에 신흥 부르주아의 대두가 현저해졌다. 그들은 자유주의의 간판을 내어 걸고 농민과 노동자를 어루만지고 봉건 지주와 악수하며 지식층을 주문하였다.

3. 1902년에 결성한 '칼톱회' 이후로 칼과 톱을 외는 소리, 다시 말해 사회주의 세력이 서울의 신풍경을 이루었나(작품에는 '길돕회'라고 되어 있는데, 오자인지 아니면 발음상의 문제와 같은 이유로 그 당시 실제로 그렇게 불렸기 때문에 채만식이 일부러 고친 것인지는 분명치 않다).

4. 민중의 지식이 향상됨에 따라 면서기·순사·은행원·회사원·책장사 등의 직업이 생기고 이들의 수요에 응해 양복점과 구둣방이 즐비해졌다. 부르주아는 가보(9끗)를 잡고 상층 지식인은 진주(5끗)를 잡고 농민과

노동자는 무대(０끗)를 잡은 셈이다. 특히 무산 지식층은 뱀을 잡았다.

　채만식은 강제 개항 이후의 한국 근대사를 자본주의의 발달과정으로 파악하였고, 그 시대의 기본 모순을 자유주의와 사회주의의 대립으로 간주하였다. 한국의 자생적인 근대화의 추동력을 절단하고 지주 세력을 예속화하여 한국을 자본 사회가 아니라 식민지 사회로 고정시켜 놓은 일본의 침략이라는 문제를 도외시한 채만식의 시각이 철저하지 못했다는 것은 이미 여러 연구자들에 의해 지적된 바 있다. 토지조사 사업은 한국 경제를 식민지로 재편성하는 과정이었으며, 1930년대 공업화도 일본 독점 자본의 식민지 수탈 이외에 다른 것이 아니었다. 한국은 독립된 경제 단위를 형성하지 못하고, 일본 경제의 한 부분으로서 일본 경제에 대한 기여도로만 평가되고 있었다. 위에서 요약된 바와 같이 채만식은 일본 내의 문제인 자유주의와 사회주의의 대립을 식민지 사회인 한국에 옮겨 놓고 모든 문제를 일본과 분리하려고 한다. 식민지 한국을 독립된 단위로 놓고 문제를 설정하면 정확한 답을 이끌어낼 수가 없다. 여기서 우리는 나라 잃은 시대에 민족 문제를 풍자의 기준에서 제외한 채만식의 시각이 불철저하다는 사실을 우선 지적할 수 있다. 그러나 다른 한편으로 우리는 그러한 시각의 불철저함이나 불투명함이 단순히 작가의 역량 부족에서만 비롯한 문제인지 생각해 볼 필요가 있다. 「레디메이드 인생」은 발표 당시 잡지 편집자에 의해 여러 부분이 삭제된 것으로 되어 있다. 특히 위에서 요약한 내용과 연관된 상상을 하다가 P가 기념비각을 떠나는 장면 바로 다음 부분에서 무려 80여 자가 삭제되었다. 그 정도 분량으로 민족

120

문제와 연관된 충분한 분석이 이루어졌으리라고는 볼 수 없을 것이다. 그럼에도 우리는 식민지 상황에 놓인 한국의 민족 문제나 사회주의와 연관된 내용이 발표될 수 없었던 당시의 검열 제도에 대해서도 충분히 고려해야만 할 것이다. 80여 자가 삭제되고 난 부분에 바로 이어지는 부분은 다음과 같은 내용으로 되어 있다.

> P는 자기 자신이고 세상의 모든 일이고 모두 짜증이 나고 원수스러웠다.
> 광화문 큰 거리를 총독부 쪽으로 어실어실 걸어가노라니 그의 그림자가 짤막하게 앞에 누워 간다. P는 그 자기 그림자를 콱 밟고 싶었다. 그러나 발을 내디디면 그림자도 그만큼 앞으로 더 나가곤 한다. 이 그림자와 자기 자신에서 그리고 그림자를 밟으려는 자기 자신과 앞으로 달아나는 그림자에서 P는 자기의 이중 인격의 모순상을 발견하였다.

위에 인용된 부분 다음에 나오는 장면들은 앞에서 우리가 P의 행동이 비판되는 내용들로 제시했던 것들이다. 위의 인용 부분에서 우리는 자신의 무력함과 허위의식에 대한 P의 자학을 엿볼 수 있다. 그리고 한국 근대화의 상징이 될 수 있는 기념비가 세워져 있는 광화문과 나라 잃은 시대의 민속 분제를 상싱하는 총독부라는 배경을 통혜 우리는 개인의 힘으로 해결할 수 없는 시대의 불행과 어둠을 함께 발견하게 된다. 나라 잃은 시대의 한국 사람들은 어떤 경우에라도 일제와 화해할 수 없었다. 그것은 당시의 한국인 모두가 결코 피할 수 없었던 도덕적 지상명령이었다. 「레디메이드 인생」이 씌어진 시기이며 동시에 작품 안의 사건이 진행되던 시기인 1934년에 압록강·두만강 대안

(對岸)에서 무장 유격대가 출몰한 횟수가 가장 많았으며, 일제에게 준 물질적 손상도 가장 컸다. 그러나 국내에 남아서 살아가던 사람들에게는 일제가 만들어 놓은 제도의 틀 안에서 하루도 빠짐없이 일제의 구속에 속박당한 채 살아가는 길 말고는 다른 길이 주어져 있지 않았다. 이와 같은 상황 아래서 대부분의 사람들은 적극적인 친일도 아니고 적극적인 항일도 아닌 행동을 취하고 있었다. 「레디메이드 인생」이 보여주는 난처한 비판주의는 어쩌면 나라 잃은 시대에는 오히려 일반적인 삶의 모습이었는지도 모른다.

3) 「치숙」과 「소망」 그리고 「쑥국새」

「치숙」(痴叔)은 1938년 『동아일보』(3. 7~14)에 연재된 작품이고, 「소망」(少妄)은 『조광』 1938년 10월호에 발표된 작품이며, 「쑥국새」는 『여성』 3권 7호(1938)에 발표된 작품이다. 채만식은 1936년에 조선일보사를 사직하고 경기도 개성으로 주거지를 옮기면서 전업작가로 활동하였다. 1937년과 1938년에 채만식의 대표작들로 손꼽히는 『탁류』와 『태평천하』가 각각 발표되었다는 사실에서도 확인되다시피 1940년까지 개성에서 머무는 동안 그는 매우 왕성한 집필활동을 하였다. 앞에서 살펴본 「레디메이드 인생」에서 채만식은 실업자가 넘치는 1934년 당시의 사회 현실을 비판하고, 무산 지식층의 허황된 의식과 한국 근대사를 비판하였다. 나라 잃은 시대에 민족 문제를 풍자의 기준에서 제외시킴으로써 다소 약화되긴 하였지만 「레디메이드 인생」에서 보여줬던 뛰어난 비판 정신이 『탁류』와 『태평천하』에서도 강력하게 작동된다는 점을 고려할 때, 채만식은 자신이 속해 있는 사회 현실에 대한 비판을 작가의 중요한 임무로 생각했던 듯하다. 그러나 카프 해체(1935), 조선사상범 보호관찰령 공표(1936), 중일전쟁(1937), 조선사상보국연맹조직(1938) 등으로 이어지는 정치적 상황의 악화 때문인지 『탁류』와 『태평천하』를 제외한 여타 단편 작품들에서는 채만식의 비판 정신이 기대만큼 강력하게 작동되지 못한다.

「치숙」은 제목이 나타내는 바와 같이 '어리석은 아저씨'에 대한 비판이 중심선을 이루고 있는 작품이다. 작품의 이야기를 이끌어 나가는 인물 화자는 서두에서 이렇게 말한다.

우리 아저씨 말이지요? 아따 저 거시키, 한참 당년에 무엇이냐 그놈의 것, 뭐? 사회주의라더냐 막걸리라더냐, 그걸 하다가 징역 살고 나와서 폐병으로 시방 앓아 누웠는 우리 오촌 고모부 그 양반…….

머, 말두 마시오. 대체 사람이 어쩌면 글쎄……. 내 원!

위의 인용 부분에서 보듯 「치숙」은 한때 사회주의 운동에 참여해서 감옥에 갔다가 나와 폐병을 앓고 있는 오촌 고모부를 그의 조카가 신랄하게 비판하는 이야기를 중심선으로 삼고 있다. '나'(조카)가 보기에 아저씨는 하루바삐 죽어야 마땅할 정도로 전혀 쓸모없는 사람이다. '아저씨'는 대학에서 경제학을 공부했음에도 돈 모을 궁리를 하지 않고 나라가 금지하는 사회주의 운동에만 매달리려 한다. 사회주의가 다 뭐란 말인가? '나'가 알고 있는 사회주의란 남이 애써 벌어 놓은 것을 억지로 뺏자고 덤비는 '부랑당'이다. 사람은 제 나름으로 다고

나는 복이란 것이 있어서 그 복을 잘 타고나거나 부지런하면 부자가
되고, 그 복을 잘 타고나지 못하거나 게으르면 가난하게 되는 법이다.
'나'는 일본인 주인의 가게에서 열심히 일을 하고 있고 주인은 그런
'나'를 아끼고 신용하여 한 십 년 후에는 따로 가게를 내줄 눈치이다.
그렇게 되면 그것을 바탕으로 더 열심히 일을 해서 삼십 년 동안 십만
원을 모을 작정인데, 십만 원이면 천석꾼에 해당하니 떵떵거리고 살
게 될 것이다. 그런데 억지로 남의 것을 뺏어먹자고 드는 부랑당 같은
사회주의라니? 이와 같이 작품의 도처에서 '나'는 '아저씨'를 비판하
지만, 우리는 '나'의 그런 비판을 적절한 것으로 받아들일 수 없다. 특
히 '나'는 일본인 여자에게 장가를 들고 이름도 일본 이름으로 바꾸
고, 입는 옷과 먹는 밥과 사는 집도 일본식으로 할 뿐 아니라 아이들
도 일본 학교에 보내겠다는 욕망을 거리낌 없이 토로한다. '나'의 그
런 생각에 이르게 되면 우리는 이 작품에서 비판의 대상이 '아저씨'가
아니라 기실은 바로 '나' 자신임을 알게 된다. 풍자적 구성의 소설에
서는 비판의 대상이 되는 인물이 지닌 권력이 강력하면 강력할수록
그 권력에 의해 은폐되어 있는 그의 부정적 형상의 폭로가 강화되기
마련이다. 그런데 이 작품에서 궁극적으로 풍자의 대상이 되는 '나'
는 일본인 가게에서 일을 하는 소년이다. 누구든 '나'가 소유한 권력
이 그렇게 대단한 것이 아니라는 사실에 동의할 것이다. 풍자를 의도
하고 있지만, 이 작품에서 의도된 풍자가 어딘지 모르게 공허하게 느
껴지는 이유도 바로 그러한 사실에 있는지 모른다. 「치숙」에서 풍자
의 대상이 되고 있는 것은 '나'가 아니라, 일본인 가게에서 일하는 소
년조차도 이른바 '내선일체'를 주장하는 총독부의 논리에 세뇌될 수

밖에 없는 당시의 현실일 것이라는 점도 우리는 고려해 보아야 한다. 그러나 동시에 우리는 당시의 현실에 대한 비판이 「치숙」에서 이루어진 것과 같은 방식 이외에 다른 방식이 없었는가 물어볼 수 있다. 이 물음에 답하기 위해서 우리는 같은 해에 발표된 「소망」을 함께 살펴볼 필요가 있다.

작품의 내용에 근거할 때, 우리는 '소망'(少妄)이라는 제목이 노망(老妄)의 패러디, 즉 '젊은이 망령'을 뜻한다는 것을 알 수 있다. 「소망」은 한 여인이 자신의 언니를 찾아와 남편의 기이한 행태에 대해 보고하며 상의하는 내용으로 되어 있다. 그 아내가 전하는 남편의 기태(奇態)는 다음과 같은 것들이다.

1. 대학을 졸업하고도 삼사 년씩 취직을 못해 쩔쩔매는 시절에 신문사에 들어가 동료들의 인심도 얻고 사장의 인정도 받고 있는데 어느 날 갑자기 아무런 이유 없이 사직서를 내고 신문사를 나온다. 이것이 벌써 신경에 문제가 생겼다는 표적이다.

2. 신문사를 그만두고 난 다음 일 년 동안 전혀 외출을 하지 않고(기껏해야 서씨라는 친구를 닷새나 열흘에 한번쯤 찾아가는 것이 고작이다), 굴속 같은 건넌방에 처박혀 웃지도 않고 이야기도 하지 않고 책만 읽거나 신문과 잡지를 뒤적거리기만 한다. 그 건넌방이라는 것이 바람 한 점 통하지 않아 여름이면 가마 속 같으니, 다른 사람이라면 차라리 죽으면 죽었지 그 방에서 십 분도 보내지 않을 것이다.

3. 남편의 신경에 문제가 생긴 것 같은 결정적인 단서는 삼복더위에 겨울 양복을 입고 종로 한복판을 거닐다 온 것이다.

아내가 보고하는 남편의 위와 같은 기태는 작품 안에서 그 기이함
이 약화된다. 아내 스스로도 남편의 신문사 사직과 관련하여 "허기는
눈동자가 옳게 박힌 놈은 이 짓 못해 먹겠다구, 그 무렵에 바싹 침울
해 허기는 했었지만서두"라고 주석을 달고 있고, 겨울 양복 사건과
관련해서도 "(…) 사내 대장부가 어찌 그대지 못났수? 이건 과천서 뺨
맞구, 서울 와서 눈 흘기기 아니우? 제엔장맞을, 차라리 뛰쳐 나서서
냅다 한바탕…… 응? 그럴 것이지, 그렇잖우?"라고 하여 남편의 기태
에 자신도 알 만한 이유가 있음을 넌지시 알려 준다. 또한 작가 스스
로도 작품의 서두에 본문과 구별하여 "남아거든 모름지기 말복날 동
복을 떨쳐 입고서 종로 네거리 한복판에 가 버티고 서서 볼지니"라는
구절을 배치하였고, 작품의 본문에서는 남편이 자신의 기태와 관련해
서 "(…) 온갖 인간들이 더위에 항복하는 백기(白旗) 대신 최저한도루
다가 엷구 시원한 옷을 입구서 그리구서두 허어덕허덕 쩔쩔매고 다니
는 종로 한복판에 가 당당하게 겨울옷을 입구서 처억 버티구 섰는 맛
이라니! 그게 어떻게 통쾌했는데!"라는 설명을 하게 하였다. 이와 같
은 사실들을 고려할 때, 우리는 이 작품에서 비판하고자 하는 대상이
당시의 현실 상황임을 알 수 있다. 앞에서 「레디메이드 인생」을 분석
하면서 우리는 1934년 무렵 국내에 남아서 살아가던 사람들에게는
일제가 만들어 놓은 제도의 틀 안에서 하루도 빠짐없이 일제의 구속
에 속박당한 채 살아가는 길 말고는 다른 길이 주어져 있지 않았다는
것, 그와 같은 상황 아래서 대부분의 사람들은 적극적인 친일도 아니
고 적극적인 항일도 아닌 행동을 취하고 있었다는 것 등을 지적한 바
있다. 「레디메이드 인생」이 씌어진 1934년 무렵과 비교할 때, 「치숙」

과 「소망」이 씌어진 1938년 무렵에는 적극적인 친일도 아니고 적극적인 항일도 아닌 행동을 취하고 있었던 한국 사람들에게 적극적인 친일이 강요되었고 대부분의 사람들이 그런 강요에 따를 수밖에 없었던 것이 현실이었던 듯하다. 「치숙」과 「소망」은 그와 같은 당시의 현실 상황에 대한 채만식의 답답함과 울분의 표현이었을 것이다.

「치숙」이나 「소망」과는 달리 「쑥국새」는 채만식이 농촌을 배경으로 하여 지은 작품들 가운데 하나이다. 다소 난처하고 미진한 수준에서 이루어지긴 했지만, 「치숙」이나 「소망」에서는 채만식이 그 나름으로 작가가 갖추어야 할 중요한 미덕이라고 여겼던 비판 정신이 엿보인다. 그러나 「쑥국새」에서는 「치숙」이나 「소망」에서 확인할 수 있는 것과 같은 비판 정신을 잘 엿볼 수 없다. 「쑥국새」는 '미럭쇠'라는 인물을 통해 그 당시 농촌에서 발생할 수 있었던 비극적인 한 사건을 중심 스토리로 삼고 있다.

1. 스물한 살로 힘이 황소 같은 미럭쇠는 한마을에 사는 납순이를 좋아하나 그녀는 미럭쇠와 동갑인 종수를 좋아한다.

2. 종수를 좋아하는 납순이 자신에게 마음을 주지 않자 미럭쇠는 어머니를 졸라 청혼을 넣고, 종수와의 관계 때문에 딸아이에 관한 좋지 않은 소문이 도는 것을 걱정하던 납순의 부모는 그 청혼을 받아들인다.

3. 결혼을 하고도 종수를 잊지 못하던 납순은 종수와 함께 도망을 가려다 발각되고, 보복으로 미럭쇠에게 맞아죽을 것을 염려한 납순은 부엌 서까래에 목을 매어 자살한다.

　사랑하던 남녀가 결혼으로 서로 맺어지지 못하고 다른 사람과 결혼
하였으나 이전에 사랑하던 사람을 잊지 못하여 발생하게 되는 비극적
사건들은 전통적인 민담에서도 흔하게 발견된다. 이 작품의 첫 장면
과 끝 장면은 미럭쇠가 죽은 납순의 무덤으로 찾아가 회한의 눈물을
흘리는 내용으로 되어 있다. 종수나 납순의 시각에서 다루지 않고 결
과적으로 두 사람의 사랑을 방해하여 납순을 죽음에 이르게 한 당사
자인 미럭쇠의 시각에서 사랑의 비극적 사건을 바라보게 하였다는 점
에 「쑥국새」의 특별함이 있다. 그런데 이 작품은 채만식 소설의 특징
가운데 하나인 풍자적인 어조와는 어떤 연관이 있는 것일까? 농민들
의 생활을 그린 채만식의 소설에는 풍자적인 어조가 전혀 나타나지
않는다는 기존의 연구처럼 이 작품은 풍자와는 전혀 연관이 없는 것
일까? 이러한 질문과 관련하여 우리는 이 작품이 다른 잡지가 아닌
『여성』지에 수록되었다는 점을 눈여겨볼 필요가 있을 것이다. 채만식
은 여성 문제와 연관된 작품의 청탁을 받고 이 작품을 지었던 것이 아
닐까? 그리고 채만식이 비판하고자 했던 것은 혼인과 연관된 봉건적
구습이 아니었을까? 이러한 추론이 타당하다고 하더라도 우리는 「쑥
국새」가 풍자적 기법에 의해 씌어진 작품이라고는 말할 수 없을 것이
다. 그러나 최소한 어떤 문제에 대한 비판을 가능한 한 작품에 투영하
고자 한다는 채만식의 작가적 특징이 「쑥국새」에서도 드러난다고 볼
수는 있을 것이다.

4) 「논 이야기」와 「민족의 죄인」

「논 이야기」는 1948년 『해방문학선집』에 발표된 작품이다. 나라를 잃었다가 되찾은 후 농촌에서 벌어졌을 법한 사건을 소재로 삼은 이 작품의 스토리는 크게 네 장면으로 압축할 수 있다.

1. 아버지 한태수가 고생하여 장만한 논 스무 마지기 가운데 열세 마지기를 고을의 원(員)에게 강제로 빼앗긴 탓에 한 생원(한덕원)은 나라가 망할 때에도 오히려 "그깐 놈의 나라, 시언히 잘 망했지."라고 말할 만큼 나라에 불만이 많다.

2. 아버지와는 달리 좀 허황하고 헤픈 편이라 술과 노름을 좋아하는 한 생원은 힘에 넘치는 빚을 지게 되자 시세보다 훨씬 높은 값을 쳐주는 일본인 길천에게 남은 일곱 마지기 논과 삼천 평 가량의 멧갓을 판다.

3. 땅에 삶의 근거를 둔 농사꾼인데도 논을 판 명예롭지 못함과 어리석음을 가리기 위하여 한 생원은 나라를 되찾아 일본인들이 쫓겨간 후에는 그 땅이 다시 자신의 것이 될 거란 말을 사람들에게 하고 다니고, 마을사람들은 실현 가능성이 전혀 없는 한 생원의 말을 비웃는다.

4. 나라를 되찾자 자신의 말대로 길천에게 팔았던 땅이 그대로 자신의 것으로 돌아오리라 믿고 좋아하던 한 생원은 돈을 내고 다시 사지 않으면 자신이 차지할 수 없다는 사실을 알게 되자 "독립됐다구 했을 제, 내, 만세 안 부르기, 잘 했지."라고 혼자말로 뇌까린다.

이 작품에서 일차적으로 비판되는 것은 한 생원의 어리석음이다. 작품의 구조를 통해서 한 생원의 어리석음이 폭로되고 그것이 웃음을 유발한다는 점에서 이 작품은 풍자적 어조를 보이기도 한다. 그러나 한 생원이 특별한 권력을 소유한 인물이 아니라는 점 때문에 작품의 풍자적 어조가 약화되는 것도 사실이다. 엉뚱한 계획을 세운다든지 허랑한 일을 시작해 놓고는 천연스럽게 성공을 자신한다든지 하는 사람들에게 "흥, 한덕문이 길천이에게다 논 팔아먹던 대 났구나" 하고 비아냥거리는 마을사람들을 통해 한 생원의 어리석음이 비판되지만, 권력 구조에서 한 생원이나 마을사람 그 어느 편도 보다 높은 위치에 있지 않기 때문에 풍자가 의도하는 폭로와 징벌이 이 작품에서는 그다지 큰 힘을 발휘하지 못하는 것이다. 풍자적 구성의 소설에서 한 인물이 우스꽝스러운 모습을 통해 비판되는 것은 그가 지닌 권력 때문에 은폐되어 있는 물질적 탐욕이나 도덕적 위선이나 지적 현학이다. 물질적 토대가 없다면 경제적으로 안정된 삶을 영위할 수 없을 것이고, 도덕관념에 따른 금지의 법이 없다면 사회는 욕망의 먹이 사슬에 의해 지배될 것이며, 지식이 축적되지 않는다면 더욱 안정되고 풍요로운 삶을 살아갈 근거를 상실하게 될 것이다. 물질과 도덕과 지식은 사람이 풍요로운 삶을 살아가는 데 필수적으로 요청되는 것이지만, 누군가 자신이 소유한 권력을 기반으로 그 권력을 보다 확고히 하기 위해 그것들을 지나칠 정도로 집요하게 추구한다면 그로 인해 많은 사람이 억울한 경우를 당함으로써 공동체의 화해가 파괴되고 말 것이다. 풍자적 구성의 소설에서 물질적 탐욕이나 도덕적 위선이나 지적 현학이 비판되는 것은 그것들이 공동체의 화해에 방해가 되기 때문이다.

풍자적 구성의 이와 같은 특성에 근거할 때, 우리는 「논 이야기」에서 한 생원의 탐욕(혹은 어리석음)이 공동체의 화해를 파괴할 정도의 것인가에 대해 물어볼 필요가 있다. 이 작품에서는 한편으로 한 생원의 어리석음이 폭로되지만, 다른 한편으로 작가는 구한말에 그의 가족이 당한 억울한 사건을 상세히 소개함으로써 그에 대한 동정을 유발하기도 한다. 그러한 사정 때문에 우리는 한 생원의 어리석음에 실소를 금하지 못하나 동시에 그에게 연민을 느끼기도 한다. 한 생원에 대한 우리의 그런 이중적인 반응이 이 작품을 본격적인 풍자적 구성의 소설로 받아들일 수 없게 만드는 것이다. 작품의 표면으로 드러나지는 않지만, 이 작품에서 궁극적으로 비판의 대상이 되고 있는 것은 한국의 근대사이다. 한국 근대사의 왜곡된 전개가 한 인물로 하여금 망국에 직면하여 오히려 "잘 망했지"라고 말하게 하고, 광복 앞에서도 만세를 부르지 않는 것이 오히려 당연하다고 생각하게 만드는 것이다.

「민족의 죄인」은 1946년에 씌어졌으나 무슨 이유 때문인지 1948년(『백민』 16, 17호)에 발표되었다. 채만식은 1940년 이후에 당시의 다른 작가들처럼 대일 협력으로 기울어지기 시작했으며, 1942년에는 12월 중순부터 2주간 문인협회의 회원으로 간도(間道)의 각지를 순방하고 돌아왔다. 「민족의 죄인」에는 "1943년 2월 황해도로 강연을 간 것이 나로서는 아마 내일 협력의 첫걸음이리고도 할 만한 것이었나"라는 대목이 나오는데, 이 작품은 작가 자신의 대일 협력과 연관된 부끄러운 심경을 중심으로 친일의 문제를 다룬 소설이라 할 수 있다(작품의 본문에 채만식이 광복 후 최초로 지은 「맹순사」라는 작품이 실명으로 직접 등장하는 것으로 보아 작가 자신의 자전적 사실을 상당 부분 포섭한 것으로 판단된다). 작품의 줄거리를 요약하면 크게 세 장면으로 압축할 수 있다.

　1. 작가인 ‘나’는 일제 말에 강압에 못 이겨 총독부의 정책을 선전하는 강연을 하거나 작품을 쓰는 등 일제에 협력하다가 대일 협력의 수렁에서 벗어나기 위해 가족들을 데리고 시골로 내려간다.

　2. 광복이 되고 나서 친구인 김군이 주간으로 있는 출판사(P사)에 들른 ‘나’는 대일협력을 하지 않았던 ‘윤’을 만나 비난을 받고 마음의 상처를 입는다.

　3. 마음의 상처로 병자처럼 보름이나 누워 있던 ‘나’는 친일 경력의 교사에 대한 비판으로 동맹휴학을 벌이는 친구들에게 동조하지 않고 자신을 찾아온 조카에게 호통을 쳐 친구들과 협력할 것을 훈계하면서 후련함을 느낀다.

「민족의 죄인」에서 우리에게 흥미롭게 다가오는 것은 위와 같은 스토리 전개가 아니다. 그것은 일제 말의 처세와 관련하여 ‘나’가 나름으로 구분한 선택의 네 가지 유형이다.

　1. 많은 수효의 영리한 사람들이 저의 이익과 안전을 도모하기 위하여 진심으로 일본 사람을 따랐다.

　2. 적지 않은 수효의 사람들이 핍박을 받을 용기가 없어서 일본 사람에게 복종하였다.

　3. 복종이 싫고 용기가 있는 사람은 외국으로 나가 민족해방을 위해 투쟁하였다.

　4. 더 용맹한 사람들은 외국으로 망명도 않고 지하로 숨어 다니면서 꾸준히 투쟁을 하였다.

　우리는 위의 네 가지 유형을 다음의 세 가지 유형으로 압축할 수 있을 것이다 : ①적극적인 항일, ②적극적인 친일, ③적극적인 항일도 아니고 적극적인 친일도 아닌 상태. ①의 경우는 당연히 존경을 받아야 할 것이고, ②의 경우는 마땅히 비난과 처벌을 받아야 할 것이다. 문제는 ③의 경우이다. 「민족의 죄인」에서 '나'는 스스로 '본심도 아니면서 겉으로 복종이나 하는 용렬하고 나약한 지아비의 부류'에 속한다고 고백한다. 친일에 대한 해석과 연관된 문제를 놓고 논쟁을 벌이면서 '김군'은, '윤'이 어떤 형태로든 친일을 하지 않을 수 있었던 것은 그의 집안의 경제적 여유 때문이었다고 주장한다. '윤'이 가난했더라면 정작 어떻게 행동했을지 모르니까 그의 결백은 '미시험의 지조'이며, 죄와 결백의 원인이 경제적 여유의 유무에 있으니 친일이냐 아니냐 하는 문제는 '재산적 운명'과 연관되어 있다는 것이 '김군'의 주장이다. '김군'의 논리에 억지스러운 면이 없는 것은 아니지만, 그의 주장은 적극적인 항일도 아니고 적극적인 친일도 아닌 상태에 처해 있었던 처세의 무수한 유형들에 대해 생각해 보게 한다. 적극적 항일을 기준으로 놓고 볼 때 '나'와 '윤'의 차이는 사소한 것일 수도 있다. ③의 경우에는 어쩌면 '나'를 비난하는 '윤'도 포함될지도 모른다. ③의 경우에 속해 있는 처세의 무수한 유형들에 대한 구분의 난처함은 일제에 부역한 행위들에 대한 처벌의 문제에도 연결된다. 「민족의 죄인」에서 작가는 그러한 처벌의 문제와 관련하여 '윤'과 '김군'의 입을 통해 다음과 같이 두 가지 상반된 관점을 대립시킨다.

　"자네 논법대루 하자면, 그럼 친일파나 민족 반역잔 한 놈두 없구 말겠

나그려?"

"지끔 이 방 안에만 해두, 사람이 셋이 모인 가운데 둘이 민족 반역잔데 없어?"

"처단할 놈 말야."

"많지. 그렇지만 벌이라는 건 그 범죄가 끼친 영향을 참작하구, 범죄자의 정상을 참작하구, 그리구 범죄 이후의 심리와 행동을 참작하구, 그래 가지구 처단에 경중이 있어야 하는 법이지, 자네 같을래서야 삼천만 가운데 장정의 태반은 죽이자구 할 테니, 그야말루 뿔을 바루잡으려다가 소를 죽이는 격이 아니겠는가?"

"웬만한 놈은 죄다 쓸어 숙청을 해야지, 관대했다간 건국에 큰 방해야. 삼팔 이북에서 하듯기 해야만 해. 그리고 난 누가 무슨 말을 하거나, 그 비루하구 얌체 빠지구 뻔뻔스럽구 한 인간성, 그게 싫여. 소름이 끼치두룩 싫구 얄미워. 그런 것들과 조선 사람이라는 이름을 같이한다는 것까지두 욕스럽고 불쾌해."

단순화된 측면이 없지 않지만, '윤'과 '김군'의 대립적인 관점은 민족 반역자의 처벌이라는 문제와 관련하여 매우 핵심적인 사안을 건드리고 있다. 그 두 관점 모두 나름의 타당성을 지니고 있기 때문에 우리는 어느 쪽이 옳다고 섣불리 단정할 수 없다. 「민족의 죄인」에서도 작가는 두 가지 관점을 제시하기만 할 뿐 어느 편의 손도 들어주지 않고 있다. '나'와 채만식의 모습이 겹쳐 보일 만큼 작가 자신의 전기적 사실들을 다수 포섭하고 있는 이 작품의 사건 전개가 스스로 '민족의 죄인'이라 여기는 '나'에 의해 서술되고 있기 때문에 그러한 모호함은

134

필연적인 결과이기도 할 것이다. 이 작품의 말미에서 '나'는 자신의 조카에게 옳은 일에는 적극적으로 참여해야 한다고 훈계함으로써 자기반성과 자기 위안을 함께 보여준다. 우리는 작가가 이 작품에서 '윤'과 '김군'의 관점이 더욱 첨예하게 대립할 수 있도록 다양한 삽화들을 포섭하여 사건들을 전개하였으면 어떻게 되었을까 하는 아쉬움을 가져 본다.

5) 채만식의 소설과 비판정신

채만식 소설의 연구에서 풍자 문학과 연관된 논의는 앞으로도 지속적으로 해결해야 할 문제일 것이다. 채만식이 쓴 여섯 편의 단편 소설들을 나름으로 검토한 결과에 따르면, 이들 작품 모두가 풍자적 구성에 입각해 있는 것은 아니었다(특히 농촌을 배경으로 삼은 「쑥국새」의 경우에는 풍자적 어조가 표면상으로는 거의 드러나지 않을 정도였다). 그러나 이들 여섯 편에서 우리는 한 가지 분명한 공통점을 찾을 수 있다. 그것은 이들 작품에 각각 나름의 문제가 설정돼 있고, 작가는 그 문제를 비판적인 시각에서 일정한 거리를 두고 풀어 나가고 있나는 점이다. 문제 설정의 측면에서도 우리는 하나의 공통짐을 발견할 수 있었다. 「레디메이드 인생」에서 비교적 직접 드러나다시피 채만식은 한국 근대사에 대한 비판을 자신의 문제 설정의 핵심으로 삼았다. 그러나 나라 잃은 시대에 민족 문제를 풍자의 기준에서 제외함으로써 채만식은 그의 작품에서 확인되는 뛰어난 비판정신을 약화시키기도 하였다. 이러한 지적에는 우리가 좀더 세심하게 고려해야만 하는 어려운 문제가 수반되어 있다.

채만식은 소설을 쓰기 시작하면서 줄곧 국내에서 활동하였다. 앞에 서도 언급하였듯이, 나라 잃은 시대에 국내에 남아서 살아가던 사람들에게는 일제가 만들어 놓은 제도의 틀 안에서 하루도 빠짐없이 일제의 구속에 속박당한 채 살아가는 길 말고는 다른 길이 주어져 있지 않았다. 작가인 채만식의 창작 활동 역시 일제가 만들어 놓은 검열 제도라는 틀 안에서 이루어질 수밖에 없었다. 채만식의 소설들에서 민족 문제가 매우 불투명하게 취급되고 있는데, 그러한 사정도 일제의 검열제도라는 요인을 고려한 상태에서 이해해야 할 것이다. 민족 문제를 적극적으로 포섭해서 분명하게 제시하려는 시도는 그러한 검열 제도의 억압을 받게 된다는 점을 우리는 인정하지 않을 수 없다. 프로이트의 정신분석의 이론에 따르면, 꿈속에서도 본능은 의식의 억압을 피하기 위해 욕망의 내용을 변형시킨다. 그런 변형 작업을 가리켜 '꿈—작업'이라고 부른다. 어쩌면 채만식이 의도하는 풍자적 구성은 프로이트가 말하는 '꿈—작업'과 같은 것이었는지도 모른다. 풍자적 구성을 의도한 소설들조차 풍자적 어조가 매우 약하게 나타나는 경우를 우리는 흔하게 확인할 수 있었다. 그것은 그 당시 검열제도의 혹독함에 대한 반증이기도 할 것이다. 그렇다고 해서 우리는 채만식의 소설에 나타나는 약점들을 모두 너그럽게 보아야 한다고 주장하는 것은 아니다. 사회적 제도의 검열로 인한 두려움 때문에 미리 겁먹고 스스로 도피하는 작가의 비겁한 자기 검열에 대해서 우리는 냉철하게 분석해 보아야 한다. 우리가 나라 잃은 시대에 창작 활동을 했던 작가들에게서 기대하는 것은 압록강·두만강 대안(對岸)에서 항일 투쟁을 벌였던 무장 유격대의 영웅적 형상이 아니다. 민족의 문제를 포섭해서 그것을 나름의 형상화 방식을 통해 제시하는 과정에서 검열제도의 억압과 맞서는 정신(작품)의 긴장이 우리가 기대하는 것이다. 채만식의 소설은 바로 그러한 긴장의 관점에서 검토되어야 한다. 그러나 그 이전에 우리는 그의 소설에 배어 있는 안타까움과 답답함을 먼저 읽을 수 있어야 한다. 긍정이든 부정이든 채만식 소설에서 포착할 수 있는 긴장의 강도에 대한 평가는 그 다음의 문제일 것이다.

6) 텍스트 이해와 논술 교육의 예시

> 1. 채만식은 소설을 지을 때 풍자의 기법을 적극 활용하였다. 소설 작품의 형상화에서 풍자가 지니는 의미와 기능에 대해 설명하시오.

☞ '풍자'(諷刺)는 어떤 부정적인 대상을 비꼬아 서술함으로써 그 대상을 비판하는 것을 뜻한다. 비꼬아 서술하는 과정에서 서술되는 대상이 우스꽝스럽게 묘사되며, 그것이 사람들의 웃음을 유발한다. 판박이 도덕에 집착하는 엄숙주의자와 물질적 이익에 탐닉하는 물신 숭배자는 풍자의 대상이 된다. 풍자적 구성의 소설에서 한 인물이 우스꽝스러운 모습을 통해 비판되는 것은 그가 지닌 권력 때문에 은폐되어 있는 물질적 탐욕이나 도덕적 위선이나 지적 현학이다. 물질적 토대가 없다면 경제적으로 안정된 삶을 영위할 수 없을 것이고, 도덕 관념에 따른 금지의 법이 없다면 사회는 욕망의 먹이 사슬에 의해 지배될 것이며, 지식이 축적되지 않는다면 더욱 안정되고 풍요로운 삶

을 살아갈 근거를 상실하게 될 것이다. 물질과 도덕과 지식은 사람이 풍요로운 삶을 살아가는 데 필수적으로 요청되는 것이지만, 누군가 자신이 소유한 권력을 기반으로 그 권력을 보다 확고히 하기 위해 그 것들을 지나칠 정도로 집요하게 추구한다면 그로 인해 많은 사람이 억울한 경우를 당함으로써 공동체의 화해가 파괴되고 말 것이다. 풍 자적 구성의 소설에서 물질적 탐욕이나 도덕적 위선이나 지적 현학이 비판되는 것은 그것들이 공동체의 화해에 방해가 되기 때문이다. 억 압적인 권위의식과 물질적인 이해관계에 사로잡혀 있는 사람을 비판 하기 위하여 사용되는 풍자는 사회생활의 상하관계를 뒤바꾸어 놓는 다. 특권 없는 사람이 특권 있는 사람을 비판하여 궁지에 몰아넣는 것 이다. 풍자를 통해 유발되는 웃음에는 폭로와 징벌의 의미가 들어 있 다. 특권에 의해 은폐되어 있던 부정적인 모습이 풍자를 통해 만천하 에 드러나기 때문에 웃는 것이고, 그처럼 부정적인 모습에 대한 징벌 의 표현으로 웃는 것이다.

2. 소설의 구성방식에서 '풍자'와 '해학'은 매우 유사한 구조로 되어 있으나 그 차이점도 분명하다. '풍자'와 '해학'을 비교하여 설명하시오.

☞ 웃음을 유발한다는 공통점 때문에 풍자와 해학(諧謔)을 유사하게 보고, 익살이냐 웃음이냐 하는 기준으로 풍자와 해학을 구분하기도 한다. 그러나 그런 구분은 풍자와 해학의 차이를 분명하게 설명해 주지 못한다. 어떤 부정적인 대상을 비꼬아 서술하여 그 대상을 우스꽝스럽게 만듦으로써 웃음을 유발한다는 점에서 풍자와 해학은 크게

다르지 않다. 풍자와 해학의 차이는 풍자가 일방적으로 폭로와 징벌을 지향하는 데 비해 해학이 폭로와 징벌을 넘어 용서와 화해를 지향한다는 데 있다. 인간은 과오를 범하기 쉬운 존재이다. 해학은 그런 인간을 따뜻하게 감싸면서 용서와 화해로 나아간다. 넓게 보면 풍자는 해학 안에 포함될 수 있다. 따라서 풍자와 해학의 차이는 절대적인 것이라기보다는 상대적인 것이다. 풍자에서는 조소와 공격과 비판의 성향이 비교적 강하게 나타나고, 해학에서는 동정과 이해와 용서의 성향이 비교적 짙게 나타난다. 해학적 구성의 소설에서는 한 인물이 자기반성과 자기이해를 거쳐 잠을 깨고 눈을 뜨는 경험에 도달한다. 그 인물은 자신의 틀에 박힌 사고방식에서 벗어남으로써 용서와 화해의 세계에 참여하게 되는 것이다. 사실 우리가 살아가는 현실 그 자체는 갈등의 구조로 되어 있다. 내가 살기 위하여 나는 누군가의 가슴에 가시를 박지 않으면 안 된다. 나는 영양분을 섭취하지 않으면 나의 생명을 보존할 수 없다. 내가 취하는 영양분은 모두 나 아닌 다른 것으로부터 온다. 내가 영양분을 취하는 것은 나 아닌 다른 것(식물, 동물 등)의 가슴에 가시를 박는 것과 같다. 그러나 현실이 아무리 그와 같은 갈등의 구조로 되어 있다 하더라도 인간의 내면에는 화해의 소망이 깃들어 있다. 언제나 갈등의 구조로 되어 있는 사회 체계 안에서 화해를 이룩한다는 것은 어려운 일이지만, 그렇다고 그것이 전혀 불가능한 것은 아니다. 가족 안에서 이루어지는 조그만 화해로부터 조국의 광복과 같은 목적을 위해 함께 싸우는 동지들 사이에서 이루어지는 화해에 이르기까지 여러 종류의 화해가 가능하며, 우리는 그러한 화해의 장면을 목도할 때 감동을 느낀다. 현실의 갈등 구조를 적나라하게 보여주는 풍자적 구성이 나름의 존재 이유를 지니는 것처럼, 인간의 내면에 깃들인 화해의 소망을 충족시켜 주는 해학적 구성 역시 그 나름의 존재 이유를 지니고 있다.

3. 「레디메이드 인생」에서 채만식은 무산 지식층인 P를 풍자의 대상으로 삼아 비판하고 있다. 그 비판의 이유는 P가 지식인의 진정한 모습을 보여주지 못하기 때문이다. 지식인이란 어떤 존재인지 나름대로 정의해 보시오.

☞ 어떠한 사람이라야 지식인이라고 규정하기는 쉽지 않은 일이지만, 우리는 대강이나마 몇 가지 기준을 설정해 볼 수 있다. 첫째, 지식인은 어떠한 전문 직업이 요구하는 조건을 갖추고 있는 사람이다. 사회의 노동 체계 가운데 비교적 상위에 속하는 상층 사무직이 지식인에 배당되어 있기 때문이다. 둘째, 지식인은 어떠한 문제를 직업적 기준으로 해석하는 동시에 자신의 직업이 근거로 삼는 지식의 전제 자체를 비판적으로 반성할 수 있는 사람이다. 의사는 단순한 전문가이지만 그가 만일 의학의 생물학적 전제를 비판한다면 우리는 그를 지식인이라 부를 수 있다. 셋째, 지식인은 자기 직업의 내용을 일상생활의 커뮤니케이션 속으로 개방할 수 있는 사람이다. 전략 무기를 개발하는 공학자는 그가 그 분야에 문외한인 시민과 일상 언어로 이야기할 수 있고, 평범한 시민의 관점으로부터 전략 무기 생산에 드는 사회적 비용과 다른 생산을 희생하는 데 따르는 사회적 손실에 대하여 진실하게 배울 수 있는 자세를 갖추게 될 때에 비로소 지식인이 된다. 결론적으로 지식인은 자신의 문제를 명확하게 규정하고, 다시 그것을

폭넓은 사회적 맥락 위에서 해석할 수 있는 사람이다.

4. 「레디메이드 인생」에서 채만식은 한국의 근대사를 풍자의 대상으로 삼아 비판하고 있다. 채만식의 비판에 대한 나름의 생각을 기술하시오.

☞ P의 상상을 통해 드러난 내용에 근거할 때, 우리는 채만식이 한국의 근대사를 네 단계로 나누었음을 알 수 있다.

1. 바가지를 쓰고 벼락을 막으려던 대원군이 스러지고 개항이 되었다.

2. 정변과 국치를 1919년 이후에 신흥 부르주아의 대두가 현저해졌다. 그들은 자유주의의 간판을 내어 걸고 농민과 노동자를 어루만지고 봉건 지주와 악수하며 지식층을 주문하였다.

3. 1902년에 결성한 '칼톱회' 이후로 칼과 톱을 외는 소리, 다시 말해 사회주의 세력이 서울의 신풍경을 이루었다.

4. 민중의 지식이 향상됨에 따라 면서기 · 순사 · 은행원 · 회사원 · 책장사 등의 직업이 생기고 이들의 수요에 응해 양복점과 구둣방이 즐비해졌다. 부르주아는 가보(9끗)를 잡고 상층 지식인은 진주(5끗)를 잡고 농민과 노동자는 무대(0끗)를 잡은 셈이다. 특히 무산 지식층은 뱀을 잡았다.

채만식은 강제 개항 이후의 한국 근대사를 자본주의의 발달과정으로 파악하였고, 그 시대의 기본 모순을 자유주의와 사회주의의 대립으로 간주하였다. 한국의 자생적인 근대화의 추동력을 절단하고 지주 세력을 예속화하여 한국을 자본 사회가 아니라 식민지 사회로 고정시켜 놓은 일본의 침략이라는 문제를 도외시한 채만식의 시각이 철저하지 못했다는 것은 이미 여러 연구자들에 의해 지적된 바 있다. 토지조사 사업은 한국 경제를 식민지로 재편성하는 과정이었으며, 1930년대 공업화도 일본 독점 자본의 식민지 수탈 이외에 다른 것이 아니었다. 한국은 독립된 경제 단위를 형성하지 못하고, 일본 경제의 한 부분으로서 일본 경제에 대한 기여도로만 평가되고 있었다. 위에서 요약된 바와 같이 채만식은 일본 내의 문제인 자유주의와 사회주의의 대립을 식민지 사회인 한국에 옮겨 놓고 모든 문제를 일본과 분리하려고 한다. 식민지 한국을 독립된 단위로 놓고 문제를 설정하면 정확한 답을 이끌어 낼 수가 없다. 여기서 우리는 나라 잃은 시대에 민족 문제를 풍자의 기준에서 제외한 채만식의 시각이 불철저하다는 사실을 우선 지적할 수 있다.

(위와 같은 사실들을 고려하여 나름의 논리를 세워 보시오.)

5. 「치숙」에서 화자인 '나' 는 자신의 오촌 고모부를 비판하고 있다. '나' 의 비판에 대한 나름의 생각을 기술하시오.

☞ '나'는 자신의 아저씨에 대해 큰 반감을 지니고 있다. '나'가 보기에는 어디 하나 모자랄 데 없는 아주머니를 박대했을 뿐만 아니라 그런 박대에도 불구하고 지성으로 섬기는 그녀의 은공을 고마워할 줄 모른다는 것이 그 첫째 이유이고, 대학에서 경제학을 공부했음에도 돈 벌 궁리는 하지 않고 나라가 금지하는 사회주의 운동에만 매달리려 한다는 것이 그 둘째 이유이다. 그런데 그런 '나'는 어떤 인물인

가? '나'는 일본인 가게에서 일을 하는 소년이다. '나'는 일본인 여자에게 장가를 들고 이름도 일본 이름으로 바꾸고, 입는 옷과 먹는 밥과 사는 집도 일본식으로 할 뿐 아니라 아이들도 일본 학교에 보내겠다는 욕망을 거리낌 없이 토로한다. 나라 잃은 시대에 이른바 '내선일체'를 주장하던 총독부의 논리에 완전히 세뇌된 인물이 바로 '나'이다. 나라 잃은 시대의 한국 사람들은 어떤 일이 있어도 일제와 화해할 수 없었다. 그것은 한국인 모두에게 주어져 있는 도덕적 지상명령이었다. 자신의 본분을 다하는 아내에게 남편으로서 나름의 본분을 다해야 한다는 도덕적 명령에 근거하여 자신의 아저씨를 비판하면서도, '나'는 그 당시 한국인이라면 마땅히 지켜야 하는 도덕적 지상명령에 대해서는 단 한번도 진지하게 고민하지 않는다. 일제 시대에 국내에 남아서 살아가던 사람들에게는 일제가 만들어 놓은 제도의 틀 안에서 하루도 빠짐없이 일제의 구속에 속박 당한 채 살아가는 길 말고는 다른 길이 주어져 있지 않았다. 그러나 그러한 사정이 적극적인 친일의 핑계가 될 수는 없다. '나'의 태도는 적극적인 친일의 그것을 보여준다. 적극적인 친일도 아니고 적극적인 항일도 아닌 행동을 취하고 있었기 때문에 그 당시 대부분의 사람들은 민족 문제와 연관된 비판의 문제에 있어 난처한 입장을 취할 수밖에 없었다. 그러한 입장은 나라 잃은 시대에는 오히려 일반적인 삶의 모습이었다. 그러나 그 어떤 경우라 하더라도 적극적인 친일이 용납될 수는 없다. 위의 사실들을 고려할 때, 우리는 아저씨에 대한 '나'의 비판이 정당한 것이라고 인정할 수 없다.

6. 나라 잃은 시대를 배경으로 하고 있는 「소망」에서 한 인물은 그 아내가 보기에 매우 기이한 행태를 보여준다. 그 인물의 그러한 행태를 통해 작가가 말하고자 한 것에 대해 설명하시오.

☞ 「소망」은 한 여인이 자신의 언니를 찾아와 남편의 기이한 행태에 대해 보고하며 상의하는 내용으로 되어 있다. 그 아내가 전하는 남편의 기태(奇態)는 다음과 같은 것들이다.

1. 대학을 졸업하고도 삼사 년씩 취직을 못해 쩔쩔매는 시절에 신문사에 들어가 동료들의 인심도 얻고 사장의 인정도 받고 있는데 어느 날 갑자기 아무런 이유 없이 사직서를 내고 신문사를 나온다. 이것이 벌써 신경에 문제가 생겼다는 표적이다.

2. 신문사를 그만두고 난 다음 일 년 동안 전혀 외출을 하지 않고(기껏해야 서씨라는 친구를 닷새나 열흘에 한번쯤 찾아가는 것이 고작이다), 굴 속 같은 건넌방에 처박혀 웃지도 않고 이야기도 하지 않고 책만 읽거나 신문과 잡지를 뒤적거리기만 한다. 그 건넌방이라는 것이 바람 한 점 통하지 않아 여름이면 가마 속 같으니, 다른 사람이라면 차라리 죽으면 죽었지 그 방에서 십분도 보내지 않을 것이다.

3. 남편의 신경에 문제가 생긴 것 같은 결정적인 단서는 삼복더위에 겨울 양복을 입고 종로 한복판을 거닐다 온 것이다.

아내가 보고하는 남편의 위와 같은 기태는 작품 안에서 그 기이함이 약화된다. 아내 스스로도 남편의 신문사 사직과 관련하여 "허기는 눈동자가 옳게 박힌 놈은 이 짓 못해 먹겠다구, 그 무렵에 바싹 침울해 허기는 했었지만서두"라고 주석을 달고 있고, 겨울 양복 사건과 관련해서도 "(…) 사내 대장부가 어찌 그대지 못났수? 이건 과천서 뺨 맞구, 서울 와서 눈 흘기기 아니우? 제엔장맞을, 차라리 뛰쳐 나서서 냅다 한바탕…… 응? 그럴 것이지, 그렇잖우?"라고 하여 남편의 기태에 자신도 알 만한 이유가 있음을 넌지시 알려 준다. 또한 작가 스스로도 작품의 서두에 본문과 구별하여 "남아거든 모름지기 말복날 동복을 떨쳐 입고서 종로 네거리 한복판에 가 버티고 서서 볼지니"라는 구절을 배치하였고, 작품의 본문에서는 남편이 자신의 기태와 관련해서 "(…) 온갖 인간들이 더위에 항복하는 백기(白旗) 대신 최저한 도루다가 엷구 시원한 옷을 입구서 그리구서두 허어덕허덕 쩔쩔 매고 다니는 종로 한복판에 가 당당하게 겨울옷을 입구서 처억 버티구 섰는 맛이라니! 그게 어떻게 통쾌했는데!"라는 설명을 하게 하였다. 이와 같은 사실들을 고려할 때, 우리는 이 작품에서 비판하고자 하는 대상이 당시의 현실 상황임을 알 수 있다.

---

7. 「쑥국새」에서 '납순'은 미릭쇠와 결혼하였으면서도 이전에 좋아하던 종수와 도망을 가려 하고, 그 계획이 발각되자 목을 매어 자살한다. 납순의 행위에 대한 나름의 생각을 기술하시오.

☞ 이 문제를 푸는 데에는 두 가지 관점이 있을 수 있다. 하나는 납순의 행동을 긍정하여 옹호하는 것이고, 다른 하나는 부정하여 비판하는 것이다. 어느 관점을 택하든 상관이 없을 것이다. 요점은 긍정과

비판의 근거가 다른 사람도 납득할 수 있는 것이어야 하고 논증의 과정이 다른 사람을 설득할 수 있어야 한다. 남성 중심주의 사회에서 소외되고 억압당해 온 여성의 문제에 대한 논의를 중심으로 하는 페미니즘(여성주의)의 관점에서 접근하는 것도 하나의 방법일 것이다.

8. 「민족의 죄인」에서 '김군'은 '윤'이 친일의 문제와 관련하여 결백하다면 그에게 경제적 여유가 허락되었기 때문이라고 주장한다. '윤'이 가난했더라면 정작 어떻게 행동했을지 모르니까 그의 결백은 '미시험의 지조'이며, 죄와 결백의 원인이 경제적 여유의 유무에 있으니 친일이냐 아니냐 하는 문제는 '재산적 운명'과 연관되어 있다는 것이 '김군'의 주장이다. '김군'의 주장의 타당성 여부와 관련하여 나름의 생각을 기술하시오.

☞ 「민족의 죄인」에서 '윤'은 '김군'과 같은 신문사에서 함께 근무하다가 스스로 사직서를 내고 그만둔 인물로 묘사되어 있다. '윤'이 그처럼 스스로 신문사를 사직한 것은 나라 잃은 시대의 말기에 신문을 내는 일이 총독부 정책의 꼭두각시 역할밖에 되지 못한다는 판단 때문이었던 듯하다. '김군'은 '윤'의 그런 선택과 결단이 단순히 그의 경제적 여유 때문이었다고 주장한다. '윤'은 총독부의 정책에 동조하는 신문을 만드는 일에 참여하지 않았으며 총독부의 정책을 선전하는 시국강연에 나서지도 않았다. 그런 점에서 '윤'은 신문사에 남아 총독부의 정책에 동조하는 신문을 만드는 일에 참여한 '김군'이나 시국강연에 나선 경험이 있는 '나'에 비해 대일 협력이라는 문제에서는 결백한 사람이라 할 수 있다. 그러나 총독부의 정책을 적극적으로 비판하는 행동을 취한 적이 없다는 점에서 '윤'과 자기 자신이 크게 다르지

146

않다고 '김군'은 지적한다. '윤'이 시국강연에 나서지 않은 것도 그의 적극적인 항일 의지 때문이 아니라 '윤'의 사회적인 영향력이 미미한 탓에 그 일을 강제적으로 시키지 않았기 때문이라는 것이 '김군'의 생각이다. 대일 협력이라는 문제와 관련해서 '윤'이 주장하는 결백은 집안의 경제적 여유 덕분에 아무런 일도 하지 않고 그 시절을 지낼 수 있었기 때문이라는 것이 '김군'의 지적이다. 사회적인 영향력이 있어서 강제로 시국강연을 나서야 하는 상황에 처하거나 가난 때문에 신문사를 그만둘 수 없는 상황에 처했다면 '윤'이 어떤 태도를 취했을지 알 수 없으므로 '윤'의 지조는 제대로 검증되지 못한 지조(미시험의 지조)라는 것이다. '김군'의 논리에 타당성이 없는 것은 아니나 그렇다고 그의 논리를 전폭적으로 받아들이기도 난처하다. 이러한 난처함은 적극적인 항일도 아니고 적극적인 친일도 아닌 행동을 취할 수밖에 없었던 사람들에 대한 도덕적 판단의 난처함과도 연결된다. 적극적인 항일을 시금석으로 삼는다면 그 밖의 다른 행동들은 모두 비판의 대상이 될 수 있다. 적극적인 항일의 관점에서 보면 '나'와 윤'의 차이가 그렇게 큰 것이 아니기 때문이다. 그러나 비록 자발적인 것은 아니라고 하더라도 어떤 형태로든 일제에 협력한 행동과 경제적 여유 덕분이라고 하더라도 일제에 협력하시 않은 행동을 동일 선상에 놓고 볼 수는 없다. 그런 점에서 '김군'의 논리는 나라 잃은 시대의 일반적인 삶의 모습과 관련해서 매우 난처하고도 미묘한 문제를 건드린다고 볼 수 있다.

9. 「민족의 죄인」에서 '김군'과 '윤'은 민족의 반역자에 대한 처벌의 문제를 놓고 서로 대립적인 관점을 보여준다. 두 사람의 관점 가운데 하나를 택하여 나름의 논리를 전개해 보시오(절충적인 방안은 고려의 대상에서 제외하시오).

☞ '김군'의 논리가 용서와 화해의 관점에 따른 것이라면, '윤'의 논리는 폭로와 징벌의 관점에 따른 것이다. 누군가 일제에 부역하는 행위를 했다면, 그 행위가 끼친 영향, 그가 그렇게 할 수밖에 없었던 정황, 행위 이후의 그의 심리와 행동(자기반성의 여부) 등을 참작하여 처벌의 경중에 차이를 두어야 한다는 것이 '김군'의 논리이다. 반면에 일제에 부역한 사람은 민족정기를 바로 세우기 위해서라도 죄의 정도에 상관없이 모두 엄벌에 처해야 한다는 것이 '윤'의 논리이다. 광복 이후 한국의 과제는 근대적 민족 국가를 건설하는 것이었다. 그 과제의 성공적인 수행을 위해서는 민족정기를 바로 세워야 함은 당연한 것이었고 아울러 그 목표를 위해 모두가 화합할 수 있어야 했다. '윤'과 '김군'의 대립적인 관점은 모두 나름의 타당성을 지니고 있기 때문에 우리는 어느 쪽이 더 옳다고 섣불리 단정할 수 없다. 「민족의 죄인」에서도 작가는 두 가지 관점을 제시하기만 할 뿐 어느 편의 손도 들어주지 않고 있다. 이 문제는 보다 타당한 견해를 선택하는 데에 초점이 있지 않다. 한 편의 논리를 들어 얼마나 더 설득력 있게 자기의 의견을 제시할 수 있는가 하는 점이 문제의 핵심이다.

10. 「논 이야기」에서 한 생원은 나라가 망하였을 때 오히려 '잘 망했다'고
하고, 광복이 되었을 때에도 만세를 부르지 않은 자신의 행위가 옳다고 믿는
다. 한 생원의 행동과 생각에 대해 나름으로 생각하는 바를 기술하시오.

☞ 경술국치로 나라를 잃었을 때 한 생원이 오히려 '잘 망했다'고
한 데에는 나름의 이유가 있다. 구한국 시절에 한 생원은 아버지가 고
생하여 마련한 논 스무 마지기 가운데 열세 마지기를 강제로 빼앗긴
경험이 있었던 것이다. 잃었던 나라를 되찾는 광복을 맞이하고도 만
세를 부르지 않은 이유도 광복이라는 것이 애써 장만한 땅을 강제로
빼앗았던 옛 시절로 다시 돌아가는 것에 불과하다고 여겼기 때문이
다. 한 생원의 행동에 나름의 이유가 없는 것은 아니나 그렇다고 그의
행동이 무조건 정당한 것이라 보기도 어렵다. 나라 명색이 망하지 않
고 내 나라로 있을 때나 일제에 빼앗겨 남의 나라로 있을 때나 나라가
자신에게 별로 해준 것이 없다는 점 때문에 나라를 대수롭지 않게 여
기는 한 생원의 생각에는 문제가 있다. 우선 그는 부분을 전체로 보았
다. 지방 수령의 타락이 그의 집안에 심각한 물질적 손실을 끼친 것은
사실이지만, 그 가해자를 나리 전체로 확대하는 것은 결코 타당하지
않다. 다음으로 한 생원의 개인주의를 지적힐 수 있다. 그는 지신의
이익이라는 관점에서만 사건을 보려고 한다. 국가라는 것은 공동체의
단위이다. 인간은 혼자서는 살아길 수 없다. 다른 사람들과 함께 살아
갈 수밖에 없는 것이 우리 인간의 사회적 운명이다. 공동체의 문제가
제기될 때 필연적으로 개인의 희생이 따르기 마련이다. 물론 이 경우
그 희생은 언제나 기본 선에서 이루어져야 한다. 술과 노름으로 진 빛

을 갚기 위해 길천에게 판 땅이 광복이 되어 다시 자기에게 되돌아온다고 생각하자 한 생원은 갑자기 만세가 부르고 싶어진다. 그러나 그 땅을 되찾을 수 없게 되었다는 사실을 알고는 생각을 바꾼다. 큰 권력을 지닌 신분이 아니기 때문에 부각되지는 않았으나 한 생원의 행동은 지나친 개인주의를 보여준다.

(다른 관점에서도 충분히 기술될 수 있을 것이다. 요점은 자신의 견해가 분명히 드러나야 하고 그것이 읽는 사람을 설득시킬 수 있어야 한다는 것이다.)

4 문학사와 텍스트 해석
: 맥락의 구축

1. 자기 형성의 가능성과 자기 변용의 능력
: 한국 현대시에 나타난 가족과 아버지의 문제에 대하여

1) 가족과 근대적 자아

계간 『시와 사람』 2000년 가을호 기획특집 주제는 "가족의 해체와 자아실현의 의미망"이다. 내가 맡은 부분은 '가족형성(상실)과 근대적 자아의 출현'이다. 요즈음 '근대'(modern)라는 개념이 여러 가지 맥락에서 비판적으로 검토되고 있다. 인류의 행복을 보상할 수 있으리라는 기대와 함께 기획된 사회적, 정치적, 문화적 장치와 제도들이 애초의 의도와는 달리 인류의 행복에 장애가 되고 있다는 반성이 그러한 비판적 검토의 토대가 되고 있는 듯하다. '근대'의 문제에 대해 여러 가지 다양한 관점의 접근이 가능하겠으나 그것의 양가성에 대해서는 내체로 동의할 수 있을 것이다. 한 사회 성원 다수의 행복을 억압했던

봉건 시대의 부정적 양상들에 대한 부정이라는 측면에서 근대와 계몽의 기획은 긍정적인 것이다. 동시에 그러한 기획이 애초에 약속했던 행복을 보장할 수 없을 뿐만 아니라 심지어 방해가 되고 있다는 점에서 그것은 부정적이다. 그런데 『시와 사람』 편집진이 '근대적 자아의 출현'이라고 말할 때, 그 '근대적 자아'의 '근대'는 긍정적인 의미를 내포하고 있는 것으로 보인다. 그들은 전체의 논리와 가치에 의해 억압될 수밖에 없었던 개인의 자유와 자율성의 문제에 대한 자각을 '근대적 자아의 출현'이라는 문제와 연결시켜 생각하는 것 같다. '근대'의 문제가 양가성을 내포한다면 '근대적 자아'의 문제 역시 양가성을 내포한다고 볼 수 있다. 그럼에도 이번 특집의 기획 의도는 그러한 문제들과 연관된 부정적 양상보다는 긍정적인 양상을 주목해보자는 데 있는 것 같다. 우리 사회는 여전히 '상식'과 '정상적인 것'이 통하지 않는 사회라는 점에서 우리는 '근대'의 부정적 가치보다는 긍정적 가치에 대해 좀더 철저하게 탐색해야만 하는지도 모른다. 그런 맥락에서 나는 이번 특집의 기획 의도의 한 측면을 충분히 수긍하고 동의할 수 있다.

"가족의 해체와 자아실현의 의미망"이라는 주제에서도 드러나듯이 이번 기획특집은 가족의 문제에도 주목하고 있다. 가족의 구조가 개인의 자율성과 자유를 억압하는 부분이 분명히 존재한다는 점에서 자아실현과 가족의 문제를 연결시켜보는 것은 가능하다고 판단된다. 요즘 가족의 유대가 파괴되었다는 주장이 강력하게 제기되고 있다는 점에서도 '가족 해체' 혹은 '가족 상실'과 연관된 문제는 세심하게 논의해 보아야 할 것이기도 하다. 그런데 가족의 구조에서 발생한 문제들을 살펴보는 것은 중요하고 필요한 일이지만, 그러한 문제들을 '가족 해체'와 '가족 상실'로 규정할 수 있는가 하는 점은 나로서는 의문이다. 가족의 해체는 가족의 현상 형태와 연관된 문제이다. 가족의 구조는 대단히 견고하기 때문에 쉽사리 변화하지 않는 속성이 있다. 많은 사람이 수긍하듯이 그 나타난 현상으로 보면 한국의 가족은 직계 3대 가족이다. 요즈음 음식점에서 만나는 가족의 모습은 부모와 자녀들로 구성된 직계 2대 가족이다. 실제로 주거공간에서 함께 사는 가족 구성원도 직계 2대 가족이 대부분이다. 그러나 함께 살건 따로 살건 한국에서 할아버지와 할머니를 가족으로 인정하지 않는 손자와 손녀는 없을 것이다(미국의 경우는 직계 2대 가족이라 할 수 있다. 거의 대부분 따로 살고 있는 할아버지와 할머니를 미국의 손자와 손녀들은 자신들의 가족이라 생각하지 않을 것이다). 직계 3대라는 한국의 가족 유형은 그 유래가 짧지 않다. 방계 5대 가족을 표준 가족의 유형으로 제시한 『주자가례』라는 책이 도입된 16세기 이전부터 한국의 가족 유형은 직계 3대 가족이었으며 따라서 그 책이 설정한 가족 유형은 한국의 실정에 맞지 않았다.[1] 가족의 현상적 구조에서 과거와 지금의 차이는 가족 성원의 수가 열 사람에서 여섯 사람으로 줄어든 것에 불과할 뿐이며 직계 3대라는 가족의 유형에는 아무런 변화가 일어나지 않았다. 아마도 미국의 직계 2대 가족과 한국의 직계 3대 가족은 앞으로도 그 구조에 큰 변화를 보이지 않을 것이다. 따라서 '가족 해체'와 '가족 상실'에 대한 논의는 가족의 현상 형태와 연관된 것이 아니라 가족의 본질 내

---

1) 김인환, 『다른 미래를 위하여』(문학과지성사, 2003), p.182.

용 가운데 하나인 가족의 유대와 연관된 것일 수밖에 없다.

　가족의 본질 내용에 대해서는 여러 가지 측면에서 논의가 가능할 것이다. 그 가운데서 우리는 가족이 모여 사는 ‘집’의 공간적 의미를 ‘가족’의 의미 자체와 연결시켜 생각해 볼 수 있다. 물리적 공간 자체는 인간에게 특별히 적대적인 것도 우호적인 것도 아니지만, 우리의 삶에서 집이 없으면 공간은 적대적인 모습을 띠게 된다. 집이 없다는 것은 황량한 자연 공간에 버려져 있는 것과 다르지 않다. 아무리 보잘것없는 집이라도 집을 소유한다는 것은 공간의 일부를 점유함으로써 비로소 어떤 의미가 깃들일 수 있는 삶의 초점을 마련하는 것이다. 지나치게 낭만적인 생각이라는 비판을 받을 소지가 전혀 없는 것은 아니나 우리는 ‘가족’의 의미를 이와 같이 ‘집’의 공간적 의미와 연결시킬 수 있다. 요컨대 가족은 우리에게 비로소 어떤 의미가 깃들일 수 있는 삶의 초점을 제공해 준다. 가족의 유대가 파괴된다면 그것은 삶의 초점이 상실되는 것과도 같다. 행복한 가정이 행복한 것은 삶의 초점을 상실하지 않았기 때문일 것이며 불행한 가정이 불행한 것은 저마다 다른 이유로 삶의 초점을 상실했기 때문일 것이다. 가족이 그 성원의 행복을 억압한다면 그것은 가족 그 자체의 의미 때문이 아니라 가족이 그 의미를 상실했기 때문일 것이다. 이와 같은 긍정적인 의미와는 반대로 가족에는 부정적인 의미도 내포되어 있음은 물론이다. 가족 체계 역시 여타 다른 체계들(법률체계·언론체계·교육체계·문화체계·종교체계·조합체계)과 마찬가지로 억압체제를 재생산하는 소단위 억압 장치일 수 있다. 우리는 학교에서 군대에서 교회에서 직장에서 가정에서 극장에서 텔레비전에서 명령하고 지배하는 법과 복종하고

순응하는 질서를 배운다. 가족은 그런 의미에서 국가라는 억압 체제의 하부 단위이다.

이 글에서 내가 풀어야 할 숙제는 "가족 형성(상실)과 근대적 자아의 출현"이라는 문제이다. 위에서 나는 기획특집의 의도와 관련하여 '근대적 자아'를 긍정적인 성격으로 파악하였다. 좀더 부언하자면 내가 보기에 『시와 사람』 편집진이 의도하는 '근대적 자아'는 자기형성의 가능성과 자기 변용의 능력을 자율적으로 실험할 수 있는 주체를 뜻하는 것 같다. 그런데 내 생각으로는 자율적 주체의 출현과 가족 형성(상실)이 인과관계로 연결되는 것 같지는 않다. 그러나 내가 양가적 성격으로 파악한 가족 체계 안에서 자율적 실험의 양상에 대한 문제는 검토해 볼 만한 가치가 있는 것 같다. 이 글에서는 우리 현대시에 나타난 '아버지'와 연관된 문제를 통해 그 주제에 접근해 보고자 한다.

2) 아버지에 '대하여' 말하기와 아버지 '로서' 말하기

유교문화권의 전통적인 윤리 덕목들 가운데 가족과 연관된 것은 세 가지이다 : 부자유친(父子有親), 부부유별(夫婦有別), 형제유애(兄弟有愛). 그 세 가지 가운데 가장 강조되는 것은 역시 부자유친이다. 16세기에 제작된 '오륜가'(五倫歌)들 가운데 부자유친을 소재로 한 작품들은 대체로 '부모 섬기기를 지성으로 하라'는 내용을 주제로 하고 있다. 그 '오륜가'들에서 흥미로운 점은 대개의 시조들이 자식의 도리(효도)에 대해 강조하고 있다는 것이다. 어떤 형태로든 아버지의 도리에 대해 말하는 작품들은 거의 눈에 띄지 않는다. 효도를 주제로 한 시조들 가운데 서정성이 가미된 작품의 유형으로 「조홍시가」(早紅柿歌)를 들 수 있는데, 그 작품들은 여러 가지로 시사하는 바가 많다.

> 盤中 早紅감이 고아도 보이나다
> 柚子 안이라도 품엄즉 하다마는
> 품어가 반기리 업슬시 글노 설워 하나이다

위의 시조는 1601년 박인로가 이덕형에게서 '조홍시'(早紅柿)를 선물로 받고 느낌이 있어 지었다는 「조홍시가」 4수 가운데 하나이다. 이 시조에서 화자는 효도를 하고 싶어도 효도를 할 수 없는 상황에 대한 안타까움을 노래하고 있다. 부모와 자식 사이의 유대를 매개하는 효도는 우리의 전통적 가족 윤리의 근본이었다. 부모를 봉양하지 않는 것은 패륜의 대표적인 경우였다. 오륜 가운데 하나인 부자유친의 윤리 내용은 부모에 대한 효도와 정확히 등가였다. 늙은 부모에 대한 안타까움이나 돌아가신 부모에 대한 그리움은 16세기에 제작된 시조에서도 자주 나타나지만 20세기에 제작된 현대시에도 지속해서 나타난다. 어쩌면 아버지와 어머니를 소재로 삼은 한국시의 대부분은 「조홍시가」의 다양한 변주라 할 수 있다.

> 인생은 어쩌면 슬픈 것
> 아기도 없고 惡意도 없는 이 몸이
> 늙은 부모님을 모시고 아버님 업히세요
> 쓰러져 가는 것 굶주린 아우들은 자라나서

호박잎 넝쿨이 담벼락을 덮으면 갑자기

푸른 달이 뜨고 지친 아버님이 선풍기 옆에서

아버님 걱정 마세요 제가 대학원만 졸업하면

졸업하면

졸…… 업하고 나면 갑자기 푸른 달이

흰 구름 속으로 ……버님 걱정 마세요 제가

이제 곧 장가만 들게 되면 맞벌이를 하지요 아버님

기운을 내세요 이까짓 낡은 집은 헐어 버리고요

어머님 신경통약…… 기운을 내세요 어머님 그까짓

신경통쯤이야

— 박남철, 「백의환향」 부분

　위의 시에서 화자가 늙은 부모와 굶주린 아우들을 염려하는 것으로 보아 그는 한 집안의 맏아들일 것이다. 그는 자신이 대학원만 졸업하면 모든 문제가 해결될 것이라는 말로 부모를 안심시키려 한다. 그러나 그의 목소리에는 자신감이 없어 보인다. 세 개의 말줄임표는 그의 말에 신뢰를 갖지 못하게 한다. 집을 헐어버리겠다고 말하지만 그 다음에는 어떻게 하겠다는 것인지 아무런 설명도 없다. 대학원을 졸업하고 결혼을 한다고 하더라도 아내와 맞벌이를 해야 하는 것이 그가 처한 현실이다. 위에 인용하지 않은 후반부에서 '대중소설'과 "불티

나게 잘 팔리는/엽기 소설"에 대해 언급하고 있다는 점을 고려한다면
화자는 문학을 공부하는 사람이다. 그가 대학원까지 가서 공부하려는
뜻이 그런 소설이나 쓰자는 데 있지는 않을 것이다. 그런데 문제는 그
런 공부가 부모를 봉양하고 동생들을 돌보는 데 아무런 도움을 주지
못한다는 데 있다. '금의환향'을 패러디한 '백의환향'에서 '백의'는 화
자가 직업이 없다는 것을 말해 준다. 화자는 자신의 원래 뜻을 굽혀서
라도 장자로서 해야 할 일을 해야 하는 것이 아니냐고 생각한다. 부모
를 봉양하고 형제를 돌보며 집안을 일으켜야 하는 의무 때문에 고민
하는 맏아들의 모습은 직계 3대 가족이라는 한국의 가족 유형에서 전
형적으로 나타나는 모습일 것이다. 맏아들은 장자로서의 의무 때문에
개인의 꿈을 접을 수 있다. 그러나 다른 한편으로 한국의 가족 유형에
서 이른바 '맏상주'인 장자는 아버지와 함께 언제나 특권적 지위를
누린다.

형은 長子였다 〈이 책상에 걸터앉지 마시오 長子白〉
형은 서른한 살 주일마다 聖堂에 나갔다 형은 하나님의
長子였다 聖經을 읽을 때마다 나와 누이들은 형이 기르는
약대였다 어느날 형은 아버지 보고 말했다 〈저 죽고 싶어요
하란에 가 묻히고 싶어요〉 안될 줄 뻔히 알면서도 형은
우겼다 우겼지만 형은 제일 먼저 익은 보리싹이었다 나와
누이들은 모래 바람 속에 먹이 찾아 날아다녔고 어느날 또
형은 말했다 〈아버지 이제 다시는 祭祀를 지내지
않겠어요 좋아요 다시는 안 돌아와요〉 그날 나는 울었다

어머니는 형의 와이셔츠를 잡아당기고 단추가 뚝뚝

떨어졌다 누이들, 떨어지며 빙그르르 돌던 재미 혹시

기억하시는지 그래도 형은 長子였다 하란에서 멀고 먼

우리 집 매일 아침 食卓에 오르던 **누이들**, 말린 물고기들

혹시 기억하시는지 형은 찢긴 와이셔츠처럼 웃고 있었다

— 이성복, 「가족풍경」 전문

위의 시는 한국의 가족 구조에서 흔하게 발생할 수 있는 사건을 매우 흥미롭게 보여준다. 작품에서 '長子白'이라는 알림의 표지는 아버지의 위치와 맞먹는 장자의 특권적 지위를 보여준다. "형은 제일 먼저 익은 보리싹이었다"는 언표가 보여주듯 형은 장자로서 혜택도 누려왔다. 화자 자신과 누이들은 "모래 바람 속에 먹이 찾아 날아다"니는 날벌레처럼 언제나 장자인 형이 누리는 특권과 혜택으로부터 소외되었다. 아마도 소외의 정도로 따지면 그래도 아들인 화자보다는 누이들이 훨씬 더 심했을 것이다. 진한 글씨로 '누이들'을 강조한 것은 바로 그러한 사정을 보여주기 위함일 것이다. 그런데 그런 혜택과 특권을 누려왔음에도 불구하고 형은 장자의 의무를 거부하여 집에 파란을 일으킨다. 화자의 목소리에는 형의 태도에 대한 노골적인 불만이 배어 있다. 그렇다고 화자가 형을 정말 미워하는 것 같지는 않다. 작품의 마지막에서 화자는 "형은 찢긴 와이셔츠처럼 웃고 있었다"고 말함으로써 형의 자괴감을 읽고 있음을 보여주기 때문이다. 이 시에서 조부모는 직접 등장하지 않았지만, '제사'라는 시어는 이 시가 한국의 직계 3대 가족을 전제로 한 이야기임을 암시적으로 보여준다. 이 시

는 말 그대로 한국의 전형적인 가족 구조를 바탕으로 한 '가족풍경'을 묘사하고 있다.

　가족과 효도는 이미 오래 전부터 이어져 내려온 가치와 의미이다. 요즈음 사람들은 가족의 유대가 파괴되었다고 걱정하면서 효도를 되살리는 것이 파괴된 유대를 복원하는 유일한 길이라고 주장하기도 한다. 사회의 급격한 변화로 인해 이전과는 다른 문제들이 발생하겠지만, 가족의 구조 체계 자체는 그렇게 쉽사리 무너지지 않을 것이다. 가족은 다 함께 잘 살아갈 수 있는 지혜를 얻기 위한 좋은 실험의 장소가 될 수 있다. 가족 체계가 작은 단위의 억압 장치로서 작용할 위험도 있으나, 가족은 누구에게나 어떤 의미가 깃들일 수 있는 삶의 초점을 마련해 주기도 한다. 효도는 가족의 유대를 굳건하게 해주는 훌륭한 매개일 수 있지만, 그것은 동시에 의존으로 해석될 수도 있다. 이성복의 「가족풍경」에서 장자의 태도에 대해 아버지가 분노하고 동생이 서운해 하는 것은 그만큼 장자에게 의존하기 때문이다. 의존심과 적대감은 동전의 양면이다. 가족 성원들 모두가 자기 형성의 가능성과 자기 변용의 능력을 보장받으면서 가족을 길이 보존할 수 있는 방법은 무엇일까.

　　古色이 蒼然한 우리집에도
　　어느덧 신선한 물결과 바람이
　　新鮮한 氣運을 가지고 쏟아져들어왔다

　　이렇게 많은 식구들이

아침이면 눈을 부비고 나가서

저녁에 들어올 대마다

먼지처럼 인색하게 묻혀가지고 들어온 것

얼마나 長久한 歲月이 흘러갔던가

波濤처럼 옆으로

혹은 世代를 가리키는 地層의 斷面처럼 억세고도 아름다운 색깔

누구 한 사람의 입김이 아니라

모든 家族의 입김이 합치어진 것

그것은 저 넓은 문창호의 수많은

틈 사이로 흘러들어오는 겨울바람보다도 나의 눈을 밝게 한다

조요하고 늠름한 불빛 아래

家族들이 저마다 떠드는 소리도

귀에 거슬리지 않는 것은

내가 그들에게 全靈을 맡기 탓인가

내가 지금 순한 고개를 숙이고

온 마음을 다하여 즐기고 있는 書冊은

偉大한 古代彫刻의 寫眞

그렇지만

구차한 나의 머리에

聖스러운 鄕愁와 宇宙의 偉大感을

담아주는 삽시간의 刺戟을

나의 家族들의 기미 많은 얼굴에

比하여 보아서는 아니될 것이다

제각각 자기 생각에 빠져있으면서

그래도 조금이나 不自然한 곳이 없는

이 家族의 調和와 統一을

나는 무엇이라고 불러야 할 것이냐

차라리 偉大한 것을 바라지 말았으면

柔順한 家族들이 모여서

罪없는 말을 주고받는

좁아도 좋고 넓어도 좋은 房안에서

나의 偉大의 所在를 생각하고 더듬어보고 짚어보지 않았으면

거칠기 짝이없는 우리집안의

한없이 순수하고 아득한 바람과 물결

이것이 사랑이냐

낡아도 좋은 것이 사랑이냐

— 김수영, 「나의 가족」 전문

위의 시에서 화자는 지금 "위대한 고대조각의 사진"이 들어 있는

책을 보고 있다. 그 책의 사진들은 "성스러운 향수와 우주의 위대감을/담아주는 삽시간의 자극"을 화자에게 안겨준다. 그러한 자극의 순간에는 그 자체를 벗어난 모든 것은 하나의 소음에 불과하고 따라서 그러한 소음은 화자를 방해하는 것이다. 그러나 화자는 "가족들이 저마다 떠드는 소리도/귀에 거슬리지 않는"다고 말한다. 그리고 그 이유가 "그들에게 全靈을" 맡긴 탓일 거라고 생각한다. "성스러운 향수와 우주의 위대감을/담아주는 삽시간의 자극"은 화자가 "온 마음을 다하여 즐기고 있는" 것이다. 그것은 그의 꿈의 내용이자 가족 바깥의 세계와 연결시켜 주는 매개이다. 화자는 "온 마음을 다하여" 그것을 즐기면서도 "나의 가족들의 기미 많은 얼굴"을 외면하지 않는다. 화자는 온 마음을 다하여 자신의 꿈(욕망)을 추구하면서 동시에 자신의 "全靈"을 가족에게 맡긴다. "이 가족의 조화와 통일을/나는 무엇이라고 불러야 할 것이냐"고 화자는 묻는다. 그리고 대답한다, 그것은 '사랑'이라고 "낡아도 좋은 것은 사랑뿐"이라고. 사랑은 가족과의 유대를 강화시켜 주는 매개이면서 동시에 자기 스스로에 대한 사랑인 자유를 유지하게 해주는 근거이다. 사랑은 자기 자신과 타자를 위해 존재할 수 있는 것들을 서로 보존하며 연결해 주는 영혼의 숨결과도 같은 것이다.

3) 아버지와 보편적 사랑

가족은 가부장적 질서라는 토대 위에 구축된다. 가족의 구심점은 아버지이다. 여기서 아버지는 구체적인 인물이 아니라 상징적 기호 표현이다. 가족 체계 내에서 아버지라는 기호 표현은 하나의 자리를 뜻한다. 아버지의 자리는 가족 체계의 질서를 유지하게 하는 근거이다. 서양의 정신분석 이론에서 아버지는 법(금지)의 상징이다. 어린아이의 욕망은 어머니의 의해서만 충족되므로 아이는 어머니에게 한없이 의존한다. 그 의존이 고착되면 아이는 성장의 다음단계로 나아가지 못하게 된다. 어머니를 향한 아이의 욕망과 의존을 금지하는 존재가 아버지이다. 어머니에게 나아가는 길이 아버지에 의해 수시로 차단된다. '어머니와 함께 자면 안 된다'고 명령하는 아버지의 금지는 사회의 규범으로 아이의 의식 속에 내면화된다. 정신분석에서는 젖떼기를 상징적 거세라고 부른다. 젖을 떼어야만 아이는 성장의 다음 단계로 나아갈 수 있다. 성장한다는 것은 철이 든다는 의미이고 이는 행동을 절제할 줄 알게 된다는 뜻이다. 자신의 욕망과 행동을 절제할 수 있어야만 사회의 상징적 체계 안에서 자신의 위치를 차지할 수 있게 된다. 금지하고 명령하는 아버지는 엄한 아버지이다. 그런데 한국시의 전통에서는 엄한 아버지보다는 자애로운 아버지가 더 자주 등장한다.

어두운 방 안엔
빠알간 숯불이 피고,

외로이 늙으신 할머니가
애처로이 잦아드는 어린 목숨을 지키고 계시었다.

이윽고 눈을 헤치고 따 오신

그 붉은 산수유 열매——

나는 한 마리 어린 짐생,
젊은 아버지의 서느런 옷자락에
열로 상기된 볼을 말없이 부비는 것이었다.

이따금 뒷문을 눈이 치고 있었다.
그날밤 어쩌면 성탄제의 밤이었을지도 모른다.

어느새 나도
그때의 아버지만큼 나이를 먹었다.
옛것이라곤 찾아볼 길 없는
성탄제 가까운 도시에는
이제 반가운 그 옛날의 것이 내리는데,

서러운 서른 살 나의 이마에
불현듯 아버지의 서느런 옷자락을 느끼는 것은,

눈 속에 따 오신 산수유 붉은 알알이
아직도 내 혈액 속에 녹아 흐르는 까닭일까

— 김종길, 「성탄제」 전문

위의 시에 등장하는 아버지는 명령하고 금지하는 엄한 아버지가 이니라 기르고 보살피는 자애로운 아버지이다. 내가 참조한, '가족'이나 '아버지'를 소재로 삼은 100여 편의 한국 현대시에 나오는 아버지는 대체로 엄한 아버지가 아니라 자애로운 아버지이다. 그 작품들에서 시의 화자들은 유년의 기억 속에 남아 있는 아버지의 자애로움을 회상한다. 그렇다고 해서 한국의 아버지가 서양의 아버지에 비해 특별히 자애로운 것은 아닐 것이다. 시라는 문학 양식의 서정적 특질이 아버지의 엄함보다는 자애로움을 더 선호하게 했을 수도 있을 것이다. 아무튼 위의 시에서 화자는 산수유의 붉은 색깔과 "서느런 옷자락"에 대한 감각적 기억을 매개로 하여 아버지의 사랑을 회상한다. 그런데 화자가 말하고자 하는 것은 단지 아버지의 사랑에 대한 생생한 기억만은 아니다. 이 시의 화자가 정작 말하고 싶은 것은 "옛것이라곤 찾아볼 길 없는/성탄제 가까운 도시"와 연관된 어떤 것이다. 작품에서 화자를 유년의 기억으로 이끄는 매개는 '눈'이다. 그때처럼 "반가운 그 옛날의 것이 내리는데", 지금 화자가 살고 있는 도시에는 사랑이 존재하지 않는다. 유년 시절에 체험한 사건의 시간적 배경을 '성탄제의 밤'으로 설정한 것도 바로 사랑에 대해 말하기 위함일 것이다. "서러운 서른 살"이라는 표현은 도시에서 살아가는 삶의 신산함을 드러내기 위한 장치일 것이다. 이 시에서 화자는 아버지(의 사랑)에 '대해' 말한다. '아버지'와 '가족'을 소재로 삼은 대부분의 한국 현대시에서 작품의 화자들은 아버지에 '대해' 말한다. 실제로는 어른이라고 하더라도 아버지에 '대해' 말하는 경우 화자는 내면 심리에서는 아이의 위치에 있게 된다. 아이에 위치에 서게 되면 아버지와 나의 관계는 자율의 맥락보다 의존의 맥락에 놓이기 십상이다. 위의 시에서 화자는 사랑의 가치가 '옛것'이라고 말한다. 그러나 가치란 이미 주어져 있는 것이 아니다. 화자의 유년 시절 아버지는 눈을 헤치고 산수유 열매를 따는 노동을 통해 사랑이라는 가치를 생성했다. 가치는 우리의 외부에 있는 객체나 대상 같은 것이 아니다. 형성하는 과정을 통해 힘들여 생산해야만 하는 것이 가치이다. 아버지의 결단과 노동을 통해 산수유 열매는 사랑이라는 가치의 상징이 되었다. 이 시의 화자가 아버지에 '대해' 말할 때 "옛것"으로서의 사랑은 죽은 가치가 된다. 아버지에 '대해' 말하는 것이 아니라 스스로 아버지 '로서' 말할 수 있을 때, 다시 말해 스스로의 결단과 노동을 통해 나름으로 사랑의 가치를 생성할 수 있을 때 비로소 '나'는 가치 있는 사건의 주인공이 될 수 있다. 20세기 한국 현대시에 결여되어 있는 것이 바로 '아버지로서' 말하기이다.

>적산가옥 구석에 짤막한 층층계……
>그 이층에서
>나는 밤이 깊도록 글을 쓴다.
>써도 써도 가랑잎처럼 쌓이는
>공허감
>이것은 내일이면
>지폐가 된다.
>어느 것은 어린것의 공납금.
>어느 것은 가난한 식량대.
>어느 것은 늘 가벼운 나의 용전(用錢).

밤 한 시, 혹은

두 시. 용변을 하려고

아래층으로 내려가면

아래층은 단칸방.

온 가족은 잠이 깊다.

서글픈 것의

저 무심한 평안함.

아아 나는 다시

층층계를 밟고

이층으로 올라간다.

(사닥다리를 밟고 원고지 위에서

곡예사들은 지쳐 내려오는데……)

나는 날마다

생활의 막다른 골목 끝에 놓인

이 짤막한 층층계를 올라와서

샛까만 유리창에

수척한 얼굴을 만난다.

그것은 너무나 어처구니없는

'아버지'라는 것이다

— 박목월, 「층층계」 부분

위의 시 이외에도 박목월은 「가정」이나 「밥상 앞에서」와 같이 '가족'을 소재로 한 작품들을 남겼다. 그 작품들의 공통점은 아버지에

'대해' 말하지 않고 아버지 '로서' 말한다는 것이다. 위의 시에서 화자는 "밤이 깊도록 글을 쓴다". 글을 쓰는 화자의 행위는 가족을 보존하기 위한 노동이다. 그 노동은 화폐로 전환되어 가족의 생활을 유지하게 하는 힘이 된다. 가족을 보존하는 데 위험한 장애 요인은 실업과 정년과 질병 같은 것들이다. 그것들은 가족의 생활을 보장할 수 없게 한다. 생활이 보장되지 않으면 가족은 파괴되기 십상이다. 작업실로 올라가는 층층계가 "생활의 막다른 골목 끝에 놓"여 있다는 표현은 글쓰기라는 화자의 노동이 없다면 가족의 생활이 보장될 수 없음을 말해 준다. 그런데 문제는 "써도 써도 가랑잎처럼 쌓이는/공허감"이다. 화자의 노동이 가족의 생활을 보장해주는 화폐로 전환되기는 하지만, 정작 화자는 그 노동으로부터 소외되어 있다고 느끼는 것이다. 자본주의 경제 체제 내부에서 글을 쓰는 행위는 교환될 수 있는 상품을 생산하는 사회적 노동의 하나이지만, 화자는 글쓰기의 원래 목적은 다른 데 있다고 믿는 듯하다. 화자의 그런 믿음이야말로 화자가 느끼는 공허감의 직접적인 원인일 것이다. 글을 쓰는 화자의 행위는 가족을 보존하는 것보다 우월한 어떤 가치를 생성하는 노동일 수 있다. 그러나 화자는 자신의 글쓰기가 아버지의 책임을 수행하는 노동이긴 하지만 그것과는 다른 혹은 그 이상의 어떤 가치를 생성하는 노동이 되지 못한다는 사실에 자괴감을 느낀다. 밤의 유리창에 비친 자신의 '수척한 얼굴'을 가리켜 "너무나 어처구니없는 '아버지'"라고 자조하는 것도 그런 자괴감의 표현일 것이다. 박목월은 「가정」이라는 작품에서는 "지상에는/아버지라는 어설픈 것이/존재한다./미소하는/내 얼굴을 보아라."라고 말한다. 그 구절에서 앞에 나오는 문장 때문에 뒤에 나

오는 문장의 "미소"는 밝은 것이 되지 못하고 자조 섞인 어두운 미소
가 된다. 그 미소는 더욱 보편적이고 본질적인 가치를 생성하지 못하
는 자신에 대한 반성을 뜻하긴 하지만 어떤 가치를 생성하는 데로 나
아가는 길을 차단하기도 한다. 그것은 제 가족만 아는 '폐쇄적 가족
주의'(또는 가족 이기주의)의 위험을 분명히 인식하고 있음에도 종국에
는 그것에 함몰될 수밖에 없게 만든다. 가족에 대한 책무와 사랑이 그
리고 가족의 굳건한 유대가 제 가족만 아는 가족 이기주의에 함몰되
지 않고 사회의 보편적인 차원으로 확대되는 길은 없는 것일까.

욕망이여 입을 열어라 그 속에서
사랑을 발견하겠다 都市의 끝에
사그러져가는 라디오의 재갈거리는 소리가
사랑처럼 들리고 그 소리가 지워지는
강이 흐르고 그 강건너에 사랑하는
암흑이 있고 三월을 바라보는 마른나무들이
사랑의 봉오리를 준비하고 그 봉오리의
속삭임이 안개처럼 이는 저쪽에 쪽빛
산이

사라의 기차가 지나갈 때마다 우리들의
슬픔처럼 자라나고 도야지우리의 밥찌끼
같은 서울의 등불을 무시한다
이제 가시밭, 넝쿨장미의 기나긴 가시가지

까지도 사랑이다

왜 이렇게 벅차게 사랑의 숲은 밀려닥치느냐
사랑의 음식이 사랑이라는 것을 알 때까지

난로 위에 끓어오르는 주전자의 물이 아슬
아슬하게 넘지 않는 것처럼 사랑의 節度는
열렬하다
間斷도 사랑
이 방에서 저 방으로 할머니가 계신 방에서
심부름하는 놈이 있는 방까지 죽음 같은
암흑 속을 고양이의 반짝거리는 푸른 눈망울처럼
사랑이 이어져가는 밤을 안다
그리고 이 사랑을 만드는 기술을 안다
눈을 떴다 감는 기술 불란서 혁명의 기술
최근 우리들이 四·一九에서 배운 기술
그러나 이제 우리들은 소리내어 외치지 않는다

복사씨와 살구씨와 곶감씨의 아름다운 단단함이여
고요함과 사랑이 이루어놓은 暴風의 간악한
信念이여
봄베이도 뉴욕도 서울도 마찬가지다
信念보다도 더 큰

내가 묻혀 사는 사랑의 위대한 도시에 비하면

너는 개미이냐

아들아 너에게 狂信을 가르치기 위한 것이 아니다

사랑을 알 때까지 자라라

人類의 종언의 날에

너의 술을 다 마시고 난 날에

美大陸에 石油가 고갈되는 날에

그렇게 먼 날까지 가기·전에 너의 가슴에

새겨둘 말을 너는 都市의 疲勞에서

배울 거다

이 단단한 고요함을 배울 거다

복사씨가 사랑으로 만들어진 것이 아닌가 하고

의심할 거다!

복사씨와 살구씨가

한번은 이렇게

사랑에 미쳐 날뛸 날이 올 거다!

—김수영, 「사랑의 변주곡」 전문

　아버지에 '대해' 말하기가 무성한 한국 현대시의 실정에서 김수영
의 「사랑의 변주곡」은 아버지 '로서' 말하기의 드물면서도 성공한 사
례로 기억되어도 좋을 것이다. 위의 시에서 화자는 맨 먼저 '욕망'에
대해 말한다. 욕망이란 존재를 보존하고자 하는 의지이자 힘이다. 그

것은 스스로를 존재하게 하는 능력이지만, 스스로를 지키기 위해 타인의 가슴에 가시를 박는 잔인한 힘이기도 하다. 따라서 화자가 "욕망이여 입을 열어라 그 속에서/사랑을 발견하겠다"라고 선언할 때, 그 선언에는 욕망에 대한 질적 규정의 의도가 내포되어 있다. 욕망이 없으면 존재도 없다. 그러나 욕망은 다른 욕망의 존재를 인정하지 않는다. 욕망은 언제나 스스로가 아닌 것을 대상화하고 소유하고자 한다. 그 욕망 안에 사랑이 있다면, 그 속에서 사랑을 발견할 수 있다면, 존재와 존재의 유대는 전혀 다른 차원의 세계를 구축할 수 있을 것이다. 위의 시의 화자는 욕망 속에서 발견한 사랑에 대해, "할머니가 계시는 방에서/심부름하는 놈이 있는 방까지" 이어지는 사랑에 대해 말한다. "할머니"라는 말에는 이미 손자/손녀가 전제되어 있다. 김수영이 말하는 사랑은 세대와 세대를 이어주는 것이자 가족 바깥의 타자조차도 보듬어 안는 것이다. 그것은 "죽음 같은/암흑 속을 고양이의 반짝거리는 푸른 눈망울처럼" 이어져 가는, 죽음조차 극복한 사랑이다. 그리고 그 사랑은 "불란서혁명의 기술"이자 "四·一九에서 배운 기술"인 자유를 향한 혁명의 투쟁과도 연결되어 있다. 4·19 이후에 쓴 '일기'(1960. 6. 16)에서 김수영이 말했다시피 그에게 혁명'이란 "위대한 창조적 추진력의 부본(複本)" 같은 것이었다.[2] 이 시에서 '사랑'은 젊은 남녀를 결속시키는 낭만적 사랑의 감정이나 남들이야 어떻게 되든 제 가족만 아끼고 위하는 가족 이기주의의 사랑을 넘어서 보편적 유대의 감정으로 확대된다. 자유는 모든 인간적 존재의 근본 의욕

---

2) 김수영, 『김수영 전집 2 산문』(민음사, 2003), p.494.

이다. 그러나 인간의 정신작용을 지배하는 본질인 자유는 인간의 고유한 속성을 지배하는 본질인 사랑을 목표로 하지 않을 때 방종이 된다. 김수영은 자신의 산문에서 '사랑은 호흡'이라고 말한다.[3] 자기 자신과 타자를 위해 존재하는 모든 것들을 상호 보존하며 연결하는 것이 바로 사랑의 숨결이다. 김수영이 말하는 사랑은 연인들이든 가족들이든 사회의 성원들이든 서로와 서로를 가장 근원적이고 본래적으로 통합하고 연결시키는 고리이다. 위의 시에서 김수영은 아버지 '로서' 아들에게 "너의 술을 다 마시고 난 날에/미대륙에 석유가 고갈되는 날에/그렇게 먼 날까지 가기 전에 너의 가슴에/새겨둘 말을 너는 도시의 피로에서/배울 거다"라고 말한다. 술을 다 마시고 난 날이 개인의 죽음을 의미한다면, 석유가 고갈되는 날은 인류의 종말에 대한 비유일 것이다. 그 말은 사랑이야말로 죽기 전에 삶에서, 종말이 오기 전에 '지금, 여기'에서 터득해야 할 삶의 핵심적 지혜라는 뜻일 것이다. 사랑은 이미 주어져 있는 가치가 아니다. 그것은 도시의 피로 속에서, 다시 말해 도시라는 현대의 공간 속에서 피로해질 만큼 힘든 노고를 통해서 배우고 생성해야 할 가치이다.

4) 다른 미래를 위한 실험

요즈음 한편에서는 가족의 위기를 한탄하며 가족의 유대를 복원하기 위해서는 효의 윤리를 다시 세워야 한다고 주장한다. 다른 한편에

---

3) 김수영, 앞의 책, p.50.

서는 가족은 변화하는 현실의 상황 속에서 해체될 수밖에 없으며 나아가 해체되어야만 한다고 주장한다. 효의 윤리를 복원한다고 해서 가족의 유대가 굳건해질 수 있는지는 의문이다. 가족 내부의 권력 체계에서 효는 의존심과 적대감의 상호작용과 긴밀히 연관되어 있다는 점을 깊이 인식하지 않는다면 가족의 유대는 개인의 자유를 억압하는 장치가 될 수 있다. 가족 해체의 필연성을 주장하는 사람이 적지 않지만 가족 구조의 체계가 그렇게 쉽사리 사라질 것인지는 아무도 장담할 수 없다. 구조 조정이라는 명분으로 개인의 생존권을 그처럼 손쉽게 박탈할 수 있는 시대에 가족을 보존하는 일이 매우 어렵게 되었다는 점은 엄연한 현실이다.

이런저런 위험하고 불행한 상황에도 불구하고 가족 공간이 여럿이 함께 잘 살 수 있는 지혜를 얻기 위한 실험의 장소가 될 수 있다는 사실에는 변함이 없다. 가족의 구조 체계가 가족 성원 모두에게 자기 형성의 가능성과 자기 변용의 능력을 보장할 수 없는 공간이라면 그것은 차라리 없는 것만 못할지도 모른다. 21세기를 살아가는 우리에게 주어진 과제들 가운데 중요한 한 가지는 그러한 가능성과 능력을 보장받으면서 가족을 길이 보존할 수 있는 방법의 모색일 것이다. 경험의 내면성이 종말을 고하고 이미 알려져 그렇게 굳어져 있는 것들로만 둘러싸여 있는 자본주의 사회에서 자기를 실현한다는 것은 어쩌면 부질없는 환상일지도 모른다. 그러나 자기 형성의 가능성과 자기 변용의 능력을 보장할 수 없는 사회에서 살아간다는 것은 기실은 죽은 것과 다름이 없다. 비록 우리의 생활을 부단히 재생산하는 삶의 현실이 그토록 혹독한 어둠에 휩싸여 있다고 할지라도, 우리의 삶의 근거는 바로 그 어두운 현실이며 그곳에서 다른 미래로 나아가는 길을 열려는 실험을 멈출 수 없는 것이 우리의 운명이다. 그러한 실험과 관련하여 한국의 현대시는 이제 아버지에 '대해' 말하기가 아니라 아버지 '로서' 말하기를 부단히 모색해야 하는 과제를 안고 있다.

2. 한국 문학의 모더니즘 수용과 기술 이데올로기의 문제
: 탈식민주의 이론의 시각에서

1) 탈식민주의와 담론의 생성

1980년대부터 나타난 일련의 글쓰기들은 서구 담론(discourse)의 헤게모니와 저항의 가능성 사이의 관계에 대한 문제, 그리고 식민주의적이거나 탈식민주의적인 주체의 형성에 관한 문제를 쟁점화하였다. 유럽의 지식 담론에 의해 동양적인(oriental) 타자가 어떻게 구성되는가 하는 문제를 연구한 에드워드 사이드의 『오리엔탈리즘』(Orientalism)은 그러한 글쓰기의 다양한 자원들을 제공하였다.

나는 미셸 푸코의 『지식의 고고학』과 『감시와 처벌』 속에 설명된 '언설'이라는 개념을 원용하는 것이 오리엔탈리즘의 본질을 밝히는 데에 유효하다고 생각한다. 곧 언설로서 오리엔탈리즘을 검토하지 않는 한, 계몽주의 시대 이후의 유럽 문화가 정치적, 사회적, 군사적, 이데올로기적, 과학적으로 또 상상력으로써 동양을 관리하거나 심지어 동양을 생산하기도 한 경우

의 그 거대한 조직적 규율—훈련이라고 하는 점을 이해할 수 없다.[4]

위의 인용문에서 '언설'(discourse)은 문장 단위보다 더 큰 단위로서 하나의 전언(massage)을 담고 있는 언어 단위를 뜻한다. 그런데 푸코가 특별하게 사용하는 '언설'의 의미를 이해하기 위해서 우리는 역시 푸코가 독특하게 사용하는 언표(utterance)의 개념을 살펴볼 필요가 있다.[5] 언표는 발화(enunciation)의 결과로 산출되는 것이다. "조선팽이는 때려야 돈다"라는 문장을 예로 들어 생각해 보자. 그 문장은 우리의 전통적인 놀이인 '팽이치기'와 연관된 것이다. 우리는 그것을 어떤 사물의 속성을 규정하는 하나의 명제로 생각할 수 있다. 그러나 그 문장이 우리의 세시풍속 가운데 하나인 '팽이치기'를 설명하는 발화 상황이 아닌 다른 상황에서 발화된 언표가 될 때 복잡한 문제가 발생한다. 필자는 "조선팽이는 때려야 돈다"라는 문장을 필자 자신의 경험과 연관된 기억으로부터 이끌어냈다. 그것은 필자의 초등학교 시절 자신의 지시를 따르지 않은 초등학교 학생에게 체벌을 가하며 담임선생님이 한 말이다(그 담임선생님은 그 문장을 나라 잃은 시대였던 자신의 어린 시절에 일본인 교사로부터 들었는지 모른다). 언표에서 그것을 산출하는 시원적이고 고정적인 발화의 주체는 존재하지 않는다. 언표를 발화하는 주체는 '비인칭'(non-person), 다시 말해 그 어떤 '그' 혹은 '그들'이다. 언표는 시작도 끝도 없는 익명의 중얼거림이며, 그 속에서 언표

---

4) Edward W.Said, 박홍규 옮김, 『오리엔탈리즘』(교보문고, 2001), pp.18~19.
5) 이 글에서 '언표'와 연관된 이해는 들뢰즈의 다음 책에 근거하였다.
   Gilles Deleuze, 허경 옮김, 『푸코』(동문선, 2003).

들은 발화의 그 어떤 주체에게 하나의 위치를 지정해 준다. 명제인 하나의 문장은 하나의 지시대상(reference)을 갖는 것으로 간주되지만, 언표의 경우에는 사정이 다르다. "언표는 결코 어떤 겨냥된 사물의 상태 안에서 구성되는 것이 아니며, 반대로 자기 자신으로부터 파생되는 하나의 '언설적 대상'을 갖는다." '조선팽이는 때려야 돈다'는 언표가 부단히 되풀이된다고 해도, 그 언표의 발화 주체와 전언의 내용은 발화 상황에 따라 언제나 새롭게 구성된다. 하나의 문장은 다시 시작되거나 다시 언급될 수 있다. 하나의 명제 역시 언제나 다시 활용될 수 있다. 그러나 되풀이 될 수 있는 고유한 능력을 갖는 것은 오직 언표뿐이다. 그리고 어떤 언표가 발화되는 상황(발화 주체의 위치, 발화되는 장소, 그것들 사이의 질서 등)과 하나의 제도적 환경이 맺는 관계와 같은 다양한 요소들의 배열이 그 언표의 되풀이를 가능하게 하는 하나의 물질성(materiality)을 구성한다. '언설'은 여러 문장들로 이루어진 복잡한 언표를, 그것들을 이루고 있는 문장들이 조직되는 규칙의 견지에서 이르는 개념이다. 이때 '문장들이 조직되는 규칙'은 발화의 상황을 형성하는 다양한 요소들의 배열관계에 따라 다양하게 구축된다. 결국 푸코의 글쓰기 전략은 어떤 특정한 '언설'이 조직되는 규칙과 그 규칙의 조직에 영향을 주는 요소들의 다양한 배열을 분석하는 데 있으며, 사이드는 푸코의 그런 전략을 원용하고자 한 것이다.

　사이드의 『오리엔탈리즘』 이후로 '탈식민주의'(post-colonialism)와 연관된 이론과 글쓰기는 문화와 지식의 구성에 개입하려는 시도가 되었다. 나라 잃은 시대를 겪고 난 탈식민지 사회의 지식인들은 다른 사람들이 기록했던 역사를 그들 나름의 방식으로 기술하려고 시도했기 때문이다. 그런데 '탈식민주의 이론'은 단일한 개념 체계로 요약될 수 있는 성질의 것은 아니다. 왜냐하면 탈식민주의 이론은 어떤 담론의 형성에 영향을 미치는 식민지 지배/피지배의 권력관계를 해명하기 위해 다양한 이론들, 예를 들어 탈구조주의, 페미니즘, 정신분석, 문화유물론(cultural materialism), 소수 담론(minority discourse) 등과 폭넓게 소통하기 때문이다. 따라서 그것은 컬러(Jonathan Culler)가 규정하는 이론 자체의 속성과도 유사하다. 컬러에 따르면, "그것(이론)은 젊은이들과 지칠 줄 모르는 자들이 그들 선배들의 지도적인 개념을 비판하는 가운데 증대되고 있으며, 새로운 사상가들의 이론에 기여하도록 촉진하고, 오래 되고 무시되었던 사상가들의 작업을 재발견하는 무한한 글쓰기의 집합체이다."[6] 그러한 '집합체'들 안에서 상식에 대한 비판과 당연한 것으로 받아들여진 개념에 대한 비판이 이루어지고, 우리가 사물과 세계를 이해하기 위해 문학을 포함하는 다양한 담론 실천에 이용하는 범주들에 대한 탐구가 이루어진다. 나라 잃은 시대의 상처와 절망에 대한 기억을 간직하고 있는 사람들에게 가장 시급하고 절실한 일은 그 기억에서 벗어나려는 노력이다. 그런데 문제는, 그러한 노력의 핵심이 되는 독립된 근대민족국가의 건설과 주체적인 문화의 건립이 서구의 담론 실천과 교묘하게 얽혀 있다는 데 있다. 역사를 다시 만들고 역사를 다시 쓰려는 실험 자체에 예속과 억압의 그림자가 드리울 위험에 대한 인식이 '탈식민주의 이론'과 연관된 다양한 문제의식을 촉발한다. 나라 잃은 시대의 상처와 절망에서 벗

---

6) Jonathan Culler, 이은경·임옥희 옮김, 『문학이론』(동문선, 1999), p.31.

어나기 위해 여전히 노력을 기울이고 있는 우리에게 '탈식민주의'와 연관된 문제의식은 우리의 과거와 현재를 바라보는 하나의 단초가 될 수도 있을 것이다.

2) 한국 근대문학과 기술 이데올로기

20세기 전반기에 한국은 무자비할 정도로 폭력적인 일본의 식민주의에 거의 무방비 상태로 노출되어 있었다. 홋카이도의 아이누 인들을 전멸시키고 그들의 언어를 없애버린 경험에 근거하여 일본은 한국을 침략하고 한국어를 없애버리고 심지어 한국 민족 자체를 말살하려 하였다. 당시 한국의 군사적·경제적 낙후는 인정할 수밖에 없는 분명한 사실이었다. 19세기 말의 위정척사(衛正斥邪) 운동은 서양의 기술적 우위를 인정하지 않고 서양의 모든 것을 야만적인 것으로 취급하였다. 그 운동의 주창자들은 서양과 일본의 야만인들을 추방하고자 하였으나 기술이라는 보편적 가치를 인정하지 않으려는 독단주의가 성공할 수는 없었다. 20세기 전반기에 서양과 일본이 이미 이룩해 놓은 기술을 습득하기 위한 모색의 중요성은 의심할 여지가 없었다. 이른바 개화기라 지칭되는 시기에 한국에서는 새로운 기술과 지식을 습득하려는 열망이 폭발적으로 증대되었다. 수많은 학회들이 교육 구국과 산업 구국을 염원하며 결성되었다. 1906년에는 대한자강회, 한북(漢北)흥학회, 서우(西友)학회 등이 결성되어 『대한자강회월보』『서우』『태극학보』 등이 창간되었고, 1907년에 대한협회가 결성되었으며 『야뢰(夜雷)』『대한민보』『소년 한반도』가 창간되었다. 1908년에

서우학회와 한북흥학회가 서북학회로 통합되었고 호남학회가 결성되었으며 『소년』과 『대한흥학회』가 창간되었다. 이 시기의 한국은 말 그대로 지식의 폭발시대였다고 말할 수 있다. 이러한 열망과 노력에도 불구하고 1910년에 국치를 당하였으나 그 사실이 위정척사 운동을 정당화하지는 못할 것이다. 우리 내부에 없는 것을 바깥에서 구하려는 데에는 하등의 문제가 있을 수 없다. 문제는 기술을 우리에게 결여되어 있는 절대 진리라고 여기는 데 있다. 그러한 태도는 우리 내부에는 아무것도 없고 모든 것이 바깥에만 있다고 믿는 민족 허무주의로 귀결된다. 그것은 우리에게 없는 기술을 도입할 수만 있다면 나라를 팔아먹어도 무방하다는 매국 이데올로기로 나아갈 수 있다.[7]

기술 이데올로기가 국치의 직접적인 원인일 수는 없겠으나 그러한 태도가 나라를 잃어 가는 과정에서 저항을 극대화하는 데 큰 장애가 되었음은 분명한 사실이다. 1945년 광복 이후 분단과 민족상잔의 상처를 겪으며 현재에 이르렀고 바야흐로 민족 통일을 위한 구체적인 방법을 조심스럽게 모색하고 있다. 21세기에도 한국은 서구 열강의 식민주의에 무방비 상태로 노출되었던 20세기 전반기와 마찬가지로 여전히 바깥으로부터의 기술 도입을 필요로 하고 있다. 지금으로부터 백년 전 "고종과 그의 관리들은 학습이 예속이 되지 않으려면 생사를 건 투쟁이 필요하다는 국제 사회의 규칙을 망각하였다."[8] 고종과 순종 시대에 많은 지식인들이 기술을 우상으로 숭배하는 기술 이데올로

---

7) 김인환 교수는 이러한 기술 이데올로기의 문제를 섬세하게 분석한 바 있다.
　　김인환, 「한국문학과 기술이데올로기」, 『기억의 계단』(민음사, 2001), pp.34~62.
8) 김인환, 앞의 책, p.38.

기에 빠져 언제나 중심을 한국 밖에 설정하는 민족 허무주의에 빠졌던 것처럼, 현재 우리도 그러한 처지에 있는 것은 아닌지 반성해 볼 필요가 있다. 탈식민주의 이론과 관련하여 우리의 과거와 현재를 점검해보고자 할 때 기술 이데올로기에 따른 민족 허무주의의 문제는 중요한 화두가 될 것이다.

3) 1930년대 문학과 모더니즘

한국 근대시문학사의 역사적 맥락을 고려할 때 소월과 영랑에서 비롯하여 서정주와 유치환을 거쳐 청록파에 이르는 한국시의 주류를 하나의 계보를 설정할 수 있는 것처럼, 1930년대 이상과 김기림에서 비롯하여 1950년대 김경린·박인환·조향·성찬경·김구용·송욱·신동문·김종문·전영경·김영태를 거쳐 1970년대와 1980년대 이승훈과 황지우와 박남철에 이르는 하나의 계보를 설정해볼 수 있다. 후자의 경우 대부분 지성의 유희와 다양한 형태 실험을 특징으로 하고 있는데, 그러한 특징을 우리는 흔히 모더니즘과 연결시켜 왔다. 1930년대에 이상은 다음과 같은 발언을 하였다.

왜 미쳤다고들 그러는지 대체 우리는 남보다 수십 년씩 떨어져도 마음 놓고 지낼 작정이냐. 모르는 것은 내 재주도 모자랐겠지만 게을러빠지고 놀고만 지내던 일도 좀 뉘우쳐 보아야 하지 아니하느냐.(…)[9]

위의 인용문은 이상이 1934년 『조선중앙일보』에 '오감도' 연작을 발표하다가 독자들의 항의에 부딪혀 연재를 중단한 직후에 쓴 것의 일부이다. 이상의 발언을 요약하면, '남'(서구나 일본)보다 수십 년씩 뒤떨어졌다는 사실의 지적과 그것을 극복하려는 노력을 기울이지 않은 과거에 대한 반성이다. 이상의 그런 발언은 이광수의 다음과 같은 발언과 거의 일치한다.

> 조선 민족은 적어도 과거 오백 년 간은 공상과 공론의 민족이었습니다. 그 증거는 오백 년 민족생활에 아무것도 남겨놓은 것이 없음을 보아서 알 것입니다. 과학을 남겼나, 부를 남겼나, 철학, 문학, 예술을 남겼나, 무슨 자랑이 될 만한 건축을 남겼나, 도 영토를 남겼나, 그네의 생활의 결과에는 남은 것이 하나도 없고, 오직 송충이 모양으로 선대의 정신적, 물질적 유산을 다 팔아먹었을 뿐이외다.[10]

위의 인용문은 우리에게는 아무것도 없다는 민족 허무주의를 보여주는 대표적인 판본이라 할 수 있다. 그것은 이광수로 하여금 친일로 나아가게 하는 근거가 되기도 하였다. 이상은 우리 문화(문학)가 서구나 일본에 비해 수십 년이나 뒤떨어져 있다고 평가하였다. 「산촌여정」이라는 수필에서 이상은 영화를 보기 위해 모여든 마을 사람들이 축음기 앞에서 고개를 갸웃거리는 모습을 북극의 '펭귄'에 비유하고, 몇 줄 건너서는 마을 사람들을 가리켜 "우매한 백성들"이라 한다("물론 나도 그 우매한 백성 중의 하나일 수밖에 없었읍니다만"이라는 부연 구절과

---

9) 『이상문학전집3』(문학사상사, 1993), p.353.
10) 이광수, 「민족개조론」, 『이광수전집』 17(삼중당, 1962), p.206.

함께). 또 몇 줄 건너서 영화감상이 끝나고 이상은 객사로 돌아와 전등의 심지를 돋우고 옆방의 "노신사"가 빌려준 고우다 로한(幸田露伴)의 소설을 읽는다. 이상에게 독서 행위는 우리에게 없는 어떤 것을 습득하는 통로였다. 이상은 독서를 통해 우리가 뒤떨어졌다는 사실을 확인하게 되며, 독서를 통해 습득한 지식(기술)에 근거하여 뒤떨어진 현실을 극복하고자 한다. 독서를 통해 바깥으로부터 새로운 기술을 습득하려는 태도를 주체적인 시각이 결여되었다고 비판할 수는 없다. 서양의 문화 제국주의를 올바르게 비판하려면 우리 자신이 먼저 편협하고 획일적인 폐쇄적 민족주의에서 벗어나야만 하기 때문이다. 독서를 통해 습득한 지식의 활용은 우리 문화를 서양 문화에 예속시키는 작업이 아니라 우리 문화를 더 다양하고 섬세한 것으로 변화시키려는 작업이다. 그런데 경제의 차원에서 기술을 도입할 때 "외국의 기술에 현혹되지 말고 자기 나라의 생산 체계 안에서 노동생산 능률과 자본―노동 비율을 변화시킬 수 있는 기술이 무엇인지를 계산하는 것이 기술 도입의 원칙이다."[11] 이와 마찬가지로 문화의 차원에서 지식을 수용할 때 외국의 지식 체계에 현혹되지 말고 자기 나라의 생활 현실 안에서 문화를 다양하고 섬세한 것으로 변화시킬 수 있는 지식이 무엇인지를 계산하는 것이 지식 수용의 원칙이어야 한다. 한국 문학의 모더니즘은 'modernism'이라는 기호표현 아래 포섭할 수 있는 서양 문학의 다양한 형식적 장치들과 문제의식을 수용하고자 하였다. 형식적 장치들과 문제의식은 현실을 묘사하는 데 제기될 수 있는 문

____

11) 김인환, 앞의 책, p.61.

제들을 나름으로 해결하기 위한 방법과 연관된 것이다. 한국 문학의 모더니즘을 검토할 때 우리는 '기술 도입의 원칙'과 연관된 계산의 철저성 여부를 따져 보아야 할 것이다.

1930년대 김기림은 서양 문예사조의 맥락을 폭넓게 섭렵하였으며, 그런 섭렵을 통해 습득한 지식에 근거하여 그 나름의 문학론(시론)을 구축하고 그것을 실제 비평에 응용하고자 하였다. 김기림은 '모더니즘'을 다음과 같이 이해한다.

'모더니즘'은 두 개의 부정을 준비했다. 하나는 '로맨티시즘'과 세기말 문학의 말류인 '센티멘탈·로맨티시즘'을 위해서고, 다른 하나는 당시의 편내용주의(偏內容主義)의 경향을 위해서였다. '모더니즘'은 시가 우선 언어의 예술이라는 자각과 시는 문명에 대한 일정한 감수를 기초로 한 다음 일정한 가치를 의식하고 쓰여져야 된다는 주장 위에 섰다.[12]

김기림은 "시가 우선 언어의 예술이라는 자각"을 '모더니즘의 대표적 특징 가운데 하나로 꼽는다. 위의 인용문이 들어 있는 글의 다른 부분에서 김기림은 이를 보충하여 "말의 음으로서의 가치, 시각적 영상, 의미의 가치, 또 이 여러 가지 가치의 상호작용에 의한 진체적인 효과를 의식하고 일종의 건축학적 설계 아래서 시를" 쓰는 것이라고 부연한다. 그러나 그렇게 시를 쓰는 것은 시의 오래된 관습이지 결코 새로운 방법이 아니다. 김기림은 서양 문예사조의 역사적 맥락에 대

---

12) 김기림, 『김기림전집2』(심설당, 1988), p.55.

한 나름의 이해를 통해 근대 사유에서 언어와 연관된 인식의 지형이 바뀌고 있다는 것은 어렴풋이 짐작했지만, 그에 대해 철저하게 이해하지는 못했던 듯하다. 푸코에 따르면, 근대의 사유가 언어에 특별한 관심을 갖는 방식 가운데 하나가 근대문학이다. 고전적 사유는 일상 언어 속에 함축되어 있는 지식을 정련하고자 하였다. 그러나 근대의 사유에서 언어는 이제 다른 것들과 마찬가지로 지식의 대상 가운데 하나이다. 근대의 사유는 언어에 대한 어떤 통제를 획득하기 위해, 다시 말해 언어를 지식의 도구나 대상으로 삼기 위해 특별한 시도를 한다. 그러한 시도 가운데 대표적인 것이 언어적 요소들을 왜곡시키는 외래적인 것을 일소하기 위해 특별한 형식화(formalization)를 고안하는 것이다. 일상 언어에는 그 언어가 통용되는 지역의 역사적 맥락 안에서 구축된 다양한 기억의 층위가 잠재해 있다. 근대의 사유, 특히 실증적이고 과학적인 사유는 그러한 기억의 층위와 같은 외래적인(혹은 불순한) 요소들을 정화시키기 위해 수학의 기호와 같은 이상적 형식 언어를 구성하거나 실험실의 실험과도 같은 독립적인 사유를 표현할 수 있는 기호논리를 발전시키고자 한다. 푸코가 볼 때, 근대 문학은 근대의 과학적이고 실증적인 사유가 시도한 형식화와 같은 층위에서 그러나 전혀 다른 방향에서 시도된 언어의 자각이다. 푸코가 말하는 근대문학은 어떤 종류의 예술적 글쓰기를 의미하는 것이 아니라 언어 영역을 전적으로 자율적인 영역으로 제시하는 글쓰기의 특정한 근대적 현상을 의미한다. 그리하여 문학은 이제 "자체의 고유한 존재를 확증하는 법칙 이외에는 다른 법칙을 갖지 않으며 모든 다른 형태의 담론에는 반대하는 언어의 표현"이 된다.[13] 이와 같이 '언어의 자각'

186

이라는 문제에 대한 피상적인 이해에도 불구하고 위의 인용문에 제시
된 김기림의 견해에는 주목할 부분이 있다. 그것은 모더니즘을 '감상
주의'와 '편내용주의'에 대한 부정으로 이해한 점이다. 그것 자체는
서양 문예사조의 맥락을 가리키고 있지만, 김기림이 그것을 1930년
대 한국문학의 역사적 맥락과 겹쳐놓았다는 점이 우리가 주목해야 할
대목이다. 김기림이 부정하고자 한 대상은 1920년대 이른바 '백조
파'의 '감상적 낭만주의'와 카프의 '편내용주의'였다. 다시 말해 "전통
적 '센티멘탈·로맨티시즘'에 향해서 공격한 것은 내용의 진부와 형식
의 고루(固陋)였고 편내용주의에 대한 불만은 그 내용의 관념성과 말
의 가치에 대한 소홀이라는 점이었다".[14] 김기림의 그러한 부정과 공
격은 스스로는 의도하지 않았다고 하더라도 필연적으로 수반될 수밖
에 없는 문제를 야기한다. 백조파의 '감상적 낭만주의'에서 '감상'(혹
은 슬픔)은 허물어져 사라져 가는 낡은 기와집과 같은 전통의 상실에
서 기인한 것이 결코 아니었다. 그 슬픔의 직접적 원인은 나라 잃은
식민지 현실이었다. 따라서 김기림이 공격하고 부정해야 할 것은 식
민지 현실을 감상적 슬픔만으로 대응하려 했던 '감상주의'이지 '슬
픔' 자체와 그 원인인 민족 현실은 아니었다. 카프의 '편내용주의' 경
우에도 그 내용은 식민지 현실과 연관된 당시의 계급모순에 관한 것
이었다. 따라서 부정되어야 할 것은 '내용주의'이지 '내용' 그 자체와
그 원인이 되는 계급모순은 아니었다. 김기림 역시 그가 쓴 글의 도처
에서 '현실'과 '시대'와 '역사'에 대해 언급한다. 한 시대의 사회구조

---

13) M.Foucault, *The Order of Things*(New York : Random House, 1971), p.300.
14) 김기림, 앞의 책, p.56.

는 경제 층위와 정치 층위와 문화층위(의식 형태)에 의해 중층적으로 결정된다. 그러나 김기림이 의미하는 '현실'과 '시대'와 '역사'는 경제 층위와 정치층위, 즉 계급문제와 민족문제가 소거된 것이었다. "현실의 이해로부터 그것을 초극하려는 자세가 오늘의 시인의 정신의 위치며 방향이다"나 "그러한 위험(감상주의의 위험 필자)에서 시인을 구원해내는 것은 명징한 지성에 틀림없다"와 같이 그럴 듯해 보이는 주장들이 공허하게 느껴지는 것도 그와 같은 사정에서 기인한다.[15] 김기림은 "시는 애매성과 감상성을 배제함으로써 명랑성에 도달할 수" 있어야 하며, 그것을 가능하게 하는 것은 "시인의 꾸준한 지적 활동"이라고 주장하였다.[16] 그는 모더니즘 시론을 통해 1920년대 우리 시의 감상성을 제거하려고 하였으나, 불행하게도 염상섭이 『만세전』에서 묘사했던, 구더기가 우글거리는 공동묘지와도 같은 식민지 현실도 함께 은폐되어버리고 말았다. 서양 문예사조의 역사적 맥락에 대한 폭넓은 이해에도 불구하고 김기림이 도입한 기술(모더니즘)은 우리의 '생산체계'(식민지 현실의 구조와 맥락)를 고려하지 못하였다.

4) 1950년대 문학과 모더니즘

1950년대 '후반기' 동인에 속한 많은 시인들은 정도의 차이는 있으나 나름으로 '모더니즘'과 관계를 맺었다. 그들은 나름으로 이해한 모더니즘을 자신의 시쓰기에 응용하였으나, 김기림처럼 체계적인 시론

---

15) 김기림, 같은 책, p.110.
16) 김기림, 같은 책, p.112.

을 보여준 시인은 드물었다. 그들 가운데 조향은 모더니즘에 대한 나름의 체계적인 이해를 보여주었는데, 그는 '초현실주의'를 중심으로 모더니즘을 파악하였다.

> 지금까지 시인들은 현실을 긍정하지는 않았으나 인정은 해왔다. 현실의 테두리 안에서 개조·수정을 꾀해 왔으나 초현실주의는 지금까지의 문화 체계·현체제의 현실을 부정하는 데서 진군이 시작되었다. 다다에서부터 시작된 것이다. 다다 이전의 미래파, 입체파, 표현파, 사상파는 모더니즘이라 하고, 다다와 초현실주의는 모더니즘이라고 하지 않는 것이 원칙이다. 넓은 의미로는 안이하게 다다, 초현실주의까지 포함시켜서 모더니즘이라고 부르고 있으나, 용어의 엄밀성이 침범된 현상이 아닐 수 없다. 다다 이전의 현실 인정파와 다다, 초현실주의 같은 혁명파를 같은 수준에서 논의할 수는 없는 것이다.[17]

초현실주의를 "현실적인 모든 것에서의 해방, 그것이 목적인"[18] 예술운동으로 이해하는 조향은 초현실주의가 모더니즘조차도 넘어선 것이라고 주장한다. 조향에 따르면, 서양 예술 운동의 흐름은 현실과의 관계를 기준으로 하여 모더니즘 이전의 '현실긍정파'와 모더니즘의 '현실인정파' 그리고 모더니즘 이후의 '현실부정파'(다다와 초현실주의)로 진행된 것으로 볼 수 있다. 여기서 초현실주의와 다다가 조향의 이해처럼 과연 모더니즘을 넘어선 예술운동인가를 따져 보는 것은 중

---

17) 소향, 『조향진집2』, p.318.
18) 조향, 앞의 책, p.318.

요하지 않다. 문제는 조향이 강조하는 초현실주의의 '현실부정'이다. 조향은 초현실주의가 어째서 현실을 부정하는가에 대해서는 묻지 않는다. "'현대'라는 것이 객관보다 주관을, 의식보다 무의식을, 현실보다 현실 저쪽의 심층부를, 차안보다 피안을 요구하게 된 데에는 문명사적인 뒷받침이 물론 있는 것이다"[19]라고 얼버무린 다음 조향은 곧바로 다음과 같이 묻는다.

객관과 의식과 현실과 차안(이쪽)만을 그리기에 여념이 없던 19세기적 합리주의적 낡은 방법으로서, 어찌 주관과 무의식과 심층부와 피안(저쪽)을 요구하는 20세기를 그릴 수 있을 것인가?[20]

조향의 질문을 우리는 다음과 같이 바꾸어 볼 수 있다 : 서양의 예술운동(현대시)은 이미 '새로운 대상'(주관, 무의식, 심층부, 피안)을 그리려고 하는데 우리는 어째서 이미 철지난 예술의 대상과 방법론에 아직도 연연하는가? 조향은 초현실주의를 가장 현대적인 예술운동이라 파악하고 나름으로 이해한 초현실주의 방법론을 자신의 시쓰기에 응용하고자 하였다. 그러나 조향은 스스로는 "문명사적인 뒷받침"이라고 얼버무렸지만, 초현실주의에서 현실을 부정하는 이유에 대해 깊이 고민해보아야 했다. 다 알다시피 초현실주의의 목적은 예술의 새로운 대상과 표현의 방법론을 구축하려는 데 있었던 것이 아니라, 더 이상 예술의 새로운 대상과 표현 방법이 불가능하게 된 현실을 폭로하려

---

19) 조향, 같은 책, p.143.
20) 조향, 같은 책, p.143.

데 있었다. 초현실주의의 '현실 부정'은 부르주아 이데올로기가 제공하는 목적들(재산, 쾌락, 권력, 사회적 인정, 전체주의적 질서)에 대한 부정이었다. 초현실주의의 글쓰기는 새로운 예술의 표현을 통해 하나의 작품을 구축하려는 것이 아니라, 글쓰기 그 자체의 폐쇄적 공간을 통해 부르주아 이데올로기가 제공한 가치들에 대한 '유희적 부정'(ludic denial)을 보증할 수 있는 것들(추문, 추함, 불쾌, 불가능)을 생산하려는 것이었다.[21] 꿈의 논리가 될 수 있는 글쓰기의 형태에 대한 탐구와 부르주아 이데올로기가 지배하는 세상의 부조화를 극단적으로 부각함으로써 예술의 가능성 자체를 부정하고자 한 급진적(radical) 예술운동이 초현실주의였다. 조향은 초현실주의의 '현실부정'에 내재하는 급진적인 '부정성'을 오해하여 그것을 단순히 '변형작용'(deformation)이라는 표현 기법으로 수용하였다.

초현실주의적 데쌍이란 위에서 말한 바와 같은 괴물스런 무의식의 세계를 그리는 것이기 때문에 언제나 '기형적 데쌍'이 된다. '기형적 데쌍'이란 대상물이건, 의식의 세계이건 간에, 현실적으로 합리주의적으로 그리는 것이 아니고, 그것들을 기형화해서 그리는 것이니 현대의 심층심리주의적 예술이나 시는 모두 여기에 속하는 것이다. 현대예술, 현대시에 있어서의 '변형작용'(deformation)이란 바로 '기형적 데쌍'을 두고 하는 말이다. 현대예술은 하나의 '기형학'(Teratology)이니까.[22]

조향은 무의식의 세계를 드러내는 꿈이 "괴물스런" 형상으로 나타

---

21) M. Foucault, 앞의 책, p.300
22) 조향, 앞의 책, p.160.

난다는 사실을 포착하였지만, 꿈의 형상이 그런 모습으로 나타날 수밖에 없는 원인에 대해서는 깊이 고민하지 않았다. 초현실주의를 새로운 표현기법으로 이해한 조향의 초현실주의 시는 문맥을 재구성할 수 없는 구절과 이미지들의 조합으로 이루어져 있지만, 정작 거기에는 악몽의 공포가 배제되어 있다. 그의 시에는 정상적인 모습을 기괴한 모습으로 일그러뜨리는 변형과 왜곡의 유희는 있지만 '유희적 부정'은 보이지 않는다. 조향은 1950년대 폐허의 현실을 적극적으로 수용해야만 했고, 폐허의 절망과 공포에서 비롯된 악몽을 그렸어야 했다.

시작 활동의 기간이 1950년대에서 1960년대에 걸쳐 있는 김수영은 '후반기' 동인과 부분적으로 연결되지만, 스스로는 그런 연결선을 인정하지 않은 시인이다('후반기' 동인에 속한 김경린이나 김규동 같은 시인이 '후반기' 동인의 시사적 위치와 의미를 강조하고 있는 것과는 구별되는 흥미로운 대목이다). '후반기' 동인과의 연결선을 스스로 부정하긴 하였으나 김수영의 시사적 위치는 모더니즘의 계보에 포함될 수밖에 없을 것이다. 그런데 모더니스트로서 김수영의 시사적 위치는, "한국모더니즘의 가장 위대한 비판자"[23]라는 평가에서 확인되듯이 다른 모더니스트들과는 구별되는 측면을 보여준다. 한국 모더니즘의 시론의 수용과 기술 이데올로기의 문제라는 관점에서 기술되고 있는 이 글의 맥락에서도 김수영은 특별히 주목해야 할 시인이다. 아무튼 김수영 역시 모더니즘에서 자신의 문학적 자양분을 섭취한 다른 시인들처럼 한국의 현실을 '뒤떨어진 것'으로 평가하는 데에는 차이가 없다.

---

23) 염무웅, 「김수영론」, 황동규 편, 『김수영의 문학』(민음사, 1983), p.157.

문화가 얕은 민족의 특징인지 무엇인지 모르지만 우리 겨레는 원래 고집이 세다(20)/인제는 후진성이라는 것이 너무나 골수에 박혀서(42)/우리의 시와 소설은 아직껏 후진성을 탈피하지 못하고 있다(88)/생각해 보라. 우리는 얼마나 뒤떨어졌는가(156)/우리나라와 같은 뒤떨어진 미숙한 사회(516)/뒤떨어진 현대시의 거리를 단축시키려는 노력(521) (…)[24]

우리 사회와 문화와 문학이 뒤떨어졌다고 보는 김수영은 역시 다른 모더니스트들처럼 서양에서 기술(지식)을 도입하고자 한다.

이에 대한 자극을 준 것은 C. 데이 루이스의 시론이고(440)/요즘 시론으로는 조루주 바타유의 『문학의 악』과 모리스 블랑쇼의 『불꽃의 문학』을 읽었는데(441)/「만용에게」를 쓰고 나서 이 대결의식이 마야코프스키의 「새로 1시에」라는 작품에서 온 것이라고 생각했는데(445)/나는 이 시 노트를 처음에는 Susan Sontag의 「스타일론」을 초역한 아카데믹한 것을 쓰려고 했다(450)/말라르메를 논하자(450)/나는 앨런 테이트의 시론을 충실히 지키고 있다(453)/로버트 프로스트의 말에 이런 말이 있다(460) (…)

자신이 쓴 글에 인용된 외국 시인이나 작가의 인명의 수량을 기준으로 놓고 보자면, 아마도 김수영의 자리는 김기림 바로 다음에 놓일 수 있을 것이다. 다른 시인들의 경우와 마찬가지로 김수영에게 독서

---

24) 괄호 안의 숫자는 민음사에서 나온 『김수영전집2』 개정판(2003)의 쪽수이다. 김수영에 관한 인용은 이와 동일한 방법에 따른다.

는 외국의 문화를 습득하는 통로인데, 김수영의 독서에는 그만의 특별함이 있다.

> 로버트 프로스트의 '시는 지리(地理)에서부터 시작된다'는 말을 몹시 신봉하던 때가 있었는데 근자에는 그 신조를 무시하고 쓴 시가 여러 편 있다. 요즘의 강적은 하이데거의 「릴케론」이다. 이 논문의 일역판을 거의 안 보고 외울 만큼 샅샅이 진단해 보았다. 여기서도 빠져나갈 구멍은 있을 텐데 아직은 오리무중이다. 그러나 뚫고 나가고 난 뒤보다는 뚫고 나가기 전이 더 아슬아슬하고 재미있다.(410)

김수영의 독서 행위에는 '신봉'과 '무시'라는 태도의 차이에서 드러나는 것과 같은 어떤 변화의 과정이 있다. '신봉'과 '무시'라는 태도의 변화에서 우리는 독서 행위자의 적극적인 개입과 성숙의 과정을 엿볼 수 있다. 김수영이 자신의 말처럼 정말로 성숙했는가는 차원을 달리해서 구체적으로 따져보아야 할 사항이지만, 여기서 우리는 독서 행위의 과정에서 작동되고 있는 수용자의 대결의식만큼은 긍정적인 것으로 평가할 수 있다. 김수영의 독서 행위에서 발견되는 미덕에는 다음과 같은 측면도 있다.

> 뮤리엘 스파크와 스푸트니크의 싸움. 릴케와 브레히트의 싸움. 앨비와 보즈네센스키의 싸움. 더 큰 싸움, 더 큰 싸움, 더, 더, 더 큰 싸움…… 반시론의 반어.(416)

위의 인용문에서 세 번 이어지는 두 대립항의 나열은 무엇을 뜻하는 것일까? 우리는 그것을 김수영이 나름으로 구성한 맥락이라고 생각할 수 있지 않을까? 김수영이 구성한 맥락이 과연 옳았는가는 역시 따져 보아야 할 문제이지만, '싸움'이라는 낱말에서도 확인되듯이 우리는 김수영이 각각의 두 항들을 상극적인 요소로 보고 그 사이의 긴장에 대해 검토하고 있다는 점은 분명하게 확인할 수 있다. 김수영은 자신이 습득해야 할 기술(지식)을 무조건 수용해야 하는 절대 진리가 아니라 면밀하게 따져 보아야 할 문제로 여겼으며, 그것들 모두 그 나름의 맥락 안에 구성되어 있는 것으로 파악하였다. 더 나아가 김수영은 독서행위 자체에 다음과 같은 근본적인 대립항을 설정하였다. : "독서와 생활을 혼동해서는 아니 된다. 전자는 받아들이는 것이다. 그러나 후자는 뚫고 나가는 것이다."(490) 이와 같이 생활을 독서행위의 대립항으로 설정함으로써 김수영은 독서체험을 자신의 구체적인 현실로 착각하는 환상에서 벗어날 수 있었다. 그토록 다양하게 외국 시론을 검토하면서도 김수영이 실제 시쓰기에서는 언제나 자신의 일상생활에서 소재를 찾았던 것도 그러한 이유 때문일 것이다. 김수영은 폭넓은 독서를 통해 서양 문화의 다양한 맥락을 이해하려고 하면서도 언제나 '현실'을 시인의 '스승'으로 삼았다.

시인의 스승은 현실이다. 나는 우리의 현실이 시대에 뒤떨어진 것을 부끄럽고 안타깝게 생각하지만, 그보다도 더 안타깝고 부끄러운 것은 이 뒤떨어진 현실을 직시하지 못하는 시인의 태도이다. 오늘날 우리의 현대시의 양심과 작업은 이 뒤떨어진 현실에 대한 자각이 모체가 되어야 할 것 같다.

우리의 현대시의 밀도는 이 자각의 밀도이고, 이 밀도는 우리의 비애, 우리
만의 비애를 가리켜준다. 이상한 역설 같지만 오늘날의 우리의 현대적인
시인의 긍지는 '앞섰다'는 것이 아니라 '뒤떨어졌다'는 것을 의식하는 데
있다. 그가 '앞섰다'면 이 '뒤떨어졌다'는 것을 확고하고 여유 있게 의식하
는 점에서 '앞섰다'.(516)

한국 현대시사의 맥락에서 이른바 '참여파'의 계보에 포섭할 수 있
는 현실주의 시인들은, 지나친 투박함으로 인해 시의 경계를 벗어나
버리는 경우는 있어도 우리만이 안고 있는 현실의 문제를 놓치지는
않았다(그러나 그 투박함이 독자의 감성에 아무런 영향을 미치지 못함으로써
애초에 의도한 참여를 제대로 수행하지 못하기도 하였다). 이에 비해 모더니
즘의 계보에 포섭할 수 있는 시인들은 서양의 시론을 통해 나름으로
습득한 창작 기법을 활용하는 것만으로 스스로 '앞섰다'거나 '현대
적'이라는 미망에 빠지곤 하였다. 그리고 그것을 우리의 '뒤떨어진 현
실'에 비해 자신만큼은 '앞섰다'는 자긍심의 근거로 삼기도 하였다.
'현대시'나 '새로움'은 어떤 실체가 아니라 어떤 관계 속에서 구성되
는 속성일 것이다. '현대시'나 '새로움'의 문제를 생각할 때 우리는 창
작 기법의 변화라는 맥락만을 고려하지 말고 작품이 놓여 있는 현실
의 맥락을 함께 고려해야 할 것이다. 창작 기법의 새로움이 진정성을
획득할 수 있는 근거는 그것이 우리가 처해 있는 현실의 문제를 얼마
나 새롭게 드러내 주었는가에 있을 것이기 때문이다. 그런 맥락에서
김수영이 제시한 '이상한 역설'은 한국의 현대시에서 새로움의 문제
를 검토할 때 유효한 참조의 척도로 삼을 만하다.

196

5) 기술도입과 수용의 원칙

1906년에서 1909년에 이르는 이른바 '보호국' 시기에 교육 구국과 산업 구국을 외치며 수많은 학회들이 결성되었다. 이들 학회가 발간한 잡지에는 주로 농학과 경제학에 관한 논문이 실려 있었지만, 자연 과학과 사회과학의 기초이론이 폭넓게 다루어져 있었다. 나라를 잃고 국토가 분단되고 비극적인 전쟁을 치르는 불행한 역사의 과정에서도 현재 우리가 누리는 안정과 여유는 바로 그러한 열정 때문인지도 모른다. 이제 조국 통일의 방법에 대해 조심스럽게 모색하고 있는 21세기 전반기에도 우리는 여전히 서양의 기술과 지식을 필요로 하고 있다. 서양의 기술과 지식을 도입하는 것은 서양에 예속되기 위함이 아니라 우리 경제와 문화를 더 다양하고 섬세한 것으로 변화시키기 위함이다. 서양의 문화 제국주의를 올바르게 비판하려면 우리 자신이 먼저 편협하고 획일적인 폐쇄적 민족주의에서 벗어나야 할 것이다. 그러나 기술을 도입할 때 기술을 실체로 인식하는 기술 이데올로기와 기술을 속성으로 인식하는 기술과학을 구분해야 하듯이, 문화와 지식을 수용할 때 우리는 그것들을 무조건 받아들여만 하는 절대 진리로 보지 말고 면밀하게 검토해야 하는 문제로 여겨야 할 것이다. 그리고 기술의 도입할 때는 우리의 생산 체계를, 문화를 수용할 때는 우리의 생활 현실을 철저하게 계산하는 '도입과 수용의 원칙'을 고려해야 할 것이다.

김수영은 「거대한 뿌리」에서 "전통은 아무리 더러운 전통이라도 좋다"고, "역사는 아무리/더러운 역사라도 좋다"라고 말한다. 그리고 그 작품에서 화자는 더러운 전통과 더러운 역사의 "내 땅에" 자신의 거대한 뿌리를 박는다. '더러운'이라는 수식어가 말해 주듯이 우리의 '역사'와 '전통'은 우리를 부끄럽게 하는 '후진성'의 그것일지도 모르고, 그것이 바로 우리의 '현실'일지도 모른다.[25] 그러나 그렇게 뒤떨어진 현실이야말로 나날이 우리의 일상을 재생산하게 하며, 우리의 새로운 미래를 모색하게 하는 삶의 토대일 것이다. 그 토대를 부끄럽게만 생각함으로써 우리의 내부에는 아무것도 없다는 민족 허무주에 빠지고, 우리의 바깥에 있는 것들만을 절대 진리로 숭배하는 기술 이데올로기를 통해 종국에는 매국 이데올로기로 나아갈 수밖에 없었던 선배들의 불행한 전철을 다시 밟지는 말아야 할 것이다.

---

25) 모더니스트인 김수영의 '전통'에 대한 인식을 면밀하게 검토한 글로 다음의 논문이 있다. 최동호, 「김수영의 시적 변증법과 전통의 뿌리」, 『디지털 문화와 생태시학』(문학동네, 2000), pp.225~251.

5 대중예술과 텍스트 해석
: 문화상품과 예술작품 사이에서

1. '혼성문화'(hybrid culture)와 '새로움'이라는 효과

널리 알려진 대로 문화(culture)는 라틴어 'colere'에서 파생되었다. '돌보다', '부양하다', '경작하다'라는 뜻을 지닌 이 낱말은 처음에는 토지 경작의 목적을 나타내는 데 사용되었다. 그래서 토지를 인간의 욕구에 따라 쓸모 있게 만드는 것을 'agricultura'라고 불렀다. 나중에 영혼 및 정신의 도야를 통해 인간의 능력과 재능을 기르고 갈고 닦으며 완성하는 것도 'cultura'라고 부르게 된 것은 차라리 필연적인 과정이었을 것이다. 이성과 계몽의 시대인 17세기와 18세기에 'cultura'라는 낱말의 개념을 '자연 상태 인간이 부가한 것이자 인간이 자기 자신의 완성에 도달하는 데 필요한 것'이라는 의미로 확대하게 된 것도 자연스러운 일일 것이다. 이와 같이 문화라는 낱말의 함의 속에는 자신의 유한성과 관련한 인간의 고뇌와 그 유한성을 극복해 보려는 의지와 기획이 잠재해 있다.

　인간의 노동, 즉 경제 활동이 역사 속에 모습을 드러낸 것은 인구가 증가함에 따라 토지에서 자연적으로 산출되는 결실만으로는 살아갈 수 없었기 때문이다. 인구의 증가에 따라 인류는 새로운 녹지대를 벌채하여 개간하고 경작해야만 했다. 역사의 매순간에 인류는 죽음의 위협 속에서도 계속 노동을 해야 했다. 사실 인간의 경제 활동은 노동을 통해 자연의 필연적인 결핍을 극복하고 죽음을 일시적으로 극복하는 유일한 방법이다. 어쩌면 경제적 인간은 노동을 통해 자신의 필요를 충족시키는 사물들을 생산하는 인간이 아니라 죽음의 내재성을 피하기 위해 노동에 생애를 바치는 인간일지도 모른다. 경제적 인간의 경우와 마찬가지로 문화적 인간은 이성에 의해 설정된 목적을 이루도록 촉진하는 모든 능력 일반을 계발함으로써 세계 속에서 자신을 상실하지 않고 자기 안으로 세계를 끌어당겨 자기이성의 통일성 아래 종속시키고자 하는 인간이 아닐 수 있다. 차라리 문화적 인간은 죽을 때까지 고된 노동에 온 생애를 바쳐야 하는 경제적 인간의 어두운 숙명을 잠시나마 잊게 하는 일련의 정신적 활동을 통해 스스로를 위로하는 인간에 불과할 수 있다. 아무튼 문화를 아무리 적극적인 의미 내용으로 규정한다고 하더라도 거기에는 인간의 유한성에 대한 인식이 개입된다. 그러한 한계에 대한 인식은 삶의 의미와 가치에 대한 질문을 수반한다. 어떤 의미에서 문화는 그러한 질문과 그에 대한 대답이 이루어지는 장이라 할 수 있다.

　우리 시대를 가리켜 '혼성문화'(hybrid culture)의 시대라고 말한다. 'hybrid'는 집돼지와 멧돼지의 잡종을 뜻하는 라틴어에서 온 말이므로 서로 이질적인 것들이 함께 뒤섞여 있는 경우라면 그 어떤 것에도 적용될 수 있는 용어일 것이다. 아무튼 시간적으로나 공간적으로나 멀리 떨어져 있어 그 나름의 고유함(차이)을 간직하고 있던 어떤 것들이 시공을 초월하여 함께 뒤섞이는 현상, 혹은 한 장소에 존재하는 서로 다른 수준(level)의 것들이 어떤 지점에서 하나의 형태로 뒤섞이는 현상 등의 문화적 배경을 우리는 '혼성문화'라는 이름으로 생각해 볼 수 있다. 이질적인 것이 낯설지 않게 느껴지고 다양한 정보 가치들이 동일한 차원에 접속될 수 있는 것은 교통수단과 통신매체의 발달 때문이라는 사실은 굳이 지적할 필요조차 없을 것이다. 아무튼 '혼성문화'에서, 다시 말해 '혼성'이 어떤 의미와 가치를 생산하는 문화적 현상에서 가장 특징적인 것은 결합의 유연함이다. 결코 동일한 장소 안에 놓일 수 없다고 생각한 것들이 놀랍게도 함께 결합되어 새로운 어떤 것이 된다. 어쩌면 우리 시대에는 결합될 수 없어 보이는 것들을 교묘하게 결합해낼 수 있는 능력을 갖추는 것이 성공의 지름길인지도 모른다. 여기서 문제는 그 어떤 것의 새로움, 즉 그 새로움의 가치이다. 사실 '새로움'이란 지극히 추상적인 개념이다. 새로움은 확정되거나 고정된 실체가 아니다. 그것은 목록으로 만들어질 수 없는 것이다. 새로움은 항상 과거와의 관계에서 발생되는 것이고 또한 평가되는 것이다. 따라서 새로움은 언제나 불확정적이고 분열적인 속성을 내포하기 마련이다. 그런데 '혼성문화'에서 새로움의 진정성은 크게 문제가 되지 않는다. '혼성문화'를 배경으로 '제작된 것'(혹은 생성된 것)이 의도하는 것은 새로움 그 자체가 아니라 새로움의 효과이다. '혼성문화'의 하위 범주일 수 있는 '퓨전'(fusion) 형태의 음식의 경우 가장 바람직한 것은 새로운 '맛'의 창출일 것이다. 그러나 우리가 그런 음식에서 경험하는 것은 새롭고 독특한 '맛'이 아니라 새로움의 효과이다. 게다가 그런 음식들에는 결합되기 이전의 요소(음식들)들의 잔상(맛과 형태)이 여전히 남아 있어야 한다. 새로움의 효과 속에서 실제로 기능(맛)을 하는 것은 바로 그와 같은 과거의 것들이기 때문이다.

'혼성문화'는 철저하게 산업사회의 산물이다. 대중들이 전반적으로 궁핍한 생활 상태를 넘어서게 된 산업사회에서 많은 상품은 긴급하고 절박한 필요를 충족시켜 주는 것이 아니다. 대체로 대량생산물인 그런 상품은 실제 사용가치와는 아무런 관련이 없다. 그처럼 그다지 필요로 하지 않는 것을 사게 하려는 경우에 판매 전략은 필수적인 것이 되고, 가치의 유일한 척도는 얼마나 이목을 끄는가 또는 얼마나 포장을 잘하는가에 달려 있다. 이러한 맥락에서 흥미유발과 센세이셔널리즘은 판매 전략의 가장 대표적인 기술이라 할 수 있다. 그리고 그 바탕 위에서 제작되는 거의 모든 것들의 구성원리도 센세이셔널리즘과 흥미유발이다. 그러한 판매 전략은 그대로 상품에 투사되어 그 자체가 상품의 구성원리가 된다. 어떻게 보면 그것들 자체가 '혼성문화'의 구성원리라고도 할 수 있다.

2. '혼성모방'과 문화상품

예술을 제도의 관점에서 볼 경우 '상호텍스트성'(intertextuality)은 필연적이고도 자연스러운 개념이 된다. 누군가 새로운 예술작품을 창작할 때, 그 누군가는 이미 다른 예술가가 창작해 놓은 것들과 경쟁관계에 놓이게 된다. 그는 기존의 작품들과는 다른(혹은 새로운) 어떤 것을 창작해야만 한다. 그렇지 않으면 그는 기존의 것을 단순히 모방한 것이 되기 때문이다. 그런데 자신이 다루고 싶은 것을 다른 누군가가 그것도 거의 '완벽한 수준'(자신의 예술적 능력으로는 그것을 뛰어넘을 수 없는 수준이라는 의미)에서 이미 이루어 놓은 경우가 있다. 이 경우 기존의 작품의 권위를 빌려오면서 자신만의 차이(독창성)를 매개시키는 방식이 '패러디'(parody)이다. '패러디'의 경우에는 원본과 그 원본을 빌려와 나름으로 변형한 모방 사이에 서로의 독창성이 충돌하면서 생성되는 긴장 관계가 있다. 그런데 이른바 '혼성모방'이라 불리는 모방의 형식에서는 그런 긴장관계가 성립하지 않는다. '혼성모방'에서는 원본의 권위를 답습하면서 그것의 구성요소들을 당장에는 알아볼 수 없게 변형한다. 특히 이러한 '혼성모방'의 방식은 할리우드 영화의 제작방식에서는 전형적인 것이라 할 수 있다. 우리는 영화에서 '혼성모방'의 예를 폴 베호벤 감독의 『원초적 본능』(Basic Instinct)에서 발견할 수 있다. 이 영화는 섹스의 절정 상태에서 여자가 얼음송곳으로 남자를 난자하여 죽이는 엽기적인 살인 장면으로부터 시작된다. 언제나 그렇듯이 경찰이 도착했을 때는 이미 범인은 사라진 뒤이고 사건 현장에는 피해자의 싸늘한 시신만 남아 있다. 추리서사의 기본적인 패턴대로 영화의 시간은 사건 발생 시점으로부터 현재진행형으로 전개되지만 범인을 색출하기 위한 탐문은 사건 발생 이전으로 거슬러 올라간다. 수사과정에서 피해자의 애인이 밝혀지고, 살해 방식이 그녀가 쓴 소설의 내용과 일치한다는 사실에 수사의 초점이 모아진다. 그녀는 영화를 이끌어 가는 두 개의 중추 가운데 하나이다(나중에 다시 언급하겠지만 다른 하나는 살인의 도구로 사용된 얼음송곳이다). 그녀는 영문학과 심리학 복수전공자로서 버클리를 수석으로 졸업한 재원이다. 게다가 억만장자에 특출한 미모를 지녔으며 뇌쇄적인 성적 매력이 넘칠 뿐만 아니라 양성애자이기도 한, 지극히 매력적이면서도 복잡하고 심지어 위험한 그런 여자이다. 이 영화의 여타 다른 구성 요소들은 그녀의 그런 캐릭터를 구심점으로 하여 긴장과 이완의 코드에 따라 회전한다. 사실 이 영화에 동원된 여러 가지 에피소드들과 장면들은 이미 어디선가 본 듯한 것들이다. 히치콕의 여러 영화들,『보디 히트』(Body Heat), 그리고 제목이 구체적으로 떠오르지 않는 이런저런 범죄영화들과 성애영화들과 활극들의 여러 장면과 에피소드들을 제작진은 적절히 따다가 대단히 기술적으로 교묘하게 조합해낸다. 이 영화의 강점은 바로 그런 조합의 세련성에 있다. 그런 점에서 우리는 이 영화를 이른바 혼성모방의 대표적 사례로 꼽을 수도 있을 것이다. 제작진은 이미 다른 영화에서 사용된 낡은 고안품들을 마치 얼음송곳의 끝처럼 뾰족하게 갈아서 새로이 만든 고안품들과 교묘하게 조합해낸 것이다. 아마도 지금 이 순간에도 할리우드의 어디에선가 열리고 있을 제작회의에서 핵심 의제는 새로운 고안품 만들기, 기존의 고안품들을 보다 강력한 효과로 변형하기, 그리고 이들 양자를 기술적으로 조합하기 세 가지일 것이다. 그리고 그 목표는 새로운 흥미유발과 센세이셔널리즘인데, 이는 기존의 틀을 벗어나지 않으면서 새로운 효과를 창출해야 한다는 끊임없는 압력에 대한 반응일 것이다. 관객들로 하여금 지속적으로 흥미를 유발시키면서 긴장을 놓지 못하게 하는 다른 요소는 범인 알아맞히기이다. 제작진은 여러 가지 속임수를 통해 영화가

종결될 때까지 두 명의 용의자 가운데 누구 한 사람을 범인으로 쉽사
리 골라내지 못하게 만든다. 그러나 이 영화에서 누가 진짜 범인인가
하는 것은 그다지 중요하지 않다. 누가 범인이든 범행의 동기가 인간
의 운명이나 욕망과 관련한 문제를 진지하게 건드리지 못하기 때문이
다. 범인 알아맞히기는 엽기적인 살인 장면이나 농도 짙은 침실장면
등과 함께 제작진이 고안해낸 자극제에 불과하다. 그것들은 영화에서
범인이 피해자를 향해 휘두르는 얼음송곳과도 같다. 제작진은 그런
자극제들을 철저하게 계산된 순간마다 관객들에게 주입한다. 이 영화
의 마지막 장면은 침대 밑에 떨어져 있는 얼음송곳을 보여준다. 당장
이라도 흉기로 변해 버릴 것 같은 그 끝의 예리함과 얼음 덩어리를 깨
는 도구로서 그 차갑고도 강력한 이미지는 이 영화의 제작 의도를 지
배하는 전략의 은유이다. 무수한 영화들의 무수한 장면에 배치된 자
극제들에 단련된 관객은 더욱 강렬한 자극을 기대하기 마련이다. 관
객들의 그런 기대욕구는 역설적으로 차가운 얼음 덩어리와도 같다면
같을 것이다. 그리고 그 얼음덩이를 깨는 도구로서 얼음송곳처럼 적
절한 것은 달리 없을 것이다.

『원초적 본능』은, 여타 다른 영화는 물론이거니와 문화상품이 대체
로 그렇듯이, 관객이 줄거리를 놓치지 않으면시도 사건의 흐름에시
자유롭게 빠져 나와 이런저런 상상과 반성을 할 수 있는 여지를 남겨
놓지 않는다. 관객은 제공된 속임수들 앞에서 한순간도 멍청해서는
안 되며, 제작진이 자극제로 고안해낸 것 중 어떤 것도 놓쳐서는 안
된다. 관객은 장면들을 하나하나 따라가면서 그것들이 제공하고 선전
하는 기민성을 그 스스로도 보여야 하는 것이다. 오늘날 문화소비자

들로서 대중의 자발성이나 상상력이 위축된 이유를 굳이 어떤 심리적 메커니즘에서 찾을 필요는 없을 것이다. 문화상품 자체가 그것의 객관적인 속성에 따라 대중의 그런 능력을 불구로 만들어 버린 것이다. 문화상품의 속성은, 그것을 충분히 즐기기 위한 민첩성과 관찰력과 상당한 사전 지식을 요구하지만, 소비자로 하여금 적극적으로 사유하는 것을 불가능하도록 만든다는 데 있다. 그때 그때 신경을 곤두세우지 않더라도 소비자의 긴장은 어느 정도 유지되지만 자유로운 상상을 위한 공간은 남겨져 있지 않다(대중소설이나 요즘 대중의 선풍적인 인기를 끌고 있는 컴퓨터 게임들 역시 동일한 메커니즘의 회로에 포섭되어 있다). 문화산업의 생산물은 여가 시간에도 소비가 활발히 이루어지기를 노린다. 개개의 문화생산물은 모든 사람들을 일하는 시간과 마찬가지로 휴식 시간에도 잡아놓는 거대한 경제 메커니즘의 일환이다. 바로 이런 점이 문화산업 스스로가 자랑하고 있는 소비자의 긴장 이완이나 해소의 기능을 문화산업이 제대로 충족시키고 있는가에 대해 의문을 제기하도록 만든다.

3. 『매트릭스』 혹은 이질적인 문화상품

영화 『매트릭스』는 블록버스터 제작 시스템에 따른 영화이다. 블록버스터란 원래 제2차 세계대전에서 사용된 폭탄의 이름이다. 영국 공군이 사용한 4톤 가량의 폭탄인데, 한 구역을 송두리째 날려버릴 위력을 지녔다고 해서 블록버스터(blockbuster)라고 이름을 붙인 것이다. 1950년대 중반부터 1960년대에 걸쳐 텔레비전이 급속도로 보급되자 궁지에 몰린 할리우드 영화사들이 대규모 자본투자와 신속한 회수를 원칙으로 하는 새로운 제작시스템을 도입했는데, 사람들은 그 제작시스템을 블록버스터로 명명하였다. 이 제작시스템은 소수의 영화에 집중 투자하여 세계 주요 도시에 동시 배급하는 방식으로 이루어졌고, 의상·장난감·책·게임 등을 통해 새로운 시장을 개척하였다. 블록버스터 영화들은 SF영화나 특수효과가 뛰어난 액션영화 등으로 장르가 한정되고, 여름방학 등의 흥행시즌에 개봉하며, 성공작일 경우 속편이 뒤따르는 공통점을 지니고 있다. 할리우드에서 블록버스터의 시작을 알린 영화는 1975년 스티븐 스필버그(Steven Spielberg)가 제작한『조스』(Jaws)였다. 이 작품은 미국 영화사상 최초로 흥행수입 1억 달러를 돌파하였고, 뒤를 이어 1977년에 조지 루카스(George Lucas)가 제작한『스타 워즈』(Star Wars)가 1억 8천만 달러라는 당시로는 기록적인 흥행수입을 올리며 본격적인 블록버스터 시대를 열었다. 워쇼스키 형제의『매트릭스』역시 전형적인 블록버스터 영화라고 할 수 있다. 그런데『매트릭스』에는 지금까지 할리우드에서 제작된 오락영화들과는 매우 다른 독특함이 있다.『매트릭스』와 유사한 영화들, 당장 꼽아 보자면『스타워즈』라든지『터미네이터』시리즈라든지 또는『에이리언』시리즈 같은 영화들과 유사성이 있음에도 불구하고, 이런 영화들과는 달리『매트릭스』는 상당히 지적인 훈련을 받은 사람들에게조차도 어떤 영향력을 불러일으키며 다양한 담론들을 만들어 내고 있다. 사실 따지고 보면 우리가 지금 하고자 하는 이야기들도『매트릭스』에 의해서 생성되는 어떤 담론이다. 그런데 지적인 담론이 생산적이기 위해서는 어떤 현상을 분석하고 해석하고 좀더 나아간다면 그 현상의 의미를 묻고 그것에 대한 가치를 판별하고 비판할 수 있어야 할 것이다.

『매트릭스』는 철저한 블록버스터 영화이면서 동시에 그 이상의 어떤 것을 담고 있는 영화이다. 대부분의 블록버스터 영화에는 흥미유발과 센세이셔널리즘이라는 두 개의 초점이 있다. 그 초점들은 문화산업 시대의 문화상품들을 움직이게 하는 핵심 동력이다. 『매트릭스』역시 하나의 문화상품이다. 보는 사람들로 하여금 사고 싶게 만드는, 영화니까 보고 싶게 만드는 요소들이 다양하게 포함되어 있으며 그것들은 보는 이로 하여금 놀라게 만든다. 대부분의 문화상품은 소비되는 것이 최종 목적이다. 가령 최근에 개봉된 『터미네이터』의 속편은 보고 나면 그뿐이다. 그 영화를 본 사람들 가운데는 '속이 다 후련하다'고 말하는 사람들이 있긴 하지만, 사람들은 대부분 그 영화에 대해 더 이상 이야기하지 않는다. 그 영화의 이런저런 부분들에 대해 해석하려는 사람은 거의 없을 것이다. 『터미네이터』의 최근 속편처럼 『매트릭스』는 보고 나면 그뿐인 그런 영화들 가운데 하나일 수 있다. 그런데 『매트릭스』의 특이한 점은 그 영화를 보는 과정, 다시 말해 소비하는 과정으로 끝나지 않는 어떤 잉여 부분이 있다는 것이다. 그 영화는 그것의 이런저런 부분들에 대해 생각하게 만들고 심지어 해석하게 만든다. 그처럼 생각하거나 해석하게 만드는 힘은 독특한 상황설정과 인물들의 대사에 있다. 많은 경우의 영화들, 특히 블록버스터 영화들의 경우 인물들의 대사는 영화 속의 사건 전개를 위한 단순한 장치들에 불과하다. 그 영화들의 경우 인물들의 대사 내용에 대한 이해 없이

도 그 영화를 즐기는 것이 가능하다. 그러나 『매트릭스』의 경우는 인물들의 대사 내용을 이해하지 못한다면 그 영화를 충분히 즐길 수 없을 뿐더러 심지어 영화의 사건 전개를 이해할 수조차 없을 수도 있다. 『매트릭스』에서 인물들의 대사는 사건 전개를 위한 장치 이상이다. 몇몇 인물들이 그 나름의 상황에서 내뱉는 대사는 영화 바깥의 어떤 문제들을 건드리기 때문이다. 여기서 ‘영화 바깥의 문제들’이란 『매트릭스』에서 설정한 상황 자체와 동떨어진 것은 아니다. 인물들의 대사들이 영화 자체에서 설정한 상황을 하나의 문제제기로 받아들이게 하는 힘이 있다는 뜻이다. 그런 문제제기의 항목들은 보는 사람에 따라 다양하게 추출될 수 있을 것이다. 『매트릭스』와 연관된 무수한 담론들은 바로 그런 문제들과 긴밀하게 연결되어 있다. 아무튼 그런 문제들 가운데 대표적인 것이 바로 실재와 가상의 문제이다. 이 문제의 매개가 되는 것은 역시 ‘지각’의 문제일 텐데, 『매트릭스』라는 영화가 아니더라도 제 혼자 가끔 생각하는, 가령 하늘의 푸른색이나 장미의 빨간색이라든가, 그런 색깔을 지각하는 나의 지각이 사실 옳은 것이냐, 장미의 색깔이 실제로 빨간색인가, 또 하늘이 푸른색인가 그리고 나 아닌 타자들 역시 내가 지각하는 색깔처럼 똑같이 보고 있는 것이냐, 하는 문제들에 대해 생각을 할 때가 있다. 내가 보기에 『매트릭스』는 그런 가상과 실재의 문제를 얘기하고 있다. 특히 내게 흥미로웠던 것은 사이퍼라는 인물이 가상공간에서 음식을 먹는 장면이었다. 사이퍼는 고기를 씹으면서 그것이 가짜라는 것을 알고 있음에도 불구하고 그런 행위와 연관된 안락함과 여유를 즐기고 싶다고 말한다. 실재 혹은 자유를 포기하고 가짜를 통해 누릴 수 있는 여유와 안락함의 반대편에 네오 일행이 먹는 형편없는 음식이 있다. 한편에는 보잘것 없는 식사와 자유가 있고 다른 한편에는 비록 가짜이긴 하지만 맛나고 향기로운 음식과 통제(부자유)가 있는 것이다. 조금 더 확대하면 '매트릭스' 공간 안에서는 일상의 안락이 보장되지만 자신만의 고유한 죽음을 맞을 권리가 박탈된다. 그 안에 있는 사람들은 기계들의 시스템을 작동하게 하는 도구(건전지)에 불과하다. 반면에 '매트릭스' 공간을 벗어난 네오 일행에게는 일상의 안락이 박탈되어 있지만 자기 나름의 고유한 죽음을 맞이할 수 있는 권리(자유)가 부여된다.

인터넷은 이제 우리의 운명이라 할 수 있을 만큼 보편화되었다. 인터넷을 즐기는 사람, 좀더 구체적인 경우로 한정한다면 인터넷 게임을 즐기는 사람과 활자 매체를 통해 독서를 즐기는 사람 사이에는 서로 상이하게 작동되는 전혀 다른 코드가 존재한다. 독서의 경우, 가령 소설을 읽는 사람의 경우에는 그 소설에서 제시된 상황을 나름으로 해석을 하면서 상상해야 한다. 이런 표현이 가능할지 모르겠으나 소설을 읽는 사람은 소설의 상황 혹은 소설의 공간을 자기 자신 쪽으로 이끌어온다. 반면에 인터넷 게임을 즐기는 사람은 그 게임의 상황 속으로 자신이 빨려 들어간다. 마우스를 조작하는 몸은 현실에 있지만 그의 모든 신경과 관심은 게임의 상황 속에 들어가 있다. 다시 말해 게임의 상황 속에 설정된 인물과 동일시가 이루어지는 것이다. 소설을 읽거나 연극을 보는 '나'의 경우 그 '나'는 소설이나 연극 속의 인물과 동일시된다고 하더라도 그 인물을 바라보고 또 그 인물에 대해서 생각하는 '나'는 여전히 현실에 있다. 그러나 게임을 하는 사람은 게임 속의 인물에게 나의 모든 것을 넘겨준다. 그 인물이 되어야만 게임의 상황 속에 제시된 적을 물리치고 문제를 풀 수 있기 때문이다. 흥미로운 비교를 해 볼 수 있을 것이다. 소설이나 연극 속의 인물과 동일시된다고 하더라도 그 인물의 죽음과 '나'는 결코 동일시되지 않는다. 죽은 햄릿을 관객인 '나'는 무대 바깥에서 바라본다. 그러나 인터넷 게임에 빠져 있는 사람의 경우에는 '나'와 게임 속의 인물이 동일시된다. 적으로 설정된 인물이 '나'(게임 속에서 내가 선택한 인물)를 가격하면 '나'는 피해야 한다. 상대방에게 맞을 경우 물리적으로 아프지는 않지만 심정적으로는 실제로 맞은 것과 같은 효과가 일어난다. 조작이 서툴러서 게임이 종료되었을 때, 다시 말해 화면에 'GAME OVER'라는 메시지가 떴을 때, 내가 대역한 인물은 쓰러져 있다. 그때 마치 내가 죽은 것과 같은 마음의 통증을 느끼게 된다. 다시 게임을 시작해서 몰입하게 되는 것도 그런 통증에 대한 보복이나 보상심리 때문이라고 할 수 있다. 『매트릭스』에서 현실의 '나'는 잠들어 있는 것처럼 누워 있고, '매트릭스' 공간 안에서 또 하나의 '나'가 활동한다. 현재 인터넷 게임에서는 미리 설정된 인물을 선택하게 되어 있지만, 불원간 기술이 발달하면 '나' 자신이 게임 속의 캐릭터가 될 수도 있을 것이다. 그렇게 되면 인터넷 게임 자체가 『매트릭스』의 상황과 동일하게 될지도 모른다. 『매트릭스』에서 '매트릭스' 공간 속의 '나'가 죽으면 현실의 '나'도 죽게 된다. 가끔 며칠 밤을 새우며 인터넷 게임을 하다가 실제로 죽은 사람의 기사를 본다. 아마도 그 사람이 그렇게 거의 식음을 전폐하고 게임에 매달리는 것은 게임 속의 '나'(내가 선택한 인물)가 게임 속에서 설정된 문제를 풀지 못하고 중간에 자꾸 죽기 때문일 것이다. 바꾸어 말하면 게임 속에서 이루어진 '나'

의 가상의 죽음이 누적되어 결국엔 현실의 '나'마저 죽게 되었다고도
할 수 있다. 그런 맥락에서 『매트릭스』는 오늘날 인터넷 문화에 기반
을 둔, 그러면서도 기술적으로 적극적으로 활용한 영화이다.

  『매트릭스』는 우리가 '혼성문화'의 시대에 살고 있다는 것을 그야
말로 입체적으로 보여준 영화일 것이다. 『매트릭스』도 앞에서 잠시
살펴본 『원초적 본능』의 경우와 마찬가지로 '혼성모방'의 맥락에서
파악할 수 있기는 하다. 워낙 분명해서 우리가 기존 영화와 쉽게 연결
해 볼 수 있는 경우는 다음과 같다 : 『스타워즈』 평범한 주인공이 초
인적 힘을 가지고 세상을 구할 인물로 변모해간다 ; 『토탈 리콜』 주인
공은 프로그램으로 입력한 꿈의 세계와 현실을 구분할 수 없다 ; 『터
미네이터』 기계가 지구를 점령하고 인간을 없애려 한다 ; 『맨 인 블
랙』 요원들이 검은 양복을 입는다. 또한 가려져 있어서 그 장면의 원
본과 쉽사리 연결할 수 없는 경우도 있는데, 대표적인 것이 영화의 도
입부에서 트리니티가 탈출하는 장면이다. 이 장면은 히치콕의 『현기
증』(Vertigo)이라는 영화와 매우 흡사하다. 『현기증』에서도 영화가 시
작하자마자 추격 장면이 펼쳐진다. 주인공인 형사 스카티는 정복 경
관 한 명과 함께 범인을 쫓는다. 범인은 비상계단을 통해 옥상으로 올
라가 건물 사이를 뛰어 넘어 도망간다. 『현기증』에서 범인이 계단을
붙잡고 옥상으로 올라올 때에 계단을 붙잡은 손의 모양까지 『매트릭
스』에서 트리니티가 보이는 모습과 정말로 똑같다. 거기다 건물 사이
를 뛰어 넘으면서 추격하는 모양하며 발소리가 시끄럽게 나는 양철
지붕을 오르내리는 것도 같다. 심지어 경관 한 명이 뛰어 넘다가 허우
적거리는 모습까지 『현기증』에서 그대로 따온 것처럼 닮아 있다. 이

와 같은 '혼성모방'의 요소들은 영화를 전공한 사람의 눈에는 훨씬 더 많이 포착될 수 있을 것이다.

『매트릭스』는 할리우드 영화 제작에서 전형적인 방식인 '혼성모방'에 따르면서도 그 수준과 정도에서 그것을 훨씬 초과하고 있다. 이미 알다시피 도입부에서 트리니티가 허공으로 뛰어올라 발차기를 하는 장면은 영화가 아닌 만화의 요소가 '교배된'(hybrid) 장면이다. 그 이외에도 『매트릭스』의 장면들에는 만화에서 볼 수 있는 장면들이 많다. 만화에서 각각의 컷(cut)들에서는 시간이 흐르지 않는다. 만화에서 공중으로 뛰어오른 한 인물은 그 장면에서는 언제나 그렇게 허공에 떠있는 모습으로 고정된다. 연결된 장면들로 이동한 후에 다시 돌아와 보아도 그는 애초의 모습대로 그렇게 허공에 떠 있는 상태로 정지해 있다. 시간의 흐름에 의해 부단히 미끄러지며 소멸되는 영화의 장면들과는 달리 만화의 장면은 시간과 공간이 결합된 하나의 순간 속에서 지속된다. 시간의 흐름 속에서는 파괴될 수밖에 없는 어떤 결정적인 순간의 동작을 확대하여 포착한 만화의 장면에는 순간 속에서 멸멸하는 영화의 장면이 따라잡을 수 없는 역동성과 우아함이 배어 있다. 선편도 그렇고 속편도 그렇고 그런 만화의 장면들이 곳곳에 배치되어 있다. 『매트릭스』와 만화와의 상관성 가운데는 '말도 안 된다'는 코드의 문제가 있다. 한마디로 '황당무계함'이다. 가령 소설의 경우 화소와 화소의 연결은 개연성이 있어야 한다. 개연성은 인물이든 상황이든 사건이든 작품의 리얼리티를 확보하게 해주는 토대이다. 물론 만화에서도 서사구조가 있기 때문에 개연성을 확보하고자 한다. 그러나 소설이나 영화에 비해 만화의 개연성은 아주 느슨하다. 이떤 형태로든 단위와 단위의 매개 고리에 대한 설정만 되어 있으면 만화의 독자들은 아무리 터무니없는 것이라 하더라도 그런 것들을 부담없이 받아들인다. 만화와는 달리 소설의 경우는 개연성의 확보에 제한이 크기 마련이다. 소설의 경우 과거로는 한없이 거슬러 올라가는 것이 가능하지만 미래의 시점을 설정할 때는 한계가 있다. 과거는 고고학적 발굴에 의해 많은 것들이 밝혀져 있기 때문에 개연성 혹은 리얼리티를 확보하기가 용이하다. 그러나 미래의 경우는 그 어느 것도 확실한 것이 없기 때문에 현재의 시점에서 가능한 것들과 지나치게 거리가 멀어질 경우 '황당무계하다'는 인상을 받기 쉽다. 『매트릭스』에서 현실 공간과 매트릭스 공간을 연결시켜 주는 장치에 대해서, 그리고 구식 전화기를 통해 현실로 귀환하는 장치에 대해 비판을 하는 사람이 많다. 소설적 개연성에서 보자면 그것들은 그야말로 황당무계하다. 그것들을 소설에서 수용하자면 과학적 설명이 뒤따라야만 하고, 또 그런 설명이 개연성을 얻기가 무척 어렵다. 그러나 만화에서는 그렇다고 전제하면 그런 것이다. 만화니까, 만화라는 제도 안에서 이루어지는 것이니까 개연성의 확보 없이도 받아들일 수 있게 된다. 원작 만화를 영화로 만든 것들, 이를테면 『배트맨』이니 『스파이더맨』이니 『슈퍼맨』이니 하는 영화들은 그런 만화의 황당무계함으로 가득 차 있다. 관객들은 그런 영화들을 만화를 보는 것과 같은 기분으로 그냥 본다. 그런데 『매트릭스』의 경우 사람들은 그 영화가 황당무계하다고 불만을 토로한다. 매우 흥미로운 반응이라 할 수 있다. 『매트릭스』는 한편에서는 '가상과 실재'나 '기계와 인간'의 문제 등과 같은 진지한 주제들을 다루면서 개연성을 치밀하게 고려하지만, 다른 한편으로는 만화에서나 가능한 황당무계함을 그대로 수용한다. 바꾸어 말하면 예술적(혹은 철학적) 진지함과 만화와도 같은 황당무계함을 동일한 수준에서 전경화한다. 문학의 전통적인 문법, 즉 개연성에 근거하여 진지한 문제를 제기하는 문법에 익숙한 사람들은 『매트릭스』의 황당무계함이 눈에 거슬릴 수밖에 없을 것이다.

이와 같이 『매트릭스』의 재미 요인 가운데 하나가 한 장 안에 포섭될 수 없는 요소들을 기술적으로 잘 조합하고 있다는 것이다. 가령 기독교적인 세계관을 근본적으로 깔고 있으면서도 도교적, 불교적인 것을 연상시키는 에피소드들을 기술적으로 삽입해 놓고, 슈퍼맨처럼 하늘을 나는 상상력을 보여주면서도 일본의 사무라이 영화나 중국의 쿵푸 영화의 요소들을 잘 배합하고, 그것들이 만화의 상상력과도 연결되고 있다는 점에서 하이브리드(hybrid) 문화 현상의 중심에 이 영화가 놓이는 것이 아닌가 생각한다.

4. 문화상품과 진지한 말하기 사이에서

『매트릭스』는 단순한 오락물인가? 아니면 제법 많은 사람들이 동의하듯 오락물이면서도 그 이상의 기능을 하는 매우 특별한 오락물인가? '매트릭스'라는 상황 설정도 그렇지만 이 영화의 의미론적 주제는 인간의 진정한 자유와 그런 자유를 가능하게 하는 상황(유토피아)에 대한 기대이다. 중국 무협 영화나 일본 검객 영화의 '사부'처럼 모피어스는 네오에게 엄격하면서도 자상하게 여러 가지를 가르쳐 준다.

그 가르침의 내용은 어떤 한계를 넘어섬, 즉 자유에 이르는 것이다. 그(the One)가 되어서 기계와의 전쟁을 종식시키고 인류를 구해야 한다는 뻔한 줄거리의 맥락과 교묘하게 조합되어 있어서 관객의 집중적인 관심을 유발하긴 하지만, 『매트릭스』에 삽입된 몇 가지 철학적 담론들은 이 영화에만 고유한 것이 아니다. 사실 그 정도 수준의 담론들은 다른 영화들에서도 무수히 발견할 수 있다. 그런데 그 무엇이 유독 이 영화에서만 그런 담론들이 특이한 매력을 발휘하게 하는 것일까? '변형'과 '조합'의 세련성의 정도에서 비롯한 것일까? 아니면 『매트릭스』라는 영화 자체의 진지함 때문일까?

『매트릭스』를 보는 관객 저마다의 인상은 서로 다를 것이다. 귀하게 여기는 것과 하찮게 여기는 것도 서로 다를 것이다. 개인적으로 내게 특별히 인상적이었던 것은 '저항'(혹은 반항)과 연관된 화소들이었다. 거대한 적은 기계 혹은 기계의 시스템이고 소수의 저항 세력은 시스템으로부터 벗어나 자유를 희구하는 인간들이다. 그런 맥락에서 『매트릭스』는 도주, 탈출, 구출이라는 화소들에 토대를 둔 레지스탕스 영화와 유사한 서사구조를 보여주기도 한다. 특히 이 영화에서는 유니폼을 입은 사람들, 가령 보안요원, 경찰, 군인들이 적대적인 세력으로 등장하고, 그들에게 총을 쏘는 것이 정당한 것으로 받아들여진다. 아웃사이더들을 소재로 한 영화에서 경찰을 향해 총을 쏘는 장면이 나오긴 하지만 그것들은 합법적인 것으로 인정되지 않는다. 그런데 『매트릭스』에서는 사정이 매우 다르다. 침소봉대의 우를 범하는지는 모르겠으나 내 생각에는 그런 것들이 '저항'의 문제와 관련이 있다. '매트릭스'는 기계의 시스템이 만든 가상 공간을 가리키지만 그것

216

은 오늘날 우리가 살아가는 현실의 구조나 모습과도 유사하다. 이 시대의 현실 속에서는 모든 것이 이미 주어져 있다. 우리는 그런 체제 속에서 새롭게 지각하고 새롭게 생각하는 능력을 잃었는지도 모른다.

자유를 억압하는 전체적인 체계에 대항하는 저항의 이미지. 마지막 장면에서 그(the One)는 누군가에게 이렇게 말한다 : "나는 네가 거기에 있다는 걸 안다. 나는 너를 감지한다. 나는 네가 지금 두려워 하고 있다는 걸 안다. 너는 우리를 두려워 한다. 너는 변화를 두려워 한다. 나는 그 변화의 미래에 대해서는 알지 못한다. 나는 그 변화가 어떻게 끝나게 될 것인지 말하려고 온 것이 아니다. 나는 그 변화가 어떻게 시작되고 있는가 말하려고 왔다. 나는 이제 전화를 끊고, 네가 사람들에게 보여주지 않으려는 것을 그들에게 보여주려 한다. 나는 사람들에게 어떤 세계를 보여주고 싶다……. 네가 없는, 규칙과 통제가 없는, 한계와 경계가 없는, 모든 것이 가능한 그런 세계를."(I know you're out there. I can feel you now. I know that you're afraid. You're afraid of us. You're afraid of change. I don't know the future. I didn't come here to tell you how this is going to end. I came here to tell you how it's going to begin. I'm going to hang up this phone and then I'm going to show these people what you don't want them to see. I'm going to show them a world…… without you, a world without rules and controls, without borders or boundaries, a world where anything is possible).

할리우드에서 생산한 문화상품에 불과한 『매트릭스』에 잠재되어 있는, '그'의 마지막 대사와도 같은 그런 진지함의 요소들을 어떻게 규정할 수 있을까? 문화산업시대에, 자유와 반항의 공간이 전혀 남아 있지 않은 오늘의 상황 속에서 '진지한 말하기'는 문화상품의 논리와 형식을 빌린 '의미의 사취(詐取)'밖에는 없는 것일까? 그러나 그러한 '의미의 사취'조차도 할리우드의 시스템이 상품경쟁력을 높이기 위해 허용한 공간에 불과한 것일까? 『매트릭스』라는 영화를 평가하기 위해서 우리는 그러한 질문들에 대해 대답을 할 수 있어야 한다. 그리고 그것은 『매트릭스』와 관련해서 생산된 모든 담론들이 담당해야 할 몫이기도 하다. 그 담론들이 생산적일 수 있으려면.

6 현장비평과 텍스트 해석
: 독자를 창조하는 텍스트의 즐거움

1. 여성주의와 사랑 담론
: 허영자의 시[1]

허영자 시인이 이제까지 펴낸 일곱 권의 시집을 검토의 대상으로
한 평문에서 김문주는 다음과 같이 언급한 바 있다.

(…) 40여 년의 시력(詩歷)을 갖고 있는 그녀의 시는 시간의 경과에 따
라 시가 변한다기보다 몇 가지 성격들이 지속적으로 나타나는 특징을 보인
다. '부끄러움, 염결성, 에로스, 사랑과 모순, 설제와 긴장, 정길힘, 길동과
충돌, 합일과 승화' 등, 허영자 시인의 시세계를 수식하는 수사들은 특정
시집을 평가하는 데 집중되지 않고 시간적 간격이 있는 여러 시집에 두루

---

1) 이 글은 허영자 시인의 전체 시들에 대한 이해와 관련하여 통시적 맥락에서 편의상 중기로 구
분되는 시기에 출간된 세 권의 시집을 검토의 대상으로 한 것이다 :『어여쁨이 어찌 꽃뿐이랴』
(1977),『빈 들판을 길어가면』(1984),『조용한 슬픔』(1990). 이 글에서 인용한 시들은 모두
『허영자 全詩集』(마을, 1998)에 의거하였다.

동원된다. 이는 허영자의 시세계가 몇 개의 핵심 자질들을 중심으로 이루어져 있음을 암시한다.[2]

위에서 "허영자의 시세계가 몇 개의 핵심 자질들을 중심으로 이루어져 있"다는 말은 그녀의 시세계가 다양하지 않음을 뜻하는 것이 아니다. 그것은 그녀의 시세계가 어떤 문제에 집중돼 있음을 뜻한다. 이 글에서 관심을 갖는 것은 바로 그와 같이 집중된 문제의 성격이다.

많은 경우 허영자의 시는 연시(戀詩)의 형태를 보여준다. 연시의 바탕을 이루는 것은 사랑의 담론이다. 사랑의 담론에서 비유와 운율이 전경으로 드러나면 그것은 연시가 된다. 그런데 이들 연시의 바탕을 이루는 사랑의 담론에서 사랑의 주인공은 사랑을 할 수 없는 사람이다.

사랑하는 이를
사랑한다고 말하라는
그대 말씀이지만

사랑하는 이를
사랑한다고 말할 수 없는
조용한 이 슬픔

그 열정의 떨림과

<hr>

2) 김문주, 「고요 속 들끓음, 육체와 영혼을 넘어서려는 역동성의 시학」, 『서정시학』 2002년 겨울호, p.110.

가이없는 기쁨을 말하라는

그대 말씀이지만

무심한 듯 먼 눈길

흐르는 구름발에 주는

조용한 조용한 이 슬픔

— 「조용한 슬픔」(제5시집, p.194) 전문

　사랑하는 사람에게 사랑한다고 말할 수 없는 처지란 어떤 것일까? 이유야 여러 가지가 있을 수 있겠지만, 아무튼 그 사랑은 충족될 수 없는 불가능한 사랑이다. 위의 시에서 화자는 그러한 사랑을 '조용한 슬픔'이라고 말한다. 그러나 마지막 구절에서 두 번 반복되고 있는 "조용한"은 화자의 말이 반어임을 시사해 준다. 사랑하는 마음 "그 열정의 떨림과/가이없는 기쁨"을 표현할 수 없는 "조용한 슬픔" 속에서는 그 열정의 뜨거운 격앙이 있다. 사랑하는 사람을 사랑한다고 말할 수 없는 사람에게 남겨진 것은 무엇인가. 사랑의 떨림과 기쁨이 결핍된 메마른 삶이거나 그런 삶에 대한 자멸적 거절인 죽음 충동과 같은 커다란 무력감이다. 어쩌면 화자가 말하는 "조용한 슬픔"이라는 것도 바로 그러한 무력감의 표현일지도 모른다. 여기서 우리는 다시 한번 묻지 않을 수 없다. 사랑하는 사람에게 사랑한다고 말할 수 없는 처지란 어떤 것일까?

　아아

실로 은밀한

이마에
화인(火印) 찍힌 사내와

가슴에
주홍글씨 단 여자가

지난 겨울 북풍 속에
몰래 만났을까

무더기 무더기로
무성한 소문

온 땅 위에 번지는
초록의 불길.

— 「봄」(제5시집, p.212) 전문

　봄의 형상을 "온 땅 위에 번지는/초록의 불길"이라고 묘사하는 것
은 새롭지 않지만 "무더기 무더기로/무성한 소문"이라고 묘사하는 것
은 새롭다. '무성한 소문'과 연관됨으로써 '초록의 불길'은 그 소문이
불길처럼 번져나가는 상황의 비유가 되면서 동시에 '은밀한 밀회'의
강렬함에 대한 비유가 된다. 이 시에서 화자는 매우 특별한 사람들의

사랑을 상상한다. 사내의 이마에 찍힌 '화인'과 여자의 가슴에 새겨진 '주홍글씨'는 그들이 모두 법의 위반자임을 알려주는 표지들이다. 그들이 범법자라는 사실과 그들이 서로 사랑한다는 사실 사이에는 아무런 연관이 없다. 그럼에도 도덕과 법의 체계를 위반한 사람들이라는 사실은 그들의 사랑을 외설적인 것처럼 만들어 놓는다. 그처럼 불온한 사랑에 빠진 두 인물 가운데 더욱 관심을 끄는 사람은 가슴에 '주홍글씨'가 새겨져 있는 여자이다. '주홍글씨'는 이미 그녀가 이른바 '간통'이라는 죄를 지었다는 것을 가리키는 표지이다. 그런 그녀가 범법자라는 낙인이 찍힌 죄인과 사랑을 한다. 그녀는 단 한순간이라도 사랑에 빠지지 않으면 안 되는 그런 여자인가? 아니면 도덕과 법의 체제 따위에 아랑곳하지 않는 체질적인 반골 기질의 소유자인가? 한 폭의 그림과도 같은 짧은 이야기를 담은 이 시 자체에서는 그 해답을 찾을 수 없음은 물론이다. 그 어느 쪽이든 사람의 만남과 사랑은, 봄이 오면 "온 땅 위에 번지는/초록의 불길"처럼 자연스러운 것이다. 이 시에서 그 '초록 불길'은 도덕과 법 체제가 드리워 놓은 외설의 그림자를 말끔히 태워버린다.

우리는 사랑하는 사람에게 사랑한다고 말할 수 없는 「조용한 슬픔」의 이유가 도덕과 법 체제가 허용하지 않는 그런 사랑 때문은 아닌가 생각해 볼 수 있다. 정보가 빈약하기 때문에 꼭 그렇다고 단정할 수는 없을 것이다. 그럼에도 한 가지 분명한 것은 그 바탕에 사랑의 담론을 깔고 있는 허영자의 시에는 도덕과 법 체제에 대한 조심스러운 문제 제기가 잠재돼 있다는 사실이다. 그러한 사실과 연관시켜 생각해 볼 때 「다듬이」이라는 작품은 매우 흥미롭게 읽힌다.

소낙비처럼
소낙비처럼
아픈 매를 내려주세요
어머니

돌아온 탕자의
굽은 어깨 위에
부그러운 뒤통수에
벼락 같은 꾸지람을 내리세요
어머니

다시는, 정녕 다시는
잘못이 없도록
뉘우침이 없도록
어머니

날라리 이 내 영혼
홍두깨에 감으시고
밤새도록 어머니
다듬이질 하세요

—「다듬이」(제3시집, p.98)

『성경』에 나오는 '돌아온 탕자'의 이야기에서 둘째 아들인 탕자는 유산을 미리 받아 아버지의 품을 떠나 방황하며 그 돈을 모두 탕진한 다음에야 잘못을 뉘우쳐 다시 돌아온다. 그런데 놀라운 것은 아버지가 그 아들을 탓하거나 내치지 않는다는 사실이다. 아버지는 돌아온 아들을 용서할 뿐만 아니라 그를 위해 성대한 잔치를 베풀어 준다. 사실 '돌아온 탕자'의 이야기에서 탕자가 지은 죄는 그다지 심각한 것이 아니다. 그의 잘못은 아버지의 재산을 축냈다는 것과 아버지의 법의 울타리를 신뢰하지 못하고 떠났다는 것 정도이다. 재산보다 더 중요한 것은 아버지의 법의 권위이다. 아들이 아버지의 뜻을 거스르고 집을 떠나 방황하는 동안 아버지의 법은 그 권위가 흔들린다. 집을 떠난 작은아들의 부재는 아버지의 법이 의심받고 있다는 사실의 증표이기 때문이다. 돌아온 탕자는 아버지의 법의 권위를 다시 확인시켜 줌으로써 그것을 더욱 공고하게 해준다. 아버지가 아들을 위해 잔치를 베풀어주는 것은 차라리 당연하다. 『성경』의 이야기와는 달리 「다듬이」에서는 부자관계가 모녀관계로 바뀐다(이 시의 화자가 여성이라는 결정적인 근거는 없지만 화자의 어조는 여자의 그것과 닮았다). '돌아온 탕자'라는 구절을 들어 화자가 남자라고 주장할 수도 있겠으나, 그 구절은 자신의 죄를 스스로 뉘우치는 사람에 대한 상징이므로 그 주장에 그렇세 큰 설득력이 있다고 생각되지 않는다. 아무튼 이 시의 화자는 도대체 무슨 잘못을 저질렀기에 그토록 자학하는 것일까? 만일 화자의 죄가 그렇게 심각한 것이 아니라면 이 시에 나타난 화자의 태도는 거의 마조히즘에 가깝다. 그런데 과연 화자가 바라는 것이 어머니의 체벌이기만 한 것일까? 끊어질 듯하면서도 부단히 이어지는 다듬이질의 리듬은 그 무엇인가에 대한 탄핵이나 공격이기보다는 내면의 근심과 갈

등을 스스로 다스리는 일종의 자기 위로에 더 가깝지 않을까? 다듬이
질 소리는 아이를 잠재우는 소리이지 잠자는 아이를 깨우는 그런 소
리는 아니지 않은가? 이 시에서 화자가 저지른 죄의 구체적인 내용은
제시되어 있지 않다. 따라서 우리는 그것에 대해 전혀 알 수 없다. 그
러나 이 시에서 화자가 어머니를 찾는 것은 어머니만이 '아픈 매'를
내릴 만큼 그 죄에 대해 잘 알고 있기 때문은 아닐까? 죄의 내용 이외
에도 어머니가 아는 것은 그 죄의 어쩔 수 없음이 아닐까? 그래서 화
자가 어머니에게 바라는 것은 체벌이 아니라 오히려 위로가 아닐까?
'돌아온 탕자'의 이야기에서 아버지의 법의 울타리로 돌아온 아들에
게 아버지는 큰 잔치를 베풀어 준다. 그렇다면 아버지의 법의 울타리
를 떠났다가 돌아온 딸에게도 아버지는 잔치를 베풀어 줄까? 자신의
잘못을 뉘우치고 '돌아온 탕자'라는 기본 구도에 근거하면서도 부자
관계를 모녀관계로 바꾸어놓은 것은 아버지의 법과 딸(여성)의 관계
에 대한 어떤 문제제기를 하기 위함이 아닐까?

　허영자의 시에서 가부장적 질서에 노골적인 적의를 드러내는 대목
은 거의 눈에 띄지 않는다. 그러나 그녀는 여성의 고통에 대해 언급함
으로써 나름의 문제를 제기하고자 한다. 시인이 보기에 한국의 여성
은 "5할쯤은 죽어 있"다(「문득 바람이」, 제3시집, p.111).

　　흰 젖줄기
　　쏟아부을
　　땅덩어린 없더냐

살아 펄떡이는

심장을 받아 안을

가슴은 없더냐

한 목숨

수유(須臾)에 사르을

별빛 사랑도 없더냐

세상은

가시넝쿨 얼크러진

굴헝

살 타는 땡볕의

원광(圓光)을 쓰고

차라리 너

내장에 불을 담은

땡고추가 되었더냐

여자야 한국여자야

—「여자」(제4시집, p.143)

세 번 반복되고 있는 "없더냐"에서도 알 수 있듯이 이 시에서 말하고자 하는 것은 부재와 결핍이다. 여기서 여자의 욕망의 대상이 단순

히 생리적인 쾌락이라고 말하지 말기로 하자. 사랑의 담론을 바탕에
깔고 있기에 허영자의 시에 자주 등장할 수밖에 없는 ‘사랑’이 추구하
고자 하는 것은 성적인 의미를 함께 포괄한 어떤 심리적인 희열이다.
이 시에서는 욕망을 만족시켜 줄 수 있는 통로가 차단되어 있다. 그런
맥락에서 ‘땡고추’는 출구를 찾지 못한 욕망이 일으킨 내출혈의 비유
라 보아도 무방할 것이다. 우리는 그런 내출혈의 고통을 다음의 시에
서 구체적인 형상을 통해 발견한다 : “잠들 줄 모르는 그리움이여/출
렁이는 관능이여/네 영혼과/육신의/끝없는 갈증이/마침내/천 길 벼
랑에 이마를 짓찧고/희디흰 포말로 부서지는/마조히즘의 절정이여.”
(「파도」, 제5시집, p.196). 그리고 이러한 내출혈의 반대편에는 버려지고
메마르고 텅 빈 상태를 보여주는 심상들이 있다. “아지랑이 질펀히/
젖어 오는 봄 들판”에서 ‘두엄더미는 “문둥이처럼 썩고 있”고(「두엄」,
제4시집, p.141), 강변에서는 “쑥대머리 날리는” 갈잎 그 “버려진 아름
다움이/몸을 부벼 외로이/모여 있”다(「어떤 날」, 제3시집, p.103). 그처
럼 버려지고 메마른 모습은 바로 자신의 내면의 모습이다.

사랑으로 다 못 채운
마음의 빈터엔
노래의 새나 와서
울고 있던가

노래로도 다 못 채운
마음의 빈 터엔

억새풀만 희허옇게

서걱이느니

바람따라 희허옇게

서걱이느니.

— 「마음의 빈 터」(제4시집, p.168) 전문

마음의 빈터에서는 "억새풀만 희허옇게/서걱이"고 있다. 'ㅎ' 'ㅋ' 'ㅅ'의 소리들이 'ㅡ' 'ㅓ' 'ㅣ'의 소리들과 서로 어울려 내는 그 텅 빈 마음의 소리를 들어 보라. 「파도」에서 보았던 것처럼 벼랑에 이마를 짓찧는 형상도 그렇지만 이 시의 공간에 울려 퍼지는 고통의 소리는 삶을 파괴한다. 찢겨진 상처가 치료되지 않고 공허가 채워지지 않는다면 그런 삶은 살아 있으면서도 죽은 것과 진배 없는, 시인의 말을 다시 빌려오면 "5할쯤"은 죽어 있는 것과도 같다. 그러나 과연 무엇이 죽음과도 같은 삶에 생기를 불어넣을 수 있을 것인가? 허영자의 연시들은 바로 그 질문에 대답하기 위한 기나긴 순례이다.

허영자의 시에서 '여성성'의 문제는 매우 중요한 주제 가운데 하나이다. 세 번째 시집의 첫머리를 장식하고 있는 다음 작품은 그 문제와 긴밀히 연관되어 있다.

꽃아

정화수에 씻은 몸

새벽마다

참선(參禪)하는

미끈대는 검은 욕정

그 어둠을 찢는

처절한 미소로다

꽃아

연꽃아

—「연(蓮)」(p. 93) 전문

진흙 속에서 자라는 식물이지만 정결하고 고귀한 느낌을 주는 꽃 때문에 연(蓮)은 많은 예술 작품의 소재가 되었다. 이 시는 연꽃의 그런 생리적 특질인 '처염상정'(處染常淨)을 노래한 작품이다. 이 시의 특별함은 진흙의 공감각적 비유인 "미끈대는 검은 욕정"에서 볼 수 있는 것처럼 외부의 환경을 내면의 속성으로 옮겨 놓은 데 있다. 그러한 전위의 결과로 연(蓮)의 '상정'(常淨)은 그것의 본래적 속성이 아니라 어떤 과정에 따른 것, 혹은 어떤 투쟁에 따른 것이 된다. 연(蓮)에는 '미끈대는 검은 욕정'이 있으며, '어둠'이라는 낱말에서도 확인되듯이 그것은 이 시의 화자에게는 부정적인 것으로 평가된다. '연꽃'은 어떤 부정적인 것을 극복한 존재가 짓는 미소와도 같다는 것이 화자의 생각인 듯하다. 화자는 그 미소가 '처절한' 것이라고, 다시 말해 더할 나위 없이 애처로운 것이라고 말한다. 이 시에서 '미끈대는 검은

230

욕정'은 존재의 외부에 있는 것이 아니라 존재의 내부에 있는 것으로 설정되어 있다. "그 어둠을 찢는" 행위는 결국 스스로를 찢는 행위가 된다. 어떤 경우든 미소는 기쁨의 표현이다. 설령 부분에 불과하더라도 스스로를 찢음으로써 얻게 되는 기쁨은 마조히즘에 가깝다. 어떤 존재의 내면에 부정적인 것이 도사리고 있다. 그 존재는 그것을 부정해야만 하는데, 그렇게 해야만 그것은 긍정적인 어떤 것으로 전환될 수 있기 때문이다. 「연」에서 파악할 수 있는 것과 같은 의미의 맥락은 이 시인의 두 번째 시집에 실렸던 다음 작품을 돌아 보게 한다.

불길 속에
머리칼 풀면
사내를 호리는
야차 같은 계집

그 불길 다스려 다스려
슬프도록 소슬한 몸은
현신하옵신 관음보살님
이조 항아리.

— 「백자」(p.83) 전문

이 시는 백자가 만들어지는 과정을 인간과 연관된 어떤 역동적인 과정과 겹쳐 놓은 것이다. "사내를 호리는/야차 같은 계집"의 형상은 자기(瓷器)를 굽는 불길 속에서 시뻘겋게 달아오른 자기 그 자체의 모습일 것이다. 그리고 "슬프도록 소슬한 몸"의 형상은 완성된 백자의 모습일 것이다. 여기서 전자와 후자 모두 '몸'의 형상이라는 점에서 그 양자를 '육체'와 '영혼'의 대립으로 보기는 어렵다. 차라리 동일한 어떤 존재의 질적 비약과 연관된 전후 단계로 파악하는 것이 더욱 타당할 듯하다. 아무튼 우리는 「백자」에서도 「연」의 경우와 유사한 이야기의 맥락을 발견한다 : 부정적인 어떤 것이 부정되어야만 긍정적인 것으로 전환된다는 것, 그리고 그렇게 긍정적인 것으로 전환된 것이 매우 슬퍼 보인다는 것.

　'야차 같은 계집'이나 '미끈대는 검은 욕정'과 같은 형상은 아버지의 법의 울타리에서 어떤 위치에 놓일 수 있을까? 아마도 그것은 부정적으로 평가되는 것들의 편에 속하게 될 것이다. 그리고 당연히 "현신하옵신 관음보살님"이나 "정화수에 씻은 몸"의 형상은 긍정적으로 평가되는 것들의 편에 놓이게 될 것이다. 두 작품의 화자는 어떤 형태로든 전자보다 후자에 무게 중심을 둔다는 점에서 그들은 아버지의 법을 받아들이는 것 같다. 그러나 그들은 아버지의 법이라는 체제의 평가에 전적으로 동의하는 것 같지는 않다. 그것들을 다스린다는 점에서는 부정하고 있지만, "처절한"과 "슬프도록 소슬한"이라는 묘사를 통해 역설적으로 그것들을 긍정하기도 하기 때문이다. 내면의 뜨거운, 때로 파괴적인 모습으로 분출될 수도 있는 그런 불길을 다스림은 여성이 아버지의 법과 화해하기 위해 지불해야 하는 대가일까? '여성성'과 '모성성'을 동시에 지닌 여성이 법의 완전 준수도 피하고 사회성으로부터 완전히 추방되지도 않고 살아가는 길은 무엇일까? 허영자의 시들은 그러한 질문을 하게 만들면서 동시에 그 문제를 풀어나가는 과정을 보여준다. 그런 점에서 우리는 허영자의 시를 부드러우면서도 도저한 여성주의의 유효한 참조항으로 기억해도 좋을 것이다.

2. 진로(眞路)를 찾아서
: 천양희의 『마음의 수수밭』

천양희의 시집 『마음의 수수밭』은 이 시인이 그 나름의 어떤 진경(進境)에 이르렀다는 느낌을 받게 한다. 시적 진술 하나 하나에 치밀하게 배열한 탄력적인 시어들은 작품에 신선한 활력을 불어넣고 있으며, 그런 활력은 강력한 흡인력으로 독자들의 관심을 이끌어들인다. 이 시집의 해설을 쓴 김사인의 말대로 "근년에 들어 천양희 시인이 터뜨려내고 있는 시적 에너지는 눈부신 것이다". 천양희의 시는 오늘날 우리가 영위하고 있는 현실적 삶의 불모성 혹은 무의미함에 대한 반성적 회의에서 비롯된다. "이렇게 살아도 되는 것일까"(「너에게 부침」)나 "사는 게 이게 아닌데"(「새에 대한 생각」)란 구절에서 확인되는 그런 반성적 회의는, 그 자체로서 어떤 의미를 갖는 것은 아니다. 현대라는 불모의 시대를 살아가는 우리들 가운데 그런 회의에 빠져본 사람이 천양희만은 아닐 것이기 때문이다. 문제는 그런 반성적 회의를 얼마나 오래도록 지속하느냐 하는 것이며, 그것을 통해 이제까지 존재하는 것보다 더 나은 상태의 삶을 실현시킬 수 있는 실천을 어떻게 이끌어내는가 하는 것이다. 이러한 문제 의식에 비추어 볼 때, 천양희의 시는 우리의 현실적 삶 그 자체로부터 필연적으로 제기되는 반성적 회의를 단지 한 순간에 끝나지 않게 하면서 그것을 실천의 차원으로까지 상승시키려는 정신적 의지의 소산일 것이다.

삶의 진정성에 대해 회의하기 시작한 서정적 자아는, 천양희의 시에서, "새장의 새"의 삶처럼 갇힌 삶(「새에 대한 생각」), "수몰된 生/암 매장된 生"(「아침마다 겨울을」)으로 상징화되는 현실적 삶의 부정성으로부터 끊임없이 탈출하고자 한다. 그러나 그런 부정성은 그것을 포괄하는 현실의 완강한 자체 보존의 지배에 의해 끊임없이 재생산되는 속성을 지니고 있다. 현실적 삶의 구조에 내재된 그런 완강함은 그것에서 벗어나려는 서정적 자아의 의지에도 불구하고 "어느날/꿈 희망 이상 같은 것이 사라지"게 하고, "수렁 비탈 미로 같은 것이 나타나"게 하고, "슬픔 아픔 배고픔 같은 것이 무서워지"게 하고, "방황 좌절 절망 같은 것이 두려워지"게 하고, "빈 손 빈 그릇 빈 집 같은 것이 허무해지"게 만든다(「어느날」). 『마음의 수수밭』의 많은 시에서 서정적 자아는 삶의 진정성으로 나아가는 "진로(眞路)"를 찾아 방황하지만, 그것은 출구 없는 미로 속에서의 무의미한 길찾기에 지나지 않는다. 그런 사실의 인식은 그를 노여움과 깊은 슬픔에 빠지게 하는데(이 시집에서 현실적 삶에서의 영속화된 부자유에 대해 서정적 자아가 느끼는 고통과 불안, 그리고 그것으로부터의 탈출 의지를 다룬 작품들의 주조적 정조는 노여움과 슬픔이다), 그것은 동시에 '피안' '환한 木官' '백색 淨土' '환한 화엄계'로 상징화되는 자연으로 도피하는 원동력이 된다.

『마음의 수수밭』에서 「여름 한때」 「숲을 지나다」 「이른봄의 詩」 「직소포에 들다」 등과 같이 자연 체험을 다룬 시편들의 서정적 자아는

자연의 싱그러움과 조화로움 속에서 거의 환희에 가까운 기쁨을 노래
한다(다른 작품들에서와는 달리 이들 작품에서는 감탄 부호가 자주 사용된다).

폭포소리가 산을 깨운다. 산꿩이 놀라 뛰어오르고 솔방울이 툭, 떨어진
다. 다람쥐가 꼬리를 쳐드는데 오솔길이 몰래 환해진다//와! 귀에 익은 명
칭의 판소리 완창이로구나.//관음산 정성이 바로 눈앞인데/이곳이 정상이
란 생각이 든다/피안이 이렇게 가깝다/백색 淨土! 나는 늘 꿈꾸어왔다

—「직소포에 들다」 부분

청사포 앞 바다엘 간다. 부산 아지매/사투리가 생선처럼 튀는 아침/바다
의 자리는 생생하게 빛난다/투명한 물 속/ 저 환한 화엄계!

—「청사포에서」 부분

이 오월에, 일제히 일어서는 초록의 고요. 잎사귀마다 생생한 바람소릴
달고 있다. (…) 초록세상이 이렇게 좋다. 숲을 지나며 나는 말끝을 흐린
다. 더 갈 곳이 없다!

—「숲을 지나다」 부분

비 갠 하늘에서 땡볕이 내려온다. 촘촘한 나뭇잎이 화들짝 잠을 깬다. 공
터가 물끄러미 길을 엿보는데, 두살박이 아이가 뒤뚱뒤뚱 걸어간다.//생생
한 生! 우주가 저렇게 뭉클하다/고통만이 내 선생이 아니란 걸/깨닫는다.
몸 한쪽이 조금 기우뚱한다

—「여름 한때」 부분

이상의 인용 구절에서 보듯, 천양희 시의 서정적 자아는 풀과 나무, 바람과 바위, 숲과 바다들이, 자연의 조화로움이란 광휘 속에서, 죽어 있는 딱딱한 사물이 아니라 그 어느 것보다도 더 생생히 살아 있는 존재로서 화해롭게 서로 교감하는 데 놀라움을 금치 못한다. 아마도 그 놀라움의 근거는, 그런 화해 상태야말로 그가 현실적 삶의 부정적 징후들로 촘촘하게 짜여진 미로를 뚫고 나아가 도달하고자 했던 진정한 삶의 모습에 대한 상징이란 깨달음에 있을 것이다.

우리에게 뭉클한 감동으로 다가오는, 자연 체험을 다룬 천양희의 시가 중요한 의미를 갖는 것은 그것이 자연의 화해로움을 단순히 놀라울 정도로 생생하게 묘파했기 때문만은 아니다. 시인은, 봄이 오는 미세한 징후들에 대한 예감을 다룬 「이른봄의 詩」란 작품에서, 봄의 그런 징후에 대해, "온 동네 골목길"을 "수줍은 듯 까르르 까르르 웃"게 만드는 "찬란한 소문"으로 묘사한다. 이러한 묘사의 이면에는 모든 것이 사라진 것은 아니며 다시 훌륭한 상황이 이루어지리라는, 진정한 실천의 계기만 마련된다면 이제까지 존재하는 것보다 더 나은 상태의 삶을 실현할 수도 있다는 믿음이 깔려 있다. 자연 체험을 다룬 천양희의 시가 정작 우리에게 중요한 의미를 갖는 것은 바로 그런 믿음을 유발시키는 힘을 내재하고 있기 때문이다.

『마음의 수수밭』에 수록된 시편들, 특히 자연 체험을 다룬 시편들에 내재된 폭발적 에너지의 눈부심에 대해서는, 서로 다른 관점에서이긴 하지만, 이미 여러 필자들에 의해 경의어린 찬사와 함께 거론된 바 있다. 이 글에서는, 그 의견들에 전적으로 공감하면서도, 예의 시편들과 관련하여 부분적으로 느끼는 위구감을 함께 언급해야겠다.

236

천양희의 시에서 형상화된 자연의 활력과 아름다움은 그 안에서는 결코 화해될 수 없는 현실적 삶의 부정적 상태에 대한 안티테제로서 의미를 갖는 것이다. 다시 말해, 천양희의 시에서 자연의 조화로운 화해 상태는 현실의 삶의 부정성에 대해 비판적 기능을 발휘할 때 비로소 의미를 갖는다. 만일 천양희의 시가 단순히 자연 현상이나 경물과 관련된 아름다움에 대한 직접적인 묘사에 그치게 된다면, 그것은 외국인을 상대로 한 관광 안내 팜플렛의 선전 문구와 본질적으로 다를 바가 없게 된다. 그럴 경우 천양희의 시는 오늘날 우리 사회를 지배하는 상품의 교환관계 속에 포괄됨에 따라 현실적 삶의 부정성에 대해 비판적인 날카로움을 상실하게 되고, 결국에는 중립적이고 변명적인 것으로 변질하게 된다. 때로 천양희는, "이곳이 무한천공이란 생각이 든다/여기 와서 보니/피안이 이렇게 좋다"(「직소포에 들다」)나 "초록세상이 이렇게 좋다, 숲을 지나며 나는 말끝을 흐린다. 더 갈 곳이 없다"(「숲을 지나다」)란 구절에서 볼 수 있는 것처럼, 자연의 조화로운 모습에서 환기되는 어떤 화해 상태를 이미 이루어진 것으로 설정하고 그 속에서의 기쁨을 직접적으로 토로한다. 이 경우 애초에 시인과 불화를 일으켰던 현실의 화해되지 않은 본모습이 은폐되게 된다. 그런 은폐는 대상에만 국한되지 않고 시정적 지이의 내면에서도 동시에 진행되어, "슬픔도 친숙해지면 불행 속에서도 기뻐하는 자 있을 것입니다"(「바람 부는 날」)와 같은 매우 난감한 시적 진술을 낳게 한다. 그 구절과 관련된 시인의 본래 의도가 꼭 그런 것은 아닐 수도 있겠지만, 그런 의도와는 다르게 그것은 현실의 부정적인 삶 속에서도 진정한 아름다움이나 행복이 가능하다고 선전하는 보종의 이네올로기를 닮

아버릴 소지가 있다. 삶의 진로(眞路)를 찾아 순례하는 영혼의 맑은 열정이 전체에 스며 있는 이 시집은, 그러나 여지껏 화해를 이룩하지 못한 현실에 대한 노여움과 슬픔을 보여줌으로써 그러한 함정을 건너뛰고 있다.

3. '매웁고도 아린 향기'의 의미
: 유안진의 『봄비 한 주머니』

유안진 시인의 열두 번째 시집 『봄비 한 주머니』는 그 제목에도 불구하고 오히려 '가을'을 소재로 한 작품들이 더 많이 수록되어 있다. 뿐만 아니라 죽음과 관련한 무수한 연상과 상념들을 다룬 것들도 많이 있다. 오십령 고개를 넘어 60대로 접어들기 시작한 시인의 나이 때문일까. 언뜻언뜻 비치는 죽음의 그림자를 의식하기 시작한 영혼의 안타까운 한숨과 가슴 철렁한 낙담과 결코 추하지 않은 투정과 어깃장이 이 시집 곳곳에 배어 있다. 초라해진 육체의 피폐함과 함께 한층 더 가까이 보이기 시작하는 죽음의 문턱의 그림자에 대한 안타까움과 두려움은 만인만유(萬人萬有)의 것이니 그 자체가 특별할 것은 없다. 그러나 그것으로부터 벗어나는 데에는 다양한 방법과 수준의 차이가 존재하지 않겠는가. 더욱이 우리 문학에서 그런 방법에 대한 탐구는 매우 낯선 편이다.

이순(耳順)의 나이. '비로소 모든 것을 순리대로 이해한다'는 공자님의 가르침처럼 "웅장하게 달려오면 밀물 소리이고/처절하게 흐느끼면 떠나가는 썰물 소린 줄을/머얼리서도 안 보아도 알아버렸"지만, 그런 "귀뜨임" 자체를 시인은 "그지없이 서글픈" 사실로 받아들인다 (「귀뜨임」). 시인은, 또한, "찢긴 안팎 피멍자국"의 '가을 잎새' 앞에서, 그만 낙담하여, "상처를 지녀야 가을이 되나요/깊고도 높은 품격에 이르나요/광활한 새 세계가 열리어오나요/검붉게 싯누렇게 망그러지는/오늘 같은 그날이 바로 오늘인가요/가을날인가요"(「가을 잎새」)라고 서글프게 묻기도 하고, "우리 모두는/결국 아무것도 아니었구나"(「낙엽이 낙엽에게」)라는 절망적 자의식을 토로하기도 한다. 사실 "우리 모두는/결국 아무것도 아니었구나"라는 자의식은 매우 심각하고 위험한 것일 수 있는데, 그로 인해 삶 자체가 '죽음'이라는 종착역에 다다르기 위한 기나긴 우회로에 불과한 것이 되기 때문이다. 그런 자의식 앞에서는 결국 사회도 문화도 인생도 사랑도 혁명도 모두가 다 무의미하게 된다.

그 어떤 의미를 찾기 위해 고통과 슬픔을 감내하며 추구해온 과정이 아무것도 아닌 것으로 무화될 수도 있는 지점에서 유안진 시인은 '비움'과 '버림'이라는 노장적 지혜에 기대어 위기를 벗어나려는 듯하다. 사실 그의 여러 시편들에서 우리는 노장(老莊)의 그러한 역설적 경제학을 만날 수 있는데, 거기서 매우 특이하고도 바람직하게 여겨지는 점은 시인이 결코 그 모든 갈등과 고뇌로부터 완전히 벗어난 듯한 도사의 포즈를 취하려고 하지 않는다는 것이다. 시인은 "세월을 거슬러 살고 싶은" 욕망을 결코 숨기려 하지 않으며(「봄비 한 주머니」, 「장승」 등), 동시에 "세상 너머에서도 살고 싶은" 속내도 은근히 내비친다. "이담에 제대로 살러 갈 그때에는/헌 눈〔目〕기운 內臟이라도/

생일떡 나누듯 주고 가야지/잘못한 벌로 액땜으로"(「액땜」)나 "마음은 비울수록 차오르는 허망감/차라리 단단한 뼛속을 비워야지/숭숭 구멍 뚫린 골다공증/바람아/알아서 네 멋대로 피리 불어봐"(「골다공증」)와 같은 구절은 노장적 텍스트의 매우 독특한 현대적 수용이 아닐 수 없다. "깊은 불교 반듯한 유교 그윽한 도교 정겨운 무속을/죄다 흡수해버리는 자연이여 궁극이여/세상에서 가장 풍요로운 것이 빈손이 되고/가장 오묘한 것도 빈손이 되는"(「절대스승」)이라는 구절 역시 노장의 역설적 경제학에 근거한 것이면서 그의 시에서 묻어나는 심원함과 반듯함과 그윽함과 정겨움의 비밀을 열어보인다. 누구나 노장을 읽으면 노장이라도 된 것처럼 이야기하는 것이 인지상정인데, 무슨 이유에서인지 유안진 시인은 아무리 노장을 읽어도 결코 노자나 장자가 될 수는 없다는 사실을 체감한 것 같다. 그리고 그것이 노장의 포즈를 적당히 이끌어들이는 다른 시들과는 확연히 차별되는 독특한 개성과 생생한 현실감을 그의 시에 부여하는 듯하다.

　앞서도 언급했듯이 우리 근대문학에서 노화에 따른 소멸로서의 죽음에 대한 문학적 반응방식은 매우 희귀한 편이다. 그것은, 김윤식 교수의 지적처럼, 우리 근대문학이 그만큼 젊다는 것을 반증해준다(우리 민족은 20세기 전반기에는 예속상태에서 벗어나기 위해서 그리고 후반기에는 민주주의와 경제적 부를 전취하기 위해서 투쟁해 왔는데, 우리 근대문학 역시 그러한 투쟁의 자장권에서 크게 벗어나지 않았다). 이제 우리 사회는 이른바 고령화 사회로 접어들고 있으며, 그에 따라 노년의 정체성에 관한 문제도 이제까지와는 비교할 수 없을 정도로 중요하게 부각될 것이다. 그런 맥락에서 유안진 시인의 이번 시집을 그와 같은 문제 의식의 선취로 읽을 수 있을 것이다.

　　서리 덮인 기러기 죽지로

　　그믐밤을 떠돌던 방황도

　　오십령 고개부터는

　　추사체로 뻗친 길이다

　　천명이 일러주는 歲寒行 그 길이다

　　누구의 눈물로도 녹지 않는 얼음장 길을

　　닳고 터진 알발로

　　뜨겁게 녹여 가라신다

　　매웁고도 아린 향기 자오록한 꽃진 흘려서

　　자욱자욱 붉게붉게 뒤따르게 하신다

—「세한도 가는 길」 전문

　추사의 「세한도」의 세계는 여러 시인들에 의해 창조적으로 수용돼 온 바 있다. 유안진 시인 역시 「세한도」와 오랜 대화를 나누어 온 것으로 보이는데, 이 작품을 통해 그 나름의 독특한 해석을 보여준다. "천명이 일러주는 歲寒行 그 길", 그것은 "오십령 고개" 전까지는 살아온 길이었지만 그 고개부터는 죽음의 문턱을 넘어 아무도 알 수 없는 미지의 어떤 세계로 가는 바로 그 길이다. 그 "얼음장 길"을 누구의 눈물로 녹일 수 있겠는가. "닳고 터진 알발로/뜨겁게 녹여" 갈 수밖에 없는 실존의 고독한 길. 그러나 과연 어떻게 걸어가야 그 길에서 부패의 악취가 아니라 "매웁고도 아린 향기"가 퍼질 수 있을 것인가.

유안진의 「세한도 가는 길」은 작품 공간 가득히 그 향기를 피워 올림
으로써 우리의 질문에 대답한다.

4. 시로 쓰는 시론
: 오세영의 『눈물에 어리는 하늘 그림자』

　오세영의 시집 『눈물에 어리는 하늘 그림자』에 수록된 시편들은 대
체로 연시의 성격을 띠고 있다. 일반적으로 연시에서 가장 주조적인
정조는 그리움이다. 사랑에 대한 자의식은 사랑의 대상과 밀착돼 있
을 때에는 잠들어 있다가도 어떤 틈 혹은 거리가 발생하게 되면 깨어
나 작동하기 시작하는 속성을 지니고 있다. 그 강도는, 어느 정도까지
는, 거리의 간극이 커지면 커질수록 더욱 강화되기 마련이다. 그런 자
의식이 감정의 형태로 변용된 것을 가리켜 우리는 그리움이라고 말할
수 있을 것이다. 그런 점에서 『눈물에 어리는 하늘 그림자』의 시편들
은 이런저런 정황에서 빚어지는 다양한 그리움의 변주라고 보아도 무
방하다.

　오세영의 시에서 사무치는 그리움의 대상으로 지칭되는 '당신'은,
"소문은 무성한데/당신은 아무데도 없었습니다."(「종적」)란 구절에서
확인되다시피, 지금 여기에는 존재하지 않는다. '당신'의 그런 부재로
인해 '당신'에 대한 기억마저 사라져버렸다면, 홀로 남은 서정적 자아
에겐 아무런 문제도 발생하지 않았을 것이다. 그러나 '당신'은 서정적
자아의 기억에는 물론이거니와 그가 듣고 보고 느끼는 모든 것들에

242

생생한 흔적을 남겨놓았다. 비록 "내게 남은 것은 이제/빛바랜 사진"
(「이름 하나」) 한 장에 불과하더라도 내게서 '당신'이 영원히 사라진 것
은 아니다. 누군가 그에게 홀로 남은 사정을 위로하려 든다면 그는 거
침없이 이렇게 말할 것이다.

　　홀로라니요
　　울 밑의 작약이
　　겨우내 언 흙을 밀치고 뾰족이
　　새움을 틔울 때
　　거기서 당신의 부드러운 손길을 보았는데요.

　　홀로라니요
　　뒤란의 청포도가
　　푸른 하늘을 닮아 알알이
　　익어갈 때
　　거기서 당신의 눈빛을 보았는데요.

　　홀로라니요
　　뜰의 국화가 노오란 그 꽃잎을 함빡
　　터뜨릴 때
　　거기서 당신의 향기로운 입김을 맡았는데요.

—「홀로가 아니랍니다」 전문

그는 홀로 있는 것이 아니라 언제나 '당신'과 함께 있다. 설령 '당
신'이 죽은 경우라 하더라도 그것은 쉽사리 돌아올 수 없을 만큼 먼
거리에 떨어져 있는 것에 불과할 뿐이다. 이 경우 죽음은 생물학적 종
말일 수는 있어도 존재론적 종말일 수는 없다.

오세영의 시는 이처럼 사랑의 구조에서 파생되는 그리움과 기다림
의 형이상학을 보여준다. 그런데 그런 형이상학에는, 이 시집의 해설
을 쓴 황현산이 탁월하게 지적해냈듯이, 이 시인의 시쓰기에 대한 반
성적 사유가 개입됨으로써, 이들 연시는 단순한 연시 이상의 의미를
지니게 된다. 심지어 어떻게 보면, 이 시집과 연관된 오세영의 시적
전략의 목표는 연시 그 자체가 아니라 시쓰기로써 시에 대해 사유하
기가 아니었는가 하는 생각이 들 정도이다.

시인이면서 동시에 시론가이기도 한 오세영에게 시와 시쓰기에 대
한 사유는 자연스러운 일이다. 문제는 시론이 아닌 시쓰기로써 시쓰
기에 대한 사유를 시도했다는 점이다. 시를 논하는 일로서의 시론은
본질적으로 합리적 이성의 운동 법칙을 따른다. 그것의 운동 법칙은
총괄하고 정돈하고 규정하는 것이다. 그런 논증적 인식도 시쓰기의
비밀에 도달할 수 있다. 그러나 시쓰기에 내재된 어떤 것들은 합리적
인식과 조화를 이루지 못한다. 특히 합리적 인식은 고통과는 거리가
멀다. 그것은 고통을 총괄하여 규정하고 그것을 완화하는 수단을 만
들어낼 수도 있지만, 고통을 체험함으로써 나타낼 수는 없다. 그런 일
은 합리적 인식에 비추어 볼 때 비합리적인 일일 것이다. 그러나 시쓰
기는 바로 그런 비합리적인 일을 자청하여 수행한다. 오세영의 시론
이 아닌 시쓰기로써 시쓰기에 대한 사유를 시도한 것은 그런 사정을

누구보다도 명확하게 파악하고 있었기 때문일 것이다.

시에 대한 시 쓰기. 시인이라면 누구나 한번쯤 시도해 보고 싶을 야심적인 것이긴 하지만, 거기에는 치명적인 위험이 도사리고 있다. 자칫 잘못하면 그런 시쓰기는 지나치게 관념적이고 사변적이 될 가능성이 높다. 바로 그런 위험에서 벗어나기 위해 오세영은 연시의 구조를 빌려온다(그로 인해 오세영이 치른 대가는 결코 적지 않다. 오세영은 연시의 구조를 빌려오면서 소월, 만해, 미당, 목월 등의 시에 등장하는 서정적 자아의 어조와 그들 작품에서 빛나는 지복의 구절들을 함께 차용해 오는데, 결과적으로 그것은 시의 감동을 반감시킨다). 시에 대한 시로서의 오세영의 시는, 그리하여, 시쓰기에 대한 반성적 사유가 그리움의 구조 속으로 녹아들어감으로써 서정적 울림을 확보하게 된다.

오세영에게 시작의 본질은 "창문을 여는 일이 아니라/벽을 허무는 일"(「시의 얼굴」)이다. 자동화되고 고정화된 사고와 감정의 벽을 깨야만 비로소 "찰나의 밝음 속에 떠오르는/당신의 얼굴"처럼 한 편의 시가 힘겹게 성립된다. 그것은 "벽에 부딪쳐/피 흘리"지 않고는 성취될 수 없는 지난한 작업이다. 게다가 시의 본질 구성 요인인 언어는 시인에게 있어 그의 시작을 가능하게 해 주는 유일무이의 수단이지만, "장미가 그의 색깔이 감옥이듯,/백합이 그의 향기가 감옥이듯/말은 나의 감옥"(「당신의 말씀」)이기도 하다. 말로 말을 넘어선 어떤 것을 추구해야 하는 시인의 운명은, 그러므로, "해질녘/한 마리 거미가 허공에 집을 짓고/스스로 그 안에 갇히듯/말씀으로 짜아 엮은 나의 감옥"(「감옥」) 속의 삶이 된다. 언제라도 시쓰기를 포기한다면 그 감옥에서 벗어날 수도 있겠지만, 그것은 시인의 운명적 감옥으로부터 진정한 벗어나기가 되지 못한다. 그 감옥을 가로지른 빗장은 더 깊은 감옥 속으로 들어가야만 열리게 돼 있는 역설적 성질의 것이기 때문이다. 때로 "나 이제 아무데서나/쉬어야겠다"(「먼 후일」)에서와 같은 자포자기의 순간이 없는 것은 아니지만, "가진 것이라곤 시의 묘망한 하늘뿐"(「하늘의 시」)인 시인에게는 끊임없는 시쓰기야말로 스스로 구속한 감옥 속의 삶을 해방시키는 유일한 수단이 된다. 그런 의미의 맥락에서, 이제까지 걸어오고 또 앞으로 걸어갈 시쓰기의 도정에서 나직이 토로하는 시인의 다음과 같은 고백은 우리를 숙연하게 한다.

길로 가는 길은 끝났다.
이제는 산에게 물어보라.
말로 가는 길은 끝났다.
이제는 바람에게 물어보라.
길 끝나 산이 있고 말 끝나
허공 있는데
19문 반 해어진 신발을 끌고
너를 찾아 한세상
걸어서 왔다.
山房의 하룻밤은 風雪이 찬데
이제는 신발 없이 떠나야 할
걸,
말도 길도 없이 나서야 할
맨발의 길.

—「한 세상」 전문

5. 시가 이룩하는 것들
: 조정권의 시

시집 『신성한 숲』 이후 침묵으로 일관하던 시인 조정권이 4년 여 만
에 작품을 발표하였다(1999년 『문예중앙』 여름호). 『산정묘지』에서 『신
성한 숲』으로 이어지는 일련의 작업에서 보여주었듯이, 고결하고 신
성한 정신의 극점에 닿으려는 정결한 영혼의 자기 채찍질과 결곡한
언어의 투명한 울림을 기억하는 독자들에게는 그의 목소리가 반가울
것이다.

조정권은 이번에 모두 12편의 작품을 발표하고 있다. 오래 손때 묻
은, 그러나 한동안 사용하지 않은 붓의 감촉이 약간은 낯설다는 듯,
혹은 붓을 잡은 손의 움직임이 다소 어색하다는 듯, 그 작품들은 모두
짧은 호흡의 소품이다. 우선 눈에 들어오는 것은 다음 작품이다.

누가 뭐라 하든.

천황봉 해발 1천 고지 사자평

넓은 분지에서 서걱이는 사나운 억새풀을

큰 붓으로 감아올려

나 전신 화염이 되어 일필휘지하겠다.

돼지비계같이 식어버린 저 찬 하늘에.

—「겨울편지·2」 전문

　작품 전체의 짜임관계에서 볼 때 이 시의 첫행인 "누가 뭐라 하든"은 군더더기이다. 시의 언어와 구조에 대한 정밀한 감각과 엄격한 태도의 소유자인 이 시인이 그런 군더더기를 그대로 놓아둔 이유는 어디에 있는 것일까. 고결하고 신성한 정신의 극점에 대한 상징인 '산정'과 거기에 도달하려는 자가 추동력으로 삼는 극단적인 정결주의, 그것들에서 언뜻 비치는 파시즘적인 요인을 지적했던 몇몇 평자들의 목소리가 그로서도 부담이 되었던 것일까.

　『산정묘지』의 파시즘적 요인을 지적했던 평자는 시인 김지하와 황지우이다. 파시즘에는 우월한 가치라고 평가되는 기준을 정해놓고 그것에 이르지 못한 것들에 테러를 가하거나 그러한 것들을 일소해 버리려는 경향이 있는데, 그 우월한 가치라는 것이 자의적일 뿐만 아니라 그런 기준을 정해놓은 자들의 이기적 목적을 위한 것이라는 점에서 하나의 이데올로기에 불과할 뿐이다. 거기에서 보다 큰 문제는 그런 이데올로기를 타자에 대한 폭력 행사의 정당한 근거로 삼는다는 점이다. 사실 『산정묘지』의 세계에는, 비록 예술적으로 승화되고 매개된 형태의 것이긴 하지만, 고결하고 신성한 정신의 이념에 비추어 불순하다거나 세속적이라 판단되는 것들에 대한 일종의 폭력이 잠재해 있다. 아마도 김지하와 황지우가 경계한 것도 바로 그와 같은 폭력적인 요인이었을 것이다(『산정묘지』의 세계와 관련한 두 사람의 미적 반응에 지나치게 민감한 부분이 없는 것은 아니나, 지난 시대에 공공연하게 자행되었던 폭력의 대표적 희생자들이 바로 그들이었다는 점을 감안하면 그러한 반응이 이해되지 않는 것도 아니다).

　아무튼 위에서 인용한 「겨울편지·2」는 이번에 발표된 작품들 가운데서 『산정묘지』의 그림자가 가장 짙게 드리워져 있는 작품이다. "천황봉 해발 1천 고지 사자평"이라는 '산정'의 이미지도 그렇지만, "돼지비계"로 상징되는 이 시대의 천박한 속물성에 대한 분노 역시 『산정묘지』의 세계와 동궤에 놓인다. 대체로 매개된 상태로 잠재되어 있어서 겉으로 쉽게 드러나지는 않지만, 조정권의 시에서 확인되는 주조적 정조는 '분노'이다. 그것이, 사회적인 내용을 직접적으로 다루지 않음에도 불구하고 그의 작품에서 사회적인 문제와 관련한 실천적 경향성을 부여한다. 위의 작품의 경우, "돼지비계같이 식어버린 저 찬 하늘"에서도 시사되듯이 이 시대 문화의 표면구조를 지배하는 천박성과 기만성이 온통 이 사회를 뒤덮고 있다. 서정적 자아의 분노는 그와 같은 상황에 대한 보편적 부정과 절대적 비순응주의의 표현인데, 그것은 그러한 상황의 변화를 위한 실천의 계기로서도 작용한다. 조정권 시의 폭력적인 요인은 그와 같은 실천적 경향성에서 비롯하는 문제이다. 실천은 궁극적으로 그것이 제거하고자 하는 바를 지향한다. 따라서 폭력은 실천에 내재적이며 실천 속에서 승화가 이루어질 경우에도 사라지지 않고 남아 있게 된다. 실천과 폭력의 그런 상관관계의 문제는 이 시에서도 동일한 양상으로 노정되어 있다. "(…) 서걱이는 사나운 억새풀을/큰 붓으로 감아올려/나 전신 화염이 되어 일필휘시"하는 실천적 행위는 "돼지비계같이 식어버린 저 찬 하늘"을 제거하기 위한 것이다. 비록 서정적 자아의 손에 들려 있는 것이 폭력의 직접적인 매개물인 '총'이나 '칼'이 아니라 '큰 붓'이고, 그 행위라는 것 또한 직접적인 폭력 행사가 아니라 '일필휘지'의 승화된 예술 행위이긴 하지만, 그럼에도 거기에는 폭력이 사라지지 않고 남아 있다. 그런데 여기서 문제는 그러한 ‘일필휘지’로는 “저 찬 하늘”을 태워버림으로써 제거할 수 없다는 점이다. 아마도 “전신화염”이라는 표현에서도 시사되는 ‘분신’의 이미지는 그러한 사정에 대한 서정적 자아의 극단적 반응일 것이다. 다시 말해 제거하고자 하는 대상을 지향했던 실천(폭력)이 대상의 막강한 위력 앞에서 방향을 잃고 급격하게 주체 쪽으로 향하게 됨으로써 이루어지는 처절한 자해 행위가 바로 ‘분신’인 것이다.

　필자가 보기에, 조정권의 오랜 침묵은 「겨울편지·2」를 검토하는 과정에서 확인된 문제점과 관련이 있는 것 같다. 그의 시를 지탱하는 정신적 요인인 ‘정결주의’는 이 시대와 사회의 천박성이나 기만성과 불화를 일으킬 수밖에 없으며, 그러한 불화의 구체적 표현이 서정적 자아의 분노이다. 그 분노는 작품에 실천적 경향성을 부여함으로써 시대와 사회의 부정적 성격과 대립하지만, 작품의 실천적 경향이란 것은 언제나 시인의 주관적 의도에 불과한 것이어서 그것이 사회를 직접적으로 변화시킬 수는 없다. 시인은 “전신 화염”과 같은 ‘분신’의 이미지를 통하여 어떤 충격 효과를 노릴 수도 있겠지만, 그것 역시 세상을 변화시킬 수 없기는 마찬가지이다. 더욱이 ‘분신’은 시적 이미지의 가상에 불과한 것이지 현실 그 자체는 아니다. 주체 외부의 기만성을 용납하지 않지만 동시에 주체 내부의 기만성도 용납할 수 없는 ‘정결주의’ 이념에 비추어볼 때, 스스로 실천할 수 없는 것을 가상으로써 반복하는 것은 공허한 일이며, 심지어 그것은 ‘정결주의’의 정신이 애초에 제거하고자 했던 사회의 기만성을 스스로 닮아 버리는 결과를 초래하게 될 것이다. 비록 적극적인 문제 해결의 방식은 아니지만, ‘침묵’은 ‘정결주의’의 이념을 손상하지 않으면서 그가 취할 수 있는 불가피한 태도였을 것이다.

　필자가 조정권의 이번 신작 발표에 관심을 갖는 것은, 그가 자신의 작품세계에 내재한 딜레마를 극복할 수 있는 어떤 돌파구를 마련했는지의 여부 때문이다. 그런 맥락에서 필자는 '황동규 선생에게'라는 부제를 단 「상계동에서」를 주목하고 싶다.

　안녕하셨습니까 삼 년 겨울 내내 양 날개 접었던 공작단풍나무 등걸에 물 차오르고 가지에 움 돋고 불거지고 붉어지고 붉은 속잎 움마다 뚜렷하게 내비치더니 1999년 2월 22일 아침 8시 40분 바닥을 치며 붉은 잎들이 터져 나왔습니다 하루하루 터져 나왔습니다 아, 저 활짝 핀 빛깔 빛깔들을 거느리고 장닭이 홰를 치듯 오늘 아파트 베란다에서 날아올랐습니다

　시인 황동규에게 보내는 사신(私信)의 형식을 취한 이 작품은 '1999년 2월 22일 8시 40분'이라는 익명의 시간에 발생한 하나의 사건을 다루고 있다(어째서 조정권은 그 사건을 특별히 황동규에게 알리고 싶었을까. 이 작품의 소재가 되고 있는 '공작단풍나무'와 관련한 두 사람 사이이 사적인 친분관계 때문일 수도 있겠으나, 반드시 그런 것 같지만은 않다. 필자의 생각으로는, 같은 지면의 바로 전전 호인 겨울호에 같은 방식으로 게재뇌였던 황동규의 신작들과 관련이 있는 것 같다. 암호와도 같은 폐쇄성 속에 갇혀 있는 까닭에 우리는 그 관련 내용을 구체적으로 알기 어려우나, 시인 황동규가 조정권이 의도하는 내밀한 통화의 비밀을 풀어서 그 역시 시로써 응답하는 일도 우리 시단을 풍요롭게 하는 매우 흥미롭고 멋진 사건일 수 있겠다).

　그 사건이란, 아파트 베란다에 놓아둔 관상용 '공작단풍나무'가 마

치 공작새처럼 날아오른 일이다. 물론 현실에서는 어떤 경우에라도 나무가 새가 되어 날아오르는 일은 결코 발생하지 않을 것이다. 이 작품에서 시인이 말하려는 것도 공작단풍나무가 갑자기 공작새가 되었다는 황당한 사실에 있지 않다. 그렇다고 공작단풍나무에 붉은 잎이 돋았다는 사실의 단순한 확인에 있는 것도 아니다. 시인은 관상용이라는 기능(도구)적 속성에 입각하여 공작단풍나무를 바라보지 않는다. 우리에게는 인간만이 존재하고 사물들은 인간의 존재에 부속되어 있는 것이어서 인간에게 필요한 도구로서 쓰임새밖에 없다고 생각하는 경향이 있다. 그것은 사물들에게 잔인한 폭력을 가하는 것과 같으며, 사물에 대한 잔인성은 잠재적으로 인간에 대한 잔인성이기도 하다. 시인은 사물들도 존재한다는 사실을 순수하게 받아들임으로써 공작단풍나무에게서 일어난 존재적 사건에 함께 참여한다('1999년 2월 22일 8시 40분'이라는 익명의 시간은, 작품에 명시됨으로써 그 익명성에서 벗어나 어떤 구체적인 사건을 지시하는 상징이 된다. 그리고 거기에서 우리는 자기 아이의 탄생시간을 기록하여 기억하는 부모의 마음과도 같은 사랑의 감정을 느낀다). 문제는 참여의 방식인데, 시인은 철저하고 일관성 있는 작품의 형상화를 통해 현실적 요인을 초월함으로써 그와 같은 참여를 수행한다. "삼 년 겨울 내내 양 날개를 접었던", 즉 잎을 틔우지 않았던 공작단풍나무가, 마치 공작새가 날개를 활짝 펴는 것처럼 붉은 잎들을 틔우는 모습에 대한 경탄은 이 작품에서 이루어진 미적 반응의 핵심 계기를 이룬다. 아마도 미적 감정이란, 중요하다고 직관된 대상 앞에서 느끼는 그와 같은 경탄과 동일한 감정일 것이다. 작품에서 그러한 미적 감정은 철저한 형상화(역동적이고도 섬세한 묘사)를 통하여 하나의 미적 형상으로 구축되는데, 그것은 바로 '비상'의 이미지이다. 그 이미지는 아직 실현되지는 않았지만 앞으로 실현 가능한 것에 대한 상징으로 기능한다.

이 작품에서 낱말의 결합과 이미지의 형상화에 크게 기여하는 요소는 소리의 결이다. 어절과 음소들의 효과적인 반복이 줄글로서는 보기 드문 리듬감을 부여해 주고 있으며, 수없이 반복되는 / ㅏ / 소리와 / ㅗ / 소리 그리고 / ㄹ / 소리와 / ㅇ / 소리는 날아오르는 이미지의 율동을 부각시켜 준다. 특히 "붉어지고 붉어지고 붉은 속잎"과 "활짝 핀 빛깔 빛깔들을"에서 자음과 모음이 형성하는 소리의 자장과 울림은 특별한 느낌을 준다.

"돼지비계같이 식어버린 저 찬 하늘"처럼 통속성과 기만성이 총체적으로 사회화되어 있는 현실 상황에서 단순히 주관적 의도에 머무른 실천적 경향은 소리만 요란할 뿐 그것이 실제로 이룩해내는 성과는 별로 없을 것이다. 겉으로 표방된 복지사회와 합리적 사회의 이면에 부조리하게 여전히 존속하고 있는 궁핍 상태, 확대되면서 끊임없이 재생산되고 있는 야만 상태에 저항하려는 '순결한 정신' 혹은 '깨어 있는 정신'은, 사회에 대한 실천적(비판적) 경향을 작품의 형식으로 고양함으로써 새로운 미적 형상을 벼리어 내야 할 것이다. 오랜 침묵 끝에 이제 다시 말문을 트기 시작한 조정권의 시가, 차갑게 식은 하늘 아래에서 살아가는 존재의 소외를 극복함으로써 소외의 고통을 견뎌내려는 모든 '깨어 있는 정신'의 한 상징이 될 수 있기를 기원한다.

6. 산문적인 것과 시적인 것
: 김광규의 『처음 만나던 때』와 이성복의 『아, 입이 없는 것들』

1) 글쓰기의 역사적 정당성

세상이 어수선하다. 도시 전체가 죽음의 그림자로 뒤덮이고 온 나라가 슬픔과 절망의 침묵에 빠졌던 시절이 있었다. 천문학적인 액수의 자금이 모이는 데도 거기에 대한 아무런 문제 제기조차 이루어질 수 없었던 시절이 있었다. 이른바 불법적인 정치자금을 둘러싸고 온갖 뒤숭숭한 소문이 나돌지만, 요즈음 우리가 겪는 세상의 어수선함은 아무것도 아닐 수도 있다. 세상에 아무런 문제가 없다는 뜻이 아니라 세상이 그만큼 달라졌다는 뜻이다. 천하의 악당임을 자처하는, 아니 스스로는 아니라고 하였지만 누구나 알고 있었던 그런 절대적인 악당이 과거에는 분명하게 존재했다. 과거에는 그 악당과 맞서 싸우는 멋진 영웅도 함께 존재했다. 강력한 악당이 사라지자 멋진 영웅도 함께 사라졌다. 이제 세상에는 지위가 높건 낮건 실수하는 사람들과 자신의 실수를 사과하는 사람들만 있을 뿐이다. 그렇게 세상이 달라졌다. 가시적인 악당이 사라지자 가시적인 억압 장치들도 사라졌다. 멋진 영웅이 사라지자 우리 마음속의 영웅적인 자질도 사라졌다. 세상은 이제 별 볼일 없는 것들에 열광하는 대중들의 시대가 되었다.

강력한 권력을 지닌 악당이 존재하던 시절에는 문학 역시 그와 맞서 싸우는 영웅과 동일한 대접을 받았다. 악당과 직접 싸우지는 못해도 그 악당을 알고 있다는 표지만 남겨 놓으면 그 문학 작품은 그 자체만으로도 영웅과 같은 신분이 될 수 있었다. 독자들은 그런 작품과 그것을 쓴 작가들을 존중했고 또한 사랑했다. 존중과 사랑을 받던 영웅이 사라지자 그와 같은 대접을 받던 문학 역시 사라졌다. 문학은 이제 별 볼일 없는 것들에 열광하는 대중들 앞에 발가벗긴 채로 서 있는 처지가 되었다. 시대적 상황이라는 프리미엄이 과거의 문학에서는 갑옷과도 같은 기능을 하였지만 요즈음의 문학에는 그런 갑옷이 없다.

텔레비전에서 개그맨을 선발하는 무슨 경연 대회의 장면을 잠시 엿본 적이 있다. 그 대회에 참여한 개그맨 지망생들이 심사위원들을 웃게 만드는 일은 거의 불가능에 가깝다. 심사위원들은 결코 웃을 준비가 되어 있는 사람들이 아니다. 그들은 웃고 즐기기 위해 온 사람들이 아니라 웃게 만들 가능성의 씨앗을 심사하고 발견하기 위해 온 사람들이다. 그들 앞에서 경연에 참가한 지망생들은 기존의 방식과는 다른 방식을 보여 줌으로써 자신의 가능성을 인정받아야 하는 것이다. 이 시대의 문학적 글쓰기가 처해 있는 운명은 개그맨 선발대회에 참가한 지망생들의 처지와 크게 다르지 않다. 우리가 속해 있는 현재의 역사적 시점이라는 심사위원에게 문학적 글쓰기는 그것 자체의 '정당성'을 입증 받아야 하는 처지에 있다. 그 심사위원은 감동 받을 준비가 결코 되어 있지 않다. 그는 진인힐 징도로 냉정하게 보는 분학적 글쓰기의 역사적 정당성을 심판하려 한다. 하나의 제도로 공인된 기존의 문학과는 다른 글쓰기 방식을 통해 글쓰기 자체의 '역사적 정당성'을 검증 받아야 하는 자신의 처지를 기성 작가나 문학 지망생이 모르지는 않을 것이다. 그러나 지나치게 조용하고 안이한 요즈음의 문단 상황은 그런 문제의식이 과연 심각하게 받아들여지고 있는지 의심이 들게 한다.

　김광규와 이성복의 최근 시집에 대한 서평이 이 글의 임무이다. '김광규'와 '이성복'이라는 기호표현은 이제 사회적 공신력을 지닌 하나의 '서명'과도 같은 것이 되었다. 그 '서명'에는 정치권력과 같은 힘이 있다. 그 '서명'이 들어 있는 모든 시집들을 독자들이 찾게 만드는 것도, 비평가라는 전문 독자들이 특별한 기대를 갖고 새 시집을 펼쳐보게 하는 것도 그 '서명'의 힘이다. 매우 드문 경우에 속하기는 하지만, 대학의 문학창작 교실에서 발표되었으면 혹독한 비판을 면하지 못했을 수준의 작품조차 자격을 갖춘 하나의 예술작품으로 받아들이게 하는 힘이 그 '서명'에는 있다. 서평의 임무가 그러한 '서명'의 힘을 단순히 추인하는 데 있지는 않을 것이다.

2) 김광규의 『처음 만나던 때』

　김광규는 이번에 펴낸 여덟 번 째 시집 이외에도 이미 일곱 권의 시집을 펴냈다 : 『우리를 적시는 마지막 꿈』(1979), 『아니다 그렇지 않다』(1983), 『크낙산의 마음』(1986), 『좀팽이처럼』(1988), 『아니리』(1990), 『물길』(1994), 『가진 것 하나도 없지만』(1998). 김광규의 새 시집인 『처음 만나던 때』는 내게 그의 첫시집과 '처음 만나던 때'와 그 시집에 맨 처음에 실려 있던 「시론」이라는 작품을 떠올리게 한다.

　　우리가 잠시 빌어 쓰는

　　이름이 아니라 약속이 아니라

한 마리 참새의 지저귐도 적을 수 없는

언제나 벗어던져 구겨진

언어는 불충족한

소리의 옷

받침을 주렁주렁 단 모국어들이

쓰기도 전에 닳아빠져도

언어와 더불어 사는 사람은

두려워하지 않고 슬퍼하지 않고

아무런 축복도 기다리지 않고

다만 말하여질 수 없는

소리를 따라

바람의 자취를 좇아

헛된 절망을 되풀이한다

—「시론」 부분

김광규는 1975년에 등단했다. 그러니까 그는 무려 30여 년 동안 '헛된 절망'을 되풀이해온 셈이다. 위의 시에서 화자는 "언어와 더불어 사는 사람"을 시인이라 정의하면서 "불충족한/소리의 옷"인 언어의 무력함과 그에 따른 시인의 절망에 대해 언급하고 있다. 그러나 김광규의 시에서 언어의 문제가 전경화된 적은 거의 없다. 그의 시는 "말하여질 수 없는/소리"를 담으려 하지 않고 거의 언제나 '말하여질 수 있는 생각'의 표상을 구축하고자 해왔다. 그의 시에서 언어는 사물의 기호로서 존재하지 않고, 사물의 개념을 표상으로 드러낸다. 그것들은 산문의 언어에 가깝다. 산문의 언어는 사물의 개념과 사람의 생각을 전달하는 도구이다. 김광규의 문체의 특징을 여러 평자들이 '산문성'으로 규정하는 것도 그와 같은 사정에서 기인한다. 문장들을 여러 행으로 나누지 않고 계속해서 이어 놓든 여러 행으로 나누어 놓든, 그의 시에서 흔히 보는 문장은 생략이나 도약을 사용하지 않는 정연한 것들이다. 김광규는 시를 짓는 데 운율이나 비유를 최소한으로 포섭한다. 많은 경우 시에서는 한 문장의 진술적 의미가 비유적 의미와 운율적 의미에 의해 강화되거나 확대되며 나아가 교란되기도 한다. 그러한 교란을 통해 낱말의 의미가 모호해지고 불투명하게 됨으로써 그 나름의 밀도를 얻게 된다. 그러나 김광규의 시에 포섭된 낱말들은 언제나 그 의미가 분명하고 투명하다. 그러한 투명함에 근거하여 김광규는 어떤 상황이나 사건을 객관적으로 서술한다. 객관적 서술을 위해 요구되는 것은 서술되는 사건이나 상황과의 거리 유지와 그런 작업을 위한 지적 통제이다. 그리하여 김광규의 시에서는 시대에 대한 관찰, 삶에 대한 반성, 정치와 역사에 대한 성찰들이 나름의 다양한 표상들을 통해 드러난다. 김광규의 시에서는 일상에서 취재한 어떤 상황과 사건이 객관적으로 구축된다. 그렇게 구축된 사건과 상황을 통하여 그는 삶의 진실과 아름다움과 정의에 대해 탐문한다. 언제나 일상과의 유대를 확고하게 견지하기 때문에 그의 시에는 난삽한 관념이 등장하지 않는다. 그의 시는 어렵지 않다. 일상의 사건과 상황에 대한 탐색을 통하여 그가 발견한 지혜는 언제나 건전한 상식과 정상적인 상태(常態 : normality)에 근거한다. 과거에 비해 훨씬 나아지기는 하였으나 우리 사회는 건전한 상식이 통하지 않는 사회이고 언제나 비상한 사태가 꼬리를 물고 이어지는 사회이다. 그러한 사회적 상황 아래에서 김광규의 시는 나름의 '정치적 수용력'을 지닌다. 자신의 시에서 그가 시적인 특성을 억압하고 산문적인 특성을 강화하고자 한 것도 우리 시대의 사회적 상황과 연관된 정치적 수용의 결과였을 것이다.

김광규의 새 시집 『처음 만나던 때』에서도 그가 등단 무렵부터 일관되게 견지해온 특성들이 고스란히 유지되고 있다. 인생의 황혼과 죽음이라는 문제 그리고 후기산업사회에서 물신화되고 있는 우리의 일상과 의식에 대한 탐색이 주조를 이루고 있는 이번 시집에서도 건전한 상식과 정상적인 상태에 근거하여 시인은 우리의 일상과 연관된 문제들을 보여준다.

그들이 나타난 것이다
최근에 나온 동창생 명부를 던져주고, 그들은 나에게 친구 열 명을 뽑으라고 했다
동창생 가운데 이미 십분지 일이 세상을 떠났는데, 그 나머지에서 또 열 명을 추려내라는 것이었다. 나로서는 불가능한 일이었다.
하지만 피할 수 없는 상황이었다.
내 자신을 그 중의 한 명으로 넣는 대신, 나머지 아홉 명은 뽑을 수 없다고 나는 완강하게 거부했다. 아무리 그들이 위협해도 나로서는 아무도 거명할 수 없었기 때문이다.

—「미룰 수 없는 시간」 부분

위의 작품뿐만 아니라 「하행」 「바다와 노인들」 「특별 귀향 열차」 등과 같은 작품에서도 김광규는 죽음의 문제에 깊은 관심을 표명한다. 어느 서양 철학자의 존재론적 규정이 아니라 하더라도 우리는 죽게 되어 있는 존재이다. 나날의 일상 속에서 무언가를 더 얻고 아무것도 잃지 않으려고 애쓰면서 불확실한 내일을 계획하지만, 무수한 내일이 연장된 끝에서 우리가 만나는 것은 치명적인 종말이다. "미룰 수 없는 시간이 다가오고 있었다"는 사실을 깨닫는 순간 우리가 그토록 힘겹게 유지하려고 했던 일상의 시간은 나의 삶의 본질과는 무관한 비본질적인 시간이 된다. 스스로 자신이 죽을 존재라는 사실을 인식할 때 우리는 우리 삶의 본질과 연관된 본질적인 시간을 살 수 있다. 그러나 비본질적인 시간 자체를 부정할 수는 없다. 그것이 부정되면 삶 자체가 파괴되기 때문이다. 우리 삶에는 본질적인 시간과 비본질적인 시간이 함께 존재한다는 사실에 대한 인식은 본질적인 시간에 대한 인식 없이 살아가는 삶과는 다른 성격의 어떤 삶을 살아가게 할 것이다. 죽음의 문제를 다룬 시편들에서 김광규는 자신이 생각하는 죽음이 어떤 것이라는 '죽음의 관념'에 대해 말하지 않고, 죽을 수밖에 없는 존재라는 사실을 깨닫는 각성의 순간을 극화함으로써 우리가 우리의 삶을 더욱 풍요롭게 선택할 수 있는 계기를 열어 준다.

혹독했던 그 겨울 살아남아
반세기가 지난 오늘
눈발 흘리는 강변도로 자동차로 달려가면서
스무 개로 불어난 한강 다리 양쪽

끝없이 늘어선 아파트와 고층 건물들 바라보니

지금도 피난 행렬 눈앞에 떠오른다

인해 전술에 쫓기고 굶주림에 시달리던 그때보다

이제는 오히려 두려움만 늘었나

다리를 절면서 한 발짝 두 발짝 걸어갔던 얼음길

지금은 편안하게 승용차에 실려 가면서

마음은 무겁게 뒤로 처지고

과속 규제 카메라에 잡힐까 봐

움찔움찔 겁을 내는 붉은 후미등 불빛

곳곳에서 앞길을 가로막는다

— 「한강이 얼었다」 부분

　한강 다리 위에서 과거와 현재의 풍경이 겹쳐진다. 그리고 과거에는 없었지만 현재에는 있는 것과 현재에는 있지만 과거에는 없었던 것이 선명하게 드러난다. 삶과 죽음조차 불분명하리만큼 혹독했던 시절에는 고통과 절박함 속에서도 절절하게 느끼던 '생의 감각'이 있었다. 그러나 현재에는 물질적 풍요와 생활의 안정에도 불구하고 그 시절 그렇게 느낄 수 있었던 '생의 감각'이 없다. '생의 감각' 때문에 물질적 풍요와 생활의 안정을 파괴할 수는 없다. 그렇다면 그러한 풍요와 안정을 유지하면서도 '살아 있다'는, '살아가고 있다'는 생의 감각을 느끼면서 살아가는 방법은 무엇일까?

　위에서 살펴본 「미룰 수 없는 시간」과 「한강이 얼었다」에서도 확인되듯이 김광규의 시는 어렵지 않다. 관념의 난삽함이 없는 일상의 평이한 언어로 이루어지기 때문에 그의 시가 어렵지 않은 것은 아니다. 작품에 수용된 낱말이 전달의 도구로서 그 기능을 충실히 하기 때문에, 낱말들의 의미가 분명하고 투명하기 때문에 그의 시가 어렵지 않은 것이다. 어렵지 않은 낱말로 우리의 일상이나 삶과 연관된 통찰에서 비롯한 지혜를 보여줄 수 있다는 것은 그의 시의 미덕이다. 그런데 그의 시는 서술하고 발언하는 힘에 비해 존재하려는 힘이 상대적으로 약하다. 낱말들의 투명한 표상작용에 의해 어떤 의미가 전달되고 난 뒤에도 작품에 여전히 남아 있는 낱말들의 어떤 물질적 잉여가 그의 시에서는 잘 보이지 않는다. 김수영의 용어를 빌려와 말하자면, 김광규는 '언어의 서술'만을 지나치게 편애하고, '언어의 작용'에 대해서는 크게 고려하지 않는 것 같다. '언어의 서술'은 작품의 진술적 의미와 연결되고, '언어의 작용'은 운율적 의미나 비유적 의미와 연결된다. 언어의 서술에만 기대게 될 경우 작품은 어떤 의미나 표상을 전달하는 단순한 도구에 머무르게 된다. 전달의 언어는 애초의 의도와는 다르게 명령의 언어로 변질될 수 있다. 도구의 본질은 그 쓰임새에 있다. 쓰임새가 도구의 질료와 형식을 결정한다. 전달의 도구로서의 시는 후기산업사회의 국가권력과 시장경제의 체계가 마련해주는 쓰임새의 일람표 안에서 그 나름의 위치가와 연관된 하나의 항목으로 편입될 수 있다. 우리는 김광규의 시에서 발견되는 각성과 발견의 순간을 존중한다. 그 순간들은 독자로 하여금 자기 형성의 가능성과 자기 변용의 능력을 자율적으로 실험할 수 있는 시간의 깊이에 대한 인식과 체험을 제공해주기 때문이다. 그러나 다른 한편으로, 우리는 김광규의 시에서 간혹 발견되는 상투성과 타성의 순간을 경계한다. 의미의 명징한 전달을 위해서는 그 의미가 보편적으로 수용된 기성의 낱말들이 포섭되어야 하는데, 그러한 포섭 과정에서 상투성과 타성이 개입되며 그것들은 결국 우리 삶과 일상에 대한 구체적이고 본질적인 반성을 방해하기 때문이다.

3) 이성복의 『아, 입이 없는 것들』

『뒹구는 돌은 언제 잠 깨는가』(1980), 『남해 금산』(1986), 『그 여름의 끝』(1990), 『호랑가시나무의 기억』(1993)에 이어 이성복이 다섯 번째 시집을 펴냈다. 그가 첫번째 시집을 펴낸 그 전해에 대학에 들어간 나와 같은 세대에게 이성복의 시는 비평적 반성을 좀처럼 용납하지 않는 측면이 있다. 이는 김승옥과 같은 시대에 대학을 다녔던 평론가들이 그의 작품과 비평적 반성의 거리를 좀처럼 확보하기 어려운 것과 매우 흡사하다. 「무진기행」에서 '서울'과 '무진'이라는 지명이 상징하는 그 어느 쪽의 세계도 탈출구가 될 수 없었던 주인공의 처지는 그 당시 많은 젊은이들이 공유하고 있었던 하나의 공통된 운명이었다. 「무진기행」의 '나'는 작중인물이 아니라 그 시절을 함께 살고 있는, 그러면서 「무진기행」을 읽고 있는 바로 '나'이기도 했다. 그처럼 『뒹구는 돌은 언제 잠 깨는가』에서 '그 날'과 '그해 여름이 끝날 무렵'과 '그해 가을'은 작품 화자만의 시간이 아니라 작품을 읽는 '나'의 시간이기도 했고, '꽃 피는 아버지' 역시 작품 화자만의 아버지가 아니라 바로 '나'의 아버지이기도 했다. 현실에서의 무기력과 불감증으로 인한 젊음의 뇌출혈을 앓고 있다는 점에서 이성복은 그의 시집을 읽는 '나'의 형제였다. 소월과 영랑에서 비롯하여 서정주와 유치환을 거쳐 청록파에 이르는 한국 현대시의 주류는 그런 형제들에게 적극적인 공감을 불러일으키지 못하였다. 문학사적인 자리 매김이나 미학적 평가에 앞서 이성복의 시는 그 형제들에게 거부할 수 없는 생리적 반응으로서의 공감을 촉발시켰다. 『뒹구는 돌은 언제 잠 깨는가』 이후에 나온 시집들을 읽는 형제들에게는, 시인 자신에게는 꼭 유리하다고만 할 수 없는 그런 공감에 대한 기대가 언제나 강력하게 작동한다. 그런데 이제 이성복과 그의 영혼의 형제들은 그들의 공감의 기호내용이었던 '그해 여름이 끝날 무렵'과 '그해 가을'로부터 먼 시간여행을 하였다. 이성복만 하더라도 그는 이제 지천명(知天命)의 나이에 이르렀다. 그/우리도 그/우리에게 의존심(사랑)과 적대감(증오)의 대상이었던 '꽃피는 아버지'의 나이가 된 것이다. 그리고 그토록 증오해마지 않았던 부끄러운 모습을 자신도 모르는 사이에 닮게 된 것이다.

    겨울 오후 국밥집 먼지 앉은

    비닐 장판에 미끄러져 들어온

    햇빛, 선팅한 유리 창살 격자를

    죽은 듯이 눕혀놓는다 아침부터

    테니스 치고 담에 쩔어 들어온

    국밥집, 오늘 하루도 벌건 국밥에

    썰어 넣은 대파같이 잘도 익었구나

    소주 한 병에 여섯이 달라붙어,

    구이집 마담의 무성한 거웃이나

재혼한 친구 마누라 탱탱한 궁뎅이

감탄하다가, 비틀거리며 국밥집

나올 때면 부끄러워라 국밥집 담벽

아래 바르르 떠는 참대나무 앞에서

그만, 얼굴 폭 가리고 울고 싶어라

―「116. 국밥집 담벽 아래」 전문

　건강을 위해 적당한 운동을 하고 또한 적당히 먹고 마시는 것은 이 시대 우리의 자화상이다. 우리는 그렇게 적당히 살아가는 우리의 삶을 좀처럼 반성하지 않는다. 이 시의 화자는 '참대나무'의 꼿꼿한 형상을 보고 스스로를 반성한다. 위의 작품에서 '참대나무'는 자연의 상징이다. 한시(漢詩)나 시조와 같은 전통적인 시가 양식에서 작품의 주요한 배경으로 처리되는 자연은 인간 생활의 배경을 이루는 근원적이고 본질적인 배경을 환기시킨다. 그러한 환기는 성가실 정도로 번거롭고 자질구레한 인간 생활의 일상사로부터 일정한 거리를 두게 함으로써 도덕적 의미를 띠게 된다. 이 작품에서 '참대나무'는 그러한 '도덕적 의미'로부터 그리 멀리 떨어져 있지 않다. 옛날 중국의 황제들은 수레와 탁자에 글을 새겨 스스로의 잘못을 바로잡는 데 도움으로 삼았다. 상(商)나라의 탕왕(湯王)의 「반명(盤銘)」에는 '나날이 새롭게 하라'는 계율이 적혀 있고, 주(周)나라 무왕(武王)의 「호명(戶銘)」과 「석사단명(席四端銘)」에는 '말을 삼가서 하라'는 교훈이 씌어져 있다. 이 작품에서 '참대나무'는 그런 명(銘)들과 같은 역할을 하고 있다. 요컨대 위의 시는 고전적이다.

위의 시가 고전적인 것은 동양의 고전적인 전거들과 연관돼 있기 때문만은 아니다. 글쓰기의 방식에서도 위의 시는 고전적이라 할 수 있다. 바르트(R. Barthes)는 『영도의 글쓰기』에서 조르댕(M. Jordain)의 다음과 같은 '이중 등식'(double equation)을 소개하고 있다.

시(Poetry)＝산문(Prose)＋a＋b＋c

산문(Prose)＝시(Poetry)-a-b-c

위의 '이중 등식'에 따르면, 시와 산문은 항상 다를 수밖에 없다. 그러나 시와 산문의 그러한 차이는 본질적인 것은 아니다. 'a', 'b', 'c'는 우리가 흔히 시적인 것으로 규정하는 언어의 장식적인 요소들, 다시 말해 운율과 비유와 같은 것들이다. 산문의 언어는 어떤 의도의 전달을 목적으로 하는 하나의 도구와도 같다. 위의 '이중 등식'에 따르면, 장식적인 요소의 유무에 따라 구별되지만, 궁극적으로는 '진술적 의미'로 요약되는 전달의 언어를 수단으로 한다는 점에서는 시와 산문이 다르지 않다. 언어의 표상작용을 통해 의미의 보편성을 추구하는 그와 같은 글쓰기를 바르트는 고전적 글쓰기라 규정한다. 위의 시는 고전적 글쓰기의 한 사례가 될 수 있다. '고전적 글쓰기'라는 기준에 비추어 보자면, 이성복의 시와 김광규의 시가 그렇게 멀리 떨어져 있지 않다(피상적인 관점에서 그들의 시는 분명히 서로 다르다. 그러나 그 차이는 장식적 요소들의 양으로 측정되는 것이다). 어쩌면 한국 현대시는 그러한 '고전적 글쓰기'의 범주에서 벗어나 본 적이 거의 없다고 말할 수 있을지 모른다.

1998년 1월 2일 선산에서 상주로 통하는

25번 국도에서 개나리 덤불이나 관목숲,

하다못해 갈대까지도 성에로, 서리로

하얗게 코팅한 상태에서, 감 홍시 같은

해는 안개 낀 하늘 위 데구루루 굴러

내 차 유리창 앞에 딱 붙어 섰는데, 그것들

너무 아름다워 내 눈이 나도 모르게 웃었다

아름다운 것은 언제나 미치게 아름다운 것,

아름다운 것, 왜 어떻게 아름다우냐고

물으면, 왜 어떻게 아름답다고 대답할 뿐,

코팅한 입으로 무슨 할 말이 있겠는가?

— 「85. 언제나 미치게 아름다운」 전문

위의 작품에서 화자는 우연히 목격한 장면을 통해 어떤 '아름다움'을 체험한다. 그것은 화자를 그 자신도 모르게 웃게 만든다. 화자는 자신이 목격한 장면을 어떤 관념이나 표상으로 옮기지 않는다. "왜 어떻게 아름다우냐"는 질문에 "왜 어떻게 아름답다고 대답"하는 것은 아무런 내답을 하지 않은 것과도 같다. 우연한 순간에 돌발적으로 구축된 아름다움은 인간과 같은 '입'이 없으므로 자신에 대해 아무런 말도 할 수 없을 것이다. 인간의 '입'을 통해 표상의 언어로 포획하려는 순간 그 어떤 '아름다움'은 사라져 버리게 될 것이다. 표상이나 관념으로 변질되지 않은 사물 그 자체를 작품 안에 구축하는 방법은 무엇일까? 위의 시에서 마지막 문장은 우리의 질문과 다르지 않다. 이성복의 『아, 입이 없는 것들』에서 내가 가장 인상 깊게 본 대목은 표상 언어의 감옥에 수감된 시인의 절규이다.

이성복은 「124. 문득 그런 모습이 있다」에서 "축 처진 귓바퀴에/굽은 등뼈가 산허리를 닮은 개/두 겹의 배가 뒤에서도 보이고/평퍼짐한 엉덩이가 무거운 개"에 대해 말한다. 그런데 화자는 "메리, 메리 혹은 쫑, 쫑 하고" 그 개를 부르지 못한다. 그 개는 자신의 일부이기 때문이다. 그 개를 부르는 것은 '나는 개다'라고 말하는 것과 같기 때문이다. 결코 개일 수는 없는 내가 개를 개라고 부름으로써 개가 되지 않기 위해서 나는 개가 속해 있는 시공과는 "다른 시간, 다른 공간"에 있어야 한다. 그러나 '다른 시간, 다른 공간'은 어디에도 존재하지 않는다. 내가 개와 같은 형상으로 속해 있는 '지금, 여기'를 '다른 시간, 다른 공간'으로 만드는 것 이외에 내가 거기에 속할 수 있는 방법이 없다. 새로운 공동체의 집단적 기획과 같은 역사적 행위의 차원이 폐쇄된 상황에서 어떻게 '다른 시간, 다른 공간'을 창출할 수 있을 것인가? 우리에게 역사적 행위의 차원이 닫혀 있다고 하더라도 언어 행위의 차원은 열려 있는 것이 아닐까?

인간의 개인적인 발화(parole)는 한 시대와 사회를 지배하는 언어체(langue)에 그 토대를 두고 있다. 인간은 그 언어체 안에 이미 구축되어 있는 것들을 가져다 발화를 구성한다. 자신의 발화를 스스로 구성한다는 측면에서는 주인이지만, 이미 구축되어 있는 것에 예속될 수밖에 없다는 점에서 인간은 노예이기도 하다. 언어체에는 필연적으로 예속과 권력이 뒤섞여 있게 마련이다. 만약 우리가 권력에서 벗어나는 힘과 더불어 그 누구도 굴종시키지 않는 힘을 자유라고 부른다면,

자유는 언어 바깥에서만 존재할 수 있다. 그러나 불행하게도 인간의 언어에는 출구가 없다. 언어체에 근거하지 않으면 우리는 그 어떤 발화도 구성할 수 없기 때문이다. 이러한 진퇴양난의 문제와 관련하여 바르트는 불가능의 대가를 치르고서야 겨우 빠져 나올 수 있을 뿐이라고 말한다. "현대성(modernism)은 더 이상 가능하지 않게 된 문학(Literature)의 추구와 함께 시작된다"는 바르트의 주장 역시 동일한 맥락의 표현일 것이다. '다른 시간, 다른 공간'의 창출에 아무런 도움을 주지 못하는 낡은 문학에 대한 환멸, 불가능한 문학에 대한 추구, 오직 새로운 글쓰기만이 노예 상황에 처한 인간 조건에 대해 이해타산이 개입된 타협 없이 절대적으로 순수하게 항거할 수 있다는 신념만이 우리가 속해 있는 역사적 시점에서 글쓰기 자체의 역사적 정당성을 인정받을 수 있을 것이다. 그처럼 역사적 정당성을 보증 받은 글쓰기는, 비록 저항의 실천을 글쓰기 내부에 가둠으로써 사회적 실천의 행동 능력을 희생시키지만, 저항의 글쓰기에 의해 구축된 텍스트 내부에 새로운 체험을 발견할 수 있는 힘을 보존함으로써 기존의 세계와는 다른 세계를 꿈꿀 수 있을 것이다. 그러한 글쓰기는 단일하고 고정된 방식이 아니라 다양하고 파생적인 방식이 될 것이다. 그리고 그 목소리는, 김수영의 표현을 빌려 오자면, 모기소리보다 더 작은 소리일 것이다.

　　겨울 아침밥 먼저 먹고
　　화장실에서 들으면
　　아이들 숟가락 밥그릇에

부닺기는 소리,

먼 옛날 군왕의 행차 알리는

맑은 편종 같고,

군왕의 행차 지나간 다음

말방울 여운 같고,

어느 뒷날 상여 지나간 다음

내 묘혈을 파는 괭이 소리 같다

겨울 아침 아이들 숟가락

사기 밥그릇에 부딪기는 소리,

오줌 떨고 난 다음

허벅지 맨살을

스치는 오줌 방울처럼 차갑다

—「90. 허벅지 맨살을 스치는」 전문

위의 시에서 우리가 흔히 말하는 소재는 아이들의 숟가락이 사기 밥그릇에 부딪히는 소리이다. 이성복은 그 소리를 네 가지 비유와 연결시킨다. 대개의 시들이 한두 개의 핵심적인 비유로 작품의 구심점을 삼는다는 사실과 비교할 때, 이 시에서 비유의 사용은 지나친 감마저 있다(이번 시집에서 눈에 띄는 특징 가운데 하나가 시집 전체에 걸쳐 비유가 거의 강박적으로 사용되고 있다는 것이다). 아무튼 그 비유들 가운데 앞의 세 가지는 '소리'와 연관된 것이고 나머지 한 가지는 '차갑다'는 감촉과 연관된 것이다. 위의 시에서 그 의미를 파악할 수 없는 낱말은 하나도 없다. 그러나 이 작품의 진술적 의미는 한마디로 요약되지 않는

270

다. 작품에 포섭된 낱말들과 그 낱말들이 결합된 문장은 그 의미가 투명하지만, 작품 전체의 의미는 불투명하다. 작품의 전체적인 의미가 비록 모호하긴 하나 작품에 사용된 비유에서 어떤 의미를 추출하는 것이 전혀 불가능한 것은 아니다.

군왕의 행차와 연관된 편종과 말방울 소리는 군왕의 위엄이나 당당함을 연상시킨다. 그러한 연상의 맥락을 통하여 우리는 그것들에서 아이들의 존재를 기쁘고 자랑스럽게 느끼는 화자의 마음을 읽을 수 있다. "내 묘혈을 파는 괭이 소리"는 직접적으로 죽음을 연상시킨다. 나의 분신인 아이들의 존재는 나의 죽음의 표지이기도 할 것이다. '괭이 소리'는 상여를 메고 갈 때 상여꾼들이 부르는 만가를 배경으로 하고 있는데, 그 구슬픈 소리는 자신의 죽음에 대한 생각과 연관된 화자의 슬픔을 반영한다. 오줌을 떨고 난 다음 오줌 방울이 허벅지 맨살을 스치면 우리는 대체로 낭패감을 느낀다는 사실을 감안할 때, 그 비유는 기쁨과 슬픔이 교차되는 화자의 복합적인 심정의 상태를 나타내고, 그 차가운 감촉은 마음의 통증을 나타낸다고 볼 수 있다.

위의 작품에서 사용된 비유에 대한 우리의 이해가 타당하다고 하더라도 우리는 작품 자체를 이해했다고 말할 수 없다. 위의 작품은 그와 같은 의미 요소들로 완벽하게 환원되지 않기 때문이다. 위의 작품에서 부각되는 것은 작품 내부의 공간에서 함께 울리고 있는 네 가지의 소리와 감촉이지 그것들이 환기하는 어떤 표상이 아니다. 요컨대 이 시의 주제는 소리들과 감촉이 가리키는 어떤 의미가 아니라 그것들 자체의 물질적 속성이다. 그것이 의미의 공백을 형성함으로써 작품에 단일한 의미의 맥락을 부여하려는 시도에 저항한다. 이번 시집에서 이성복이 가장 공들이고 있는 것은 바로 그와 같은 저항의 가능성에 대한 탐색이다. 아직은 작고 미약하지만, 그것은 '다른 시간, 다른 공간'을 꿈꿀 수 있는 능력의 실험이라는 점에서 더없이 소중하다.

7. 창조적 기억을 위한 진혼가
: 이동순의 『홍범도』

이동순의 『홍범도』는 200쪽 안팎의 아홉 권으로 된 거대한 규모의 시적 건축물이다(『홍범도』는 작품 본문 9권과 사진 자료 및 인명록과 낱말풀이를 모은 별책 1권으로 되어 있다). 시인은 이 작품의 장르적 성격에 대하여 스스로 '민족서사시'라 규정하였다. 그가 말하는 '서사시'의 의미가 'epic'인지 'narrative poetry'인지는 정확히 알 수 없다. 그러나 『홍범도』라는 작품을 통해 그가 의도했던 바는 작품 자체로써 충분히 짐작할 수 있다. 이동순은 홍범도(洪範圖 : 1868~1943)라는 한 인간의 생애와 그 생애의 무대였던 한 시대의 역사를 시의 형식을 통해 서술하고 노래하고자 하였다. 그리하여 이동순의 『홍범도』에는 한 인간의 생애와 한 시대의 역사와 이야기와 시가 나름의 독특한 긴장과 이완의 리듬 속에 결합되어 있다. 시인은 그러한 작업을 위해 역사가와 전기 작가와 이야기꾼과 시인의 직분을 동시에 수행해야 했을 것이다.

이 작품의 제9권에 첨부된 시인의 후기에 따르면, 시인이 이 작품을 최초로 집필한 것은 1984년이었다. 그러나 자료부족과 상상력의 고갈과 건강의 악화로 시인은 작업을 지속하여 진행할 수 없었다. 세월이 가면서 이 작품은 독자들의 기억에서 멀어져 갔으나, 시인의 마음속에서는 마치 고황에 든 깊은 병처럼 남아 있었다. 그러다가 시인은 새 천년을 맞이하는 2000년에 미국에서 이 작품을 형상화하는 일에 다시 집중적으로 매달리게 되었다. 그때 그가 거기에 있었던 것은 일리노이주에 있는 시카고대학교 동아시아학과 연구교수로 가게 되었기 때문이었다. 새로운 미래를 꿈꾸어야 할 시간에 시인은 어째서 과거의 역사를 되살리는 일에 매달리게 되었을까? 현대의 로마제국으로 비유되는 거대강국 미국에서, 유흥을 위한 최소한의 시설조차 보이지 않고 "백발의 노교수가 한아름의 책을 안고 걸어가는 광경만 자주 보이"는 시카고대학교 캠퍼스와 그 주변의 분위기 속에서 시인은 약소국가의 지식인의 그 어떤 사명에 대한 생각으로 전율했던 것은 아니었을까? 통일이 된다고 하더라도 강대국이 되리란 보장이 없는 처지에 두 동강으로 분단된 채 결정적인 화해의 계기를 마련하지 못하고 있는 조국의 분단상황이 새롭게 뼈아픈 현실로 다가오지 않았을까? 아마도 그랬을 것이다. 나라 잃은 시대의 고통스러운 역사에 대한 우리의 기억에 지금까지 주제화되어 있지 않았던 것을 찾아냄으로써 우리의 기억을 새롭게 하고 우리의 기억 속에 미래에 대한 희망의 자리를 마련하고자 한 것이 바로 이 작품 『홍범노』를 완성하는 작업이었을 것이다. 그런데 우리 역사와 연관된 기억의 무수한 계단들 가운데 하필이면 홍범도라는 계단을 시인은 다시 밟고자 한 것일까? 아마도 그것은 최원식의 지적처럼 "홍범도는 한때, 아니 지금도 여전히 기억의 피안에 방치되어" 있는 인물이기 때문일 것이다(여기에 인용된 최원식의 구절은 각 권의 표지 뒷면에 삽입된 짧은 발문 형식의 글에 나오는 부분이다). 역사의 의미를 탐색하는 작업과 연관된 기억의 행위 가운데 이미 알고 있는 것을 되풀이하는 기억은 다른 미래를 준비하는 데 아무런 도움이 되지 않는다. 지나간 과거의 역사를 새롭게 돌이켜 보고자 할 때 정말로 중요한 것은 낱낱의 세부 사실(史實)들을 편력하며 희망의 근거가 되는 창조적 기억을 살려내는 것이다. 이동순에게 홍범도의 생애는 창조적 기억을 향한 통로였던 것이다.

이동순의 『홍범도』는 그 표제가 가리키는 바와 같이 홍범도의 영웅적 항일투쟁의 과정을 이야기의 근간으로 삼고 있다. 그러나 이 작품에서 시인은 홍범도 한 사람의 영웅적 면모만을 부각시키려고 하지 않았다. 홍범도의 생애를 작품의 뼈대를 삼으면서도 시인은 그의 삶의 궤적에 포섭되는 다양한 인물과 사건들을 작품의 살로 삼아 하나의 유기적 전체를 긴밀하게 구축하였다. 홍범도의 활동 반경과는 거리가 먼 곳에서 일어난 사건들(기미년 만세운동, 관동 대지진 등)을 작품에 포섭했음에도 그것들이 중심적인 이야기의 전개와 결코 무관하게 여겨지지 않을 뿐만 아니라, 더 나아가 이야기의 중심축의 진행에 긴장과 이완의 계기를 마련해 주면서 작품의 역동성에 기여하고 있다. 워낙 긴 호흡의 서술적 흐름으로 이루어져 있는 터라 시로서는 지나치게 산문적일 수 있는 문제점을 해결하기 위해 시인은 독립군의 군가와 일본군의 군가를 기술적으로 삽입하였고, 판소리 사설조의 가락과 여러 가지 형태의 가사(歌辭)의 율조를 교차적으로 수용하였다. 다소 거칠게 느껴지고 또 지나치게 산문적이라는 느낌을 지울 수 없는 부분이 아주 없는 것은 아니나 시인이 공들여 조직한 내재율의 흐름은 이 작품에 시적 운율의 일관성을 부여해 주고 있다.

　대부분의 서사적 작품이 그렇듯이 이 작품은 전지 서술과 시점 서술의 교체에 의존하고 있다. 그런데 그처럼 일정한 사이를 두고 인물 시각 서술과 시인의 주석이 교체되는 가운데 특별히 시인이 격앙된 어조로 개입하는 부분이 더러 눈에 띈다. 특히 다음과 같은 부분이 그렇다.

　　　오, 가증스러워라
　　　항일무장의 힘을 연합하고
　　　통일시키는 일 무조건 반대하고 나섰던
　　　박 일리야 일파의 죄악이여
　　　오직 불복종 명분으로
　　　동족에게 함부로 총부리를 들이댄
　　　오하묵 일파의 무도함이여
　　　비열한 분열주의가 끝내 빚어내고만
　　　피비린내의 잔혹이여
　　　그 역사여

　　　그로부터
　　　30년 뒤에 일어난
　　　한반도의 유월전쟁도
　　　바로 흑하사변의 악령 되살아나서
　　　못된 발광질 친 것이었을까
　　　흑하사변도 유월 중순

한국전쟁도 유월 중순

아, 유월은

우리 민족 모두에게

저주와 원한과 파괴 충동으로 얼룩진

피의 계절이었나 보다

위의 인용부분은 작품에서 '자유시 참변'이라는 소제목 아래 '흑하사변'을 다룬 대목의 마지막 부분이다. '흑하사변'(혹은 자유시사변)은 1921년 러시아령 자유시(알렉세예프스크)에서 한국독립군 부대와 러시아 적군(赤軍)이 교전한 사건을 말한다. 한국독립군 가운데 하나인 사할린의용군이 러시아 적군의 포위와 집중공격에 쓰러진 참변이었지만, 근본적으로는 일쿠츠크파 고려공산당과 상하이 고려공산당 간의 대립이 불러일으킨 사건이었다(오하묵과 박 일리야는 양쪽의 핵심 인물이었다). 이동순이 작품에서 묘사한 바에 따르면, 이 전투에서 한국독립군 "272명이 포화에 죽고/37명의 장병들/아무르강에 그냥 뛰어들어 죽었다/나머지 250여명/전혀 그 자취 찾을 수 없었다"(러시아 적군에게 체포된 병사는 무려 917명에 달했다고 한다). 이 사건으로 인해 자유시와 그 인근에 결집했던 한국독립군 부대들이 무장해제를 당했을 뿐만 아니라 거의 해산되었으니 위의 인용부분에서 시인이 격앙된 어조로 그 안타까움을 토로하는 것은 지극히 당연하다고 하겠다. 이 전투에서 강영렬을 비롯한 여러 명의 병사들이 같은 민족끼리 서로 죽이는 비극을 피하기 위해 자결하였는데, 이동순은 주석을 통해 그들의 비극적 선택을 다음과 같이 평가하였다 : "동족간에/서로 죽이고 피 흘리는 살상은/참으로 뼈저린 일/분단 반세기 넘는 동안/이들처럼/맑고 순정한 마음 가진 사람/과연 몇이던가/몇이던가". 이 작품 전체에서 시인은 한국독립군 내부의 반목과 불화를 다룰 때마다 항상 격앙되고 비참한 어조로 안타까움을 토로한다(이러한 대목은 작품의 도처에 산재해 있다). 아마도 그것은, 이동순이 현재의 분단상황이야말로 우리 민족이 처한 가장 비극적인 현실이며 우리의 미래에 희망의 자리를 마련하는 데 가장 큰 장해가 된다고 생각하기 때문일 것이다.

이 작품에서 시인이 우리 기억의 피안에 방치되었던 홍범도의 생애와 그 영웅적 항일투쟁에 대한 기억을 되살리고자 한 것은 희망의 근거가 되는 창조적 기억을 살려내기 위함이기도 하면서 동시에 그의 넋을 위로하기 위함이기도 할 것이다. 시인은 작품의 말미에서 이렇게 노래하였다.

1984년 11월
멀고 먼
중앙아시아
낯선 이국의 도시 한복판
장군이 살았던 마을 앞길의 이름은
홍범도 거리가 되었고
무덤 앞에는 장군의 동상
우뚝 세워졌다
동포들이
한 푼 두 푼

정성 모아서 만들었다
누군가가
그분의 넋 거기 계신다 했다

내 오늘 이 북국
차디찬 거리까지 일부러 찾아와
구리로 빚은 흉상 앞에
눈감고 서서
기나긴 전투의 나날
비바람과 설한풍 가득한
님의 격정적 생애를 생각하노니
오,
장군이시여
줄곧 허공에 박힌 님의 눈빛은
지금도
떠나온 조국 땅
그리워하는가
(…)

　어쩌면 이동순의 『홍범도』는 그 위대한 생애에도 불구하고 우리의
기억의 피안에 방치되었던 홍범도의 넋을 위로하려는 하나의 장엄한
진혼곡일지도 모른다. 그러나 이 작품은 홍범도 한 개인만을 위한 진
혼곡은 아니다. '자유시참변'에서 죽은 병사들을 위하여 시인은 또한

이렇게 노래했다.

> 그 날
> 어이없이 죽은 병사들이여
> 내 이제야 그대들 위하여 눈감고 비노니
> 부디 노여운 원한 푸시라
> 푸시라

시인이 눈감고 빌며 달래는 영혼이 어찌 '자유시참변'에서 죽은 억울한 독립군 병사들뿐이겠는가. 작품에서 항일독립투쟁의 전투장면을 다룰 때, 시인은 기라성 같은 지휘관들의 눈부신 면모뿐만 아니라, 계급은 물론이려니와 이름조차 알 수 없는 무수한 독립군 병사들의 생생한 숨결을 함께 포섭하고자 그 묘사에 섬세한 배려를 하였다. 더 나아가 시인은 청산리 대첩의 빛나는 승리 이후에 일본군의 잔혹한 보복으로 인한 양민들의 참혹한 죽음을 함께 다루었다. 이 모든 것들이 나라 잃은 시대의 고통과 불행을 겪을 수밖에 없었던 모든 영혼들을 위한 진혼의 기도가 아니고 무엇이겠는가. 그런 의미의 맥락에서 이동순의 『홍범도』는 창조적 기억을 위한 진혼가이다. 그리고 이러한 진혼가가 더 이상 필요 없게 될 때 비로소 우리는 정말로 다른 미래를 향한 힘찬 진군가를 부를 수 있게 될 것이다.

8. '쌀밥'과 '사투리'의 유토피아
: 성기각의 시

　성기각 시인은 1987년에 등단하여 이제까지 세 권의 시집을 펴냈다. 『통일벼』 『일반벼』 『쌀밥 보리밥』 등의 시집 제목과 그가 펴낸 시론집(『한국 농민시와 현실인식』)의 제목은 그의 문학세계로 들어가는 문을 열기 이전에 이미 우리에게 어떤 정보를 제공해준다. 시론집의 제목에서 '농민시'라는 기호표현의 기호내용을 우리는 그의 시집들의 제목을 통해 짐작하고, '현실인식'이라는 기호표현에서 '농민시'의 기호내용과 연관된 문제의식을 엿보게 된다.

　'현실인식'은 한국 근대사에서 특권적 기호표현 가운데 하나였다. 근대 이후 우리 사회는 거의 언제나 심각한 문제를 안고 있었다. 해결해야 할 문제들에 대한 관심과 그 문제들을 풀기 위한 노력과 연관된 인식을 우리는 '현실인식'이라는 기호표현을 통해 가리키고자 하였다. 자신의 문제를 명확하게 규정하고, 다시 그것을 폭넓은 사회적 맥락 위에서 해석할 수 있는 사람을 우리는 지식인이라 규정할 수 있다. 그런 지식인에게 '현실인식'은 필수적으로 갖추어야 할 덕목이었다. 시인은 시를 짓는 사람이지만, 우리 시대와 사회는 시인에게 지식인이 되기를 강권한 면이 없지 않다. 우리 현대시사에서 김수영·신동엽·김지하·신경림 같은 시인들이 독자들의 지속적인 사랑을 받아온 것도 그러한 사정과 무관하지 않다. 한 시대의 사회가 안고 있는 심각한 문제들에 대한 적극적인 관심과 고민이 담겨 있는 작품들에서 독자들은 미학적 평가 이전의 어떤 감동을 받아왔던 것이다. 김수영은 시인에게 시인을 발견하는 임무를 제외한 그 어떤 다른 임무를 부과하지 말아달라고 요청하기도 하였다. 그의 요청은 지식인의 역할을 제대로 수행하는 일의 어려움과 연관된 것이었다. 그렇다고 시인의 임무가 현실의 문제와는 전혀 무관한 문제를 해결하는 데 있다고 주장하려는 것이 김수영의 취지는 아니었다. 현실의 문제를 고민하면서 그 문제의 해결과 연관된 진지한 발언을 해야 하는 지식인으로서의 임무와 함께 시인에게는 미적 형상을 통해서 현실의 문제에 관여해야 하는 예술가로서의 임무가 '동시에' 주어져 있다는 사실을 김수영은 강조하고자 했던 것이다. 우리 시사에서 시인에게 부과된 그 두 가지 임무는, 어느 한쪽을 위해 다른 한쪽이 배제되어야 한다는 양자택일의 논리로 제시되어 왔다. 김수영이 비판하고자 한 것은 바로 그러한 양자택일의 논리였다. 어느 한쪽이 강조된다고 해서 다른 한쪽이 배제되는 것이 아니라 한쪽으로 동시에 다른 한쪽을 밀고 나가는 것, 그것이 온몸으로 동시에 온몸을 밀고 나간다는 김수영의 '온몸 시론'의 요체이다. 김수영이 살았던 시대와 비교할 때, 우리는 그가 고민하고 고통 받았던 문제들로부터는 훨씬 자유로운 시대를 살고 있다. 그러나 다른 한편으로 생각할 때, 우리가 누리는 자유는 현대적 전체주의의 세련된 조작에 의해 위장된 것인지도 모른다. '현실인식'도 과거에 비해 특권적 기호로서의 힘을 많이 잃어버린 듯하다. 그럼에도 우리 시대와 사회에는 진정한 의미에서의 자유가 없고, 해결해야 할 무수히 많은 문제들이 있다. 성기각의 시와 시론에 담겨 있는 현실인식은 그런 문제들을 진지하게 고민해 보도록 유도한다.

성기각의 시들에는 도시와 연관된 이미지들이 거의 눈에 띄지 않는다. 그의 시는 철저하게 농촌 풍경을 배경으로 하고 있다. 작품에 포섭된 농촌 풍경의 내용들은 식물도감을 통해 비로소 그 형상을 확인할 수 있는 식물들이 아니다. 햅쌀, 멥쌀, 고구마넝쿨, 강아지 풀꽃, 봉선화 등과 같이 누구나 쉽게 알 수 있는 평범한 것들이다. 그처럼 우리가 쉽게 알 수 있어서 친근하게 느껴지는 대상들을 작품의 내용 안에 이끌어 들였음에도 성기각의 시는 우리에게 기묘한 느낌을 불러 일으킨다. 1930년대에 이상(李箱)은 "MJB의 미각을 잊어버린 지도 20여 일이나 됩니다"로 시작되는 「산촌여정」이라는 글에서 여러 가지 흥미로운 비유들을 보여주고 있다. 그 글에서 이상은 베짱이 울음소리를 여차장이 전차표를 찍는 소리로, 꿀벌의 날갯짓 소리를 르네상스 응접실에서 들리는 선풍기 소리로, 뽕 따는 여인을 전공(電工)으로 비유하였다. 전통적이고 토속적인 것들을 근대적이고 서구적인 것들에 연결시키는 비유의 그런 방식은 우리에게 의문을 던져준다. 감각의 직접성과 친밀함의 측면에서 볼 때 전자보다는 후자가 더 간접적이고 낯선 것인데도 불구하고, 이상은 오히려 친근한 것을 낯선 것에 연결시키기 때문이다. 1910년에 경성에서 태어나 생활한 이상에게는 전차표 찍는 소리와 전공의 모습이 더 친근하고 직접적일 수도 있었을 것이다. 그러나 동시에 이상의 비유 방식은 영화나 독서를 통해 얻은 간접 경험을 마치 직접적인 체험처럼 위장한 허위의식의 산물일 수도 있을 것이다. 여기서 중요한 것은 이상의 비유를 성립하게 한 체험의 진정성 여부가 아니다. 문제는 우리가 살아가는 이 시대의 풍경과 체험의 내용이다. 이제 우리에게는 근대적이고 서구적인 것들이 일상적 경험의 직접적인 내용이 되었다. 전통적이고 토속적인 것은 우리에게 오히려 낯설고 간접적인 것이 되어 버렸다. 요컨대 서구적이고 근대적인 것들이 우리 일상생활의 중심이 되었고, 전통적이고 토속적인 것은 주변이 되었다. 성기각의 시는 그처럼 주변으로 밀려난 것들의 의미를 농촌현실과 연관된 문제들을 통해 묻고자 한다.

쌀알 만한 보조개로 깔깔거리는 딸아이와

쌀바압! 보리바압! 놀이를 한다

두 손을 오뉴월 벼꽃처럼 펴고 있는

딸아이 도톰한 손바닥 안을

힘줄 굵은 내 주먹이 들락거린다

자꾸만 보리바압! 보리바압! 하는

이 정직하지 못한 중년 나이를 잡기 위해

깔깔거리는

햅쌀 맑은 열두 살 딸아이 눈망울을 본다

저 눈망울에서 문득

묵은 쌀가마니 밑에서 저승가신 아버지를 생각한다

항상 정부미에 속으면서도

일반미를 붙잡으려고 애쓰시던 정직한 농사꾼

우리 아버지를 생각한다

이제는 저승에서도 쌀밥이 남아도는데

왜 자꾸만 보리바압! 보리바압! 이라고 속이며

손녀를 애 태우게 하느냐고

이 못난 막내아들을 나무라고 계실 것 같은

우리 아버지

그 멥쌀 같이 맑던 눈빛을 생각한다

오늘은

딸아이 저 앙증맞은 손바닥 안에서

아버지의 기름진 논바닥 안에서

쌀바압! 하며 온몸으로 무너지고 싶다.

—「쌀밥 보리밥」 전문

　위의 작품에서 화자는 자신의 딸과 함께 "쌀바압! 보리바압! 놀이"
를 하고 있다. 한 사람이 두 손을 모아서 주먹크기만 한 공간이 생기
도록 펴고 있으면, 다른 사람이 주먹을 쥐고는 "쌀바압! 보리바압!"을
외치면서 그 공간에 집어넣었다 빼는 행위를 반복하는 놀이, "보리바
압!" 하고 외칠 때는 그냥 통과시켜야 하고 "쌀바압!" 하고 외칠 때는
상대방의 주먹을 붙잡아야 하는 놀이. 아버지와 함께 놀이를 하는 딸
아이는 "쌀알만 한 보조개로 깔깔거리"며 "두 손을 오뉴월 벼꽃처럼
펴고" 있다. 딸아이와 함께 놀이를 하다가 화자는 문득 "묵은 쌀가마
니 밑에서 저승가신 아버지"를 생각한다. 멥쌀같이 맑던 눈빛의 아버
지와 햅쌀처럼 맑은 눈망울의 딸 사이에 스스로 정직하지 못하다고
느끼는 화자가 있다. 딸아이의 "앙증맞은 손바닥"과 아버지의 "기름
진 논바닥"은 화자에게 모두 '정직'을 환기시키는 표지들이다. 그런데
작품의 내용에 화자가 스스로 정직하지 못하다고 느끼는 이유는 제시
되어 있지 않다. 밝고 즐거운 분위기의 전반부에 어둡고 침울한 분위
기의 후반부가 연결되어 있는 이 작품에서 화자가 느끼는 고통의 원

284

인이 어쩌면 자신이 정직하지 않다는 사실에 있지 않는지도 모른다. 화자가 상상을 통해 이끌어낸 아버지의 말, 즉 "이제는 저승에서도 쌀밥이 남아도는데"라는 아버지의 말에 화자가 느끼는 고통의 진짜 이유가 있을지도 모른다. 경제적 형편이 어렵던 시절에 '쌀밥'은 생활 의 넉넉함을 가리키는 기호표현 가운데 하나였다. '쌀밥 보리밥 놀 이'에서 다른 그 무엇이 아니라 '쌀밥'과 '보리밥'이 구호로 채택된 이 유도 그러한 사정과 무관하지 않을 것이다. '쌀밥'은 현재에는 결여되 어 있는 생활의 여유를 환기하는 기호표현이었다. 그것은 '보리밥'으 로 상징되는 현재의 경제적 곤궁함 속에서도 미래의 풍요로움을 소망 하게 하는 꿈의 언어였다. 화자가 상상을 통해 구성한 아버지의 말처 럼 이제는 저승에서도 쌀밥이 남아돌 정도가 되었다. 그러나 꿈을 통 해 소망하던 진정한 풍요로움은 성취되지 않았다. 소망의 기호표현이 었던 '쌀밥'이 이제는 현실이 되었지만 농민의 상황은 전혀 개선되지 않은 것이다.

　수출 중심, 공업 본위로만 밀려나가는 국가 정책은 내수의 기반을 파괴하고 대도시 이외의 국토 전체를 황폐화시킨다. 국가 정책의 그 와 같은 편파적 메커니즘은 농민을 세계 농업 문제의 희생 제물로 선 락시킨다. 농지세와 수세 등의 조세 체계, 경직 면적과 군용지의 비 율, 미국 잉여 생산물의 교란작용, 생산자 판매가격과 소매상 판매가 격의 차액, 평균이윤과 지대의 관계 등이 형성하는 세계 농업 문제의 중심에 한국 농민의 절망이 자리잡고 있다. 한국 농업의 경우에 경작 면적과 경작 기술의 조정 이전에 국가의 복리 기금에 의존하지 않으 면 해결할 수 없는 역사적 사정이 있다(위의 작품에서 '일반미'와 '정부미'

라는 기호표현들이 맺고 있는 긴장관계가 바로 그러한 사정을 대변해 준다). 가까이 1980년대와 비교해 볼 때, 농민의 수효가 백만 가구 정도로 줄어서 국가의 부담이 많이 줄어들었음에도 불구하고 현재의 경제 규모에 비추어본다면 농민의 상황은 전혀 개선되지 않았다고 평가할 수 있다. "세범이도 병달이도 도회로 떠나고" 자신마저도 "이제는 고향 산천 부모형제 모두 버리고/마산으로 도망하고 싶은/의령댁 큰아들 60년생 달수"로 대표되는 농촌 젊은이들의 좌절에도 불구하고(「달수」), 정부는 이제 공허한 약속조차도 하려 들지 않는다.

「쌀밥 보리밥」에서 화자의 아버지는 심은 대로 거둔다는 땅의 순리를 믿으면서 "항상 정부미에 속으면서도/일반미를 붙잡으려고 애쓰시던 정직한 농사꾼"이었다. 현실의 체계가 아무리 투쟁과 갈등의 원리로 되어 있다고 하더라도, 백만 년의 인류사를 통하여 자연스럽게 형성된 것이 정직과 관대의 기율이다. 정직과 관대의 기율은 사람됨의 최소 도덕이다. 「쌀밥과 보리밥」에서 화자가 느끼는 고통은 자신이 정직과 관대의 기율을 따르지 않고 있다는 사실의 인식에 있지 않다. 고통의 진짜 이유는 정직과 관대의 기율에 따르는 삶에도 불구하고 현실이 개선되지 않는다는 데 있다. 그러나 개선되지 않는 현실의 문제와 관련하여 성기각은 민중의 총봉기와 같은 신화를 믿지 않는 것 같다. 그의 시편들 어디에도 "싸우자"라는 과격한 구호가 눈에 띄지 않기 때문이다. 개선되지 않는 현실과 그런 현실 속에서 겪는 좌절과 고통에도 불구하고 성기각은 정직과 관대의 기율을 포기하지 않는다. 「화왕산 억새꽃」이 보여주는 비극적 비전의 아름다움은 그에 따른 자연스런 귀결일 것이다.

가네 황새들 떼지어

이 나라 남녘 산맥 하나 넘어 가네

억압에 맞아

허리 부러진 역사 한 장이

낭자하게 피 흘리며 가네

풀어제낀 상투머리 희게 날리며

조선의 할배들이

보무도 당당하게 걸어서 가네

두들겨 맞고 짓밟히면서

낑낑낑 봉화 연기 올리는 마지막 산야로

가네 출렁이는 흰 들판으로

광목 저고리 입은 우리 나라 할매들이

비좁은 어깨들을 오순도순 맞대고

캄캄한 한 시대를 울면서 가네

태백산맥을 넘어

개마고원 장백산맥에 당도할 때까지

오열하며

오열하며 버선발로 가네.

— 「화왕산 억새꽃」 전문

경상남도 창녕에 있는 화왕산(火旺山)의 '십리억새밭'을 배경으로 하고 있는 위의 시에서 성기각은 어두운 시대를 울면서 가는 사람들에 억새꽃을 비유하였다. 이 시의 초점은 고통받고 상처 입은 사람들의 불행에 있지 않고, 고통과 상처를 통하여 이룩해내야 할 행복에 대한 비극적 비전에 있다. "태백산을 넘어/개마고원 장백산맥에 당도할 때까지"에서 확인되듯이 성기각은 그러한 행복의 상징을 민족의 과제인 조국 통일의 이미지와 연결시킨다. 통일은 민족 모두가 죽을 때까지 일심으로 풀려고 공들여야 할 문제이지, 국가 권력이 기간을 정하여 완수하여 제출해야 할 정책적인 사무가 아니다. 우리 모두가 염원하는 평화와 행복의 문제는 그 본질상 통일의 문제와 크게 다르지 않을 것이다.

> 보아라 춤추는 한반도 들녘
> 칠팔월 이 아득한 햇살에 찔리며
> 푸른 잎사귀 눈 시리게 내놓는
> 저 자식들 좀 보아라
> 남녘땅 삼랑진에서 북녘땅 신의주까지
> 마파람 한줄기에도 사그랑거리는
> 북녘 남정네여 남녘 여편네여
> 그리운 통일
> 저 쌀밥을 보아라
> 몸통마다 수북수북 알을 배고서
> 얼쑤얼쑤 사투리 넌출로 몸을 흔드는
> 이 나라 굵은 강들을 보아라
> 눈발처럼 흩어져 북으로 날아가는
> 꽃가루 희디흰 저 눈매를 보아라.

—「통일벼」전문

통일에 대한 나름의 비전을 제시하고 있는 위의 시에서 우선 주목되는 점은 '통일벼'라는 기호표현의 쇄신이다. 애초에 '통일벼'는 새롭게 개발된 볍씨의 품종에 붙인 이름이었다. 그러한 명칭을 부여한 데에는 통일에 대한 염원을 담아보자는 취지도 있었겠지만, 국가 정책의 효율적 전파라는 관료주의 메커니즘이 개입된 혐의도 아주 없지는 않다. 아무튼 지금은 하나의 상품을 가리키는 기호 수준으로 전락한 '통일벼'가 이 작품에서는 민족의 염원인 "그리운 통일"을 가리키는 상징으로 거듭난다. 성기각은 작품에서 "그리운 통일"과 "쌀밥"을 동일한 맥락으로 포섭한다. "남녘땅 삼랑진에서 북녘땅 신의주까지" 푸른 잎사귀의 시린 빛깔로 춤추는 한반도 들녘에 "사그랑거리는" 화해의 분위기는 정치적 차원의 통일을 형상화하면서, 동시에 "쌀밥"이 환기하는 기호내용을 통하여 보다 근원적인 통일과 화해의 의미로 확산된다. '쌀밥'은 단순히 좋은 음식이나 물리적 포만감을 가리키는 기호표현이 아니라, 물질적인 풍요와 심리적인 만족을 함께 아우르는 총체적인 행복의 상징이기 때문이다.

필자 개인의 관점에서 보자면, 성기각의 「통일벼」는 신동엽의 「껍데기는 가라」와 유사하다는 느낌을 받게 한다. 특히 "남녘땅 삼랑진에서 북녘땅 신의수까지/마파람 한술기에도 사그랑거리는/북녘 남성네여 남녘 여편네여"라는 구절은 「껍데기는 가라」에 나오는 "아사달 아사녀가/중립의 초례청 앞에 서서/부끄럼 빛내며/맞절할지니"라는 구절과 그 시상의 측면에서 매우 닮아 보인다. 여기서 신동엽의 「껍데기는 가라」를 이끌어들인 이유는 「통일벼」의 개성과 새로움에 의문을 제기하려는 데 있지 않다. 필자의 진정한 의도는 통일에 대한 비전과 관련하여 「통일벼」가 나름으로 도달한 특별한 성취를 강조하려는데 있다. 위의 시에서 필자가 각별히 주목하는 부분은 "몸통마다 수북수북 알을 배고서/얼쑤얼쑤 사투리 넌출로 몸을 흔드는/이 나라 굵은 강들을 보아라"라는 구절이다. 그 구절에는 낱알들이 주렁주렁 매달려 있는 벼 포기의 모습과 그 포기들이 모여 이루어진 논들이 강줄기처럼 한반도에 수놓아진 모습이 겹쳐져 있다. 통일은 적대적으로 갈라져 있는 두 부분을 하나로 통합하는 과정이다. 그런데 하나의 전체로 통합되는 과정에서 부분들이 억압되는 경우가 종종 있다. 앞서 인용한 구절에서 "사투리 넌출로 몸을 흔드는" 강줄기들은 한반도 곳곳에 퍼져 있는 논들을 가리킨다. 그것은 단순히 한반도의 한 지역만을 의미하지 않는다. 그 지역에는 오랫동안 축적되어온 독특한 생명가치가 있고, 지역 주민들은 그 생명가치에 근거하여 나름의 문화를 보존하고 해석하며 창조하는 능력을 길러왔다. 위의 시에서 '사투리'는 그러한 능력의 표상이다. 요컨대 필자가 주목한 그 구절에서 강조되고 있는 것은 하나로 통합된 전체 속에서도 억압되거나 배제되지 말아야만 하는 부분들의 생명 가치이다. 성기각의 「통일벼」와 마찬가지로 통일의 염원을 담은 「껍데기는 가라」에서 신동엽은 그 마지막 연에 이르러 "껍데가는 가라./한라에서 백두까지/향그러운 흙가슴만 남고/그 모오든 쇠붙이는 가라"는 문명비판으로 나아간다. 이에 비해 성기각은 통합된 전체의 부분들이 지니는 독특한 생명 가치의 차이를 보존하려 한다.

성기각의 시는 공동으로 형성된 것, 설득력 있는 명증성, 논증된 진리를 추구한다. 이러한 특징들은 그의 시에 고전적인 품격을 부여한다(그러나 그러한 품격이 약화될 때 그의 시는 다소 낡았다는 인상을 주기도 한다). 현대시에서는 언어와 형식의 새로움과 연관된 자의식이 거의 신경증에 가까울 만큼 강조되는 경향이 있다. 그러한 경향의 극단에 이야기와 관념을 완전히 배제하고 시의 본원적 형식인 운율과 비유만을 포섭하여 작품을 구축하려는 '순수시'가 있다(필자가 말하는 '순수시'는 사회적이거나 정치적인 내용이 배제된 시가 아니라 관념이나 이야기와 같은 '시 이외의 요소'들이 완벽히 배제된 시이다). 현대시에서는 확정된 사물들을 거부하고, 개념으로 표상할 수 없는 사물들의 물질성에 잠재해 있는 신비를 포착하려 한다. 현대시에서는 또한 이 곳의 사물들을 다른 곳으로 옮겨 놓는 환경 전환을 핵심적인 투쟁의 방법으로 삼는다. 자기 형성의 가능성과 자기 변용의 능력을 자율적으로 실험할 수 있는 길이 전면적으로 봉쇄되어 있는 자본주의의 현대 사회에서 현대시의 흐름에 나타나는 그러한 경향들은 나름의 존재 이유를 지닌다. 감각적인 현대어를 적당히 삽입한 언어의 조탁이나 세련되어 보이는 이미지의 나열과 구성만으로는 진정한 의미의 현대시가 되지 못한다. 그러한 것들은 가벼운 장식과 공허한 수사에 불과하다. 성기각은 형식의 유희가 빠져들 수 있는 그러한 가벼움과 공허함을 반대하고, 미국이나 권력 구조에 대한 투박한 비판이나 난순한 민족적 사립의 비전만을 시의 중심에 놓음으로써 새로운 미적 형상의 제시에는 지나치게 소홀했던 80년대 '민중시'의 경향에도 반대한다. 성기각의 시는 고통 받고 상처 입은 사람들의 사연과 마음을 시의 질료로 적극 포섭하고자 한다. 성기각이 지향하는 시는, 언젠가 김수영이 제시했던 것처럼 "높은 윤리감과 예리한 사회의식에서 소박하고 아름다운 고도한 상징성을 지닌 민중의 시"일 것이다. '쌀밥'과 '통일벼'와 '사투리'에 내재해 있는 유토피아에 대한 적극적인 비전을 통해 우리는 성기각의 시에서 그러한 '민중의 시'의 한 가능성을 엿본다.

9. 불가능을 향한 도정의 시
: 이영광의 『직선 위에서 떨다』

이영광의 『직선 위에서 떨다』는 그의 첫시집이다. 이영광은 60년대에 태어나서 80년대에 대학을 다녔으며 현재 30대이다. 삶의 이력에 이 세 가지 요소들을 공통항목으로 지니고 있는 사람들을 우리는 386세대라고 부른다. 386세대라고 부를 때 거기에는 그렇게 불리는 세대를 규정하는 어떤 틀이 있다. 386세대에 속한 많은 사람들은 하루도 빠짐없이 그 틀이 지시하는 시대 상황의 구속에 직면하면서 살았다. 그 구속을 마음에 민감하게 받아들였던 사람이 있는가 하면 애써 외면하고자 했던 사람도 있었다. 전자에 속한 사람들은 그들의 민감한 반응을 불온한 것으로 치부하는 제도 때문에 항상 불안했고, 후자에 속한 사람들은 불온한 것이 오히려 정의로운 것이라는 사실을 알고 있었기에 언제나 부채 의식에 시달려야 했다. 그처럼 불안이나 부채 의식에 시달리며 살아가던 당시 그들의 나이는 미숙한 상태에서 성숙한 상태로 변모하는 성년식 설화(the story of an initiation)의 주인공들의 나이와 같았다. 미숙에서 성숙으로 변모하는 과정이었는지는 알 수 없으나 그들 역시 나름의 과정을 거치면서 성장했고, 대학을 떠나 사회로 진입했다. 그리고 그 시점에서 세상이 갑자기 바뀌었다. 정도의 차이는 있을지 모르지만 세상의 불의와 허위에 대한 보편적 부정과 절대적 비순응주의를 정의롭고 진실한 것이라고 믿는 눈에는 환멸로 다가올 수밖에 없는 그런 세상이 되어버린 것이다. 이영광의 『직선 위에서 떨다』는 그런 세상 속에서 방황하는 자의 이야기이다.

　나는 이영광 시인의 대학 시절을 알지 못한다. 그러나 나는 "언젠가 책을 넣어 줄 때와 비슷한 기분으로 책 대신에 흙을, 흙빛의 현세를 그의 닫힌 문에 뿌린다"는 「독방」의 구절을 통해 그의 대학 시절을 미루어 짐작할 수 있다. 역시 짐작에 불과하지만, 그런 경험을 지닌 그의 내면을 읽는다(그 내면과 관련하여 시집의 해설을 쓴 황현산은 '유비적 사고'라는 비유를 사용하였다). 이 시집 여러 곳에서 간간이 엿보이는 그의 생애 이력과 연관된 불충분한 정보를 통해 그의 대학시절을 재구성하는 것은 위험천만한 일일 것이다. 그럼에도 그런 정보들은 황현산이 '유비적 사고'라고 명명한 삶의 관점과 그가 나름의 관계를 맺었다는 사실을 알려 준다. 세상을 바꾸어야 한다는 사실의 필연성과 당위성에 대한 믿음에도 불구하고, 그는 갇힌 공간에 있는 친구에게 책을 넣어준 경험은 있어도 넣어주는 책을 받아본 경험은 없는 듯하다. 어쩌면 그런 경험을 하기도 전에 세상이 바뀌어 버렸는지도 모른다. "수정할 수 없는/직선"에 대한, "너무 단호하여 나를 꿰뚫었던 길"에 대한 선택과 그 선택에 대한 자부심에도 불구하고(「직선 위에서 떨다」), 어느 날 갑자기 그 길이 사라져버린 것을 알게 된 자에게 남는 것은 무엇일까.

출렁이던 푸른 살이

침묵의 흰 뼈가 되었으므로

폭포는 세상에 나가지 않는다.

흘려 보낸 물살들이 멀리 함부로 썩어

아무것도 기르지 못하는 걸 폭포는 안다

—「빙폭1」부분

"계절과 주야를 가리지 않고/고매한 정신처럼 쉴 사이 없이 떨어"
(김수영, 「폭포」)지던 물이 얼어붙은 '빙폭'은 "서 있는 물/물 아닌 물"
이다. 폭포가 세상에 나가지 않는 것은 부패한 세상을 치유할 수는 없
다고 하더라도 최소한 그 부패에 물들지 않기 위함이다. 스스로 믿는
정의와 진실로 세상의 불의와 허위를 바꿀 수는 없다고 하더라도 적
어도 불의와 허위에 대한 부정과 비순응주의만큼은 굳건히 간직하기
위함이다. 그런 안간힘을 이영광은 「빙폭3」에서는 이렇게 노래한다.

이월의 하느님이/협곡에 기대인 폭포를/천천히,/쓰러뜨린다//허허한 공
중의 칼에 베인/지상의 허허한 빈 몸//나는 그 분이/빙폭의 투명한 두 손
을 적시며/말없이/사라지는 걸 본다//무언가를 통과시키기 위해/번뜩이며
뼈를 드러내는 개울들/눈발에 허옇게 깎인 바위 절벽, 그리고/금욕처럼 단
단한 저 고요,/협곡은 이미 협곡을 빠져나가고 없다/여기 없는 것은/이 세
상에 없는 거다//다만 뼈에 붙은 마음을 반드시 꺼내 가려는 듯/삭풍의 억
센 손아귀가 몸을/들었다 놓았다/들었다 놓았다, 한다

—「빙폭3」전문

294

　　빙폭의 견고함은 실천의 원심력이 아니라 부정의 구심력이 작동한 결과이다. 빙폭의 투명한 순수는 불결한 욕망을 남김없이 비워 버림으로써 얻어진 것이다. 그런데 견고함과 투명함의 완성은 절대의 적멸일까? 썩은 물은 아무것도 기를 수 없기 때문에 썩지 않기 위해, 기를 수 있는 사랑의 힘을 간직하기 위해 스스로 얼어붙어 이룩한 순수는 아름답다. 그러나 그렇게 간직된 순수에도 불구하고 세상은 여전히 순수하지 않다면, 그 순수는 이 세상에서 어떤 의미를 지니는 것일까. 모름지기 사회적 실천에는 항상 이해타산이 개입되기 마련이므로 그런 이해타산이 개입된 타협이 없는 절대적 순수는 의미 있는 것이 아닐까? 저항의 실천을 부정의 저항 안에 가둠으로써 사회적 실천의 행동 능력을 희생시키지만, 저항에 의해 구축된 순수 속에 새로운 체험을 발견할 수 있는 힘을 보존함으로써 기존의 세계와는 다른 세계를 꿈꿀 수 있는 능력을 간직할 수 있지 않을까? 위의 시에서 화자는 "다만 뼈에 붙은 마음"의 가치에 대한 믿음을 보여주긴 하지만, 방금 제기한 질문들에 대해 확고하게 긍정적인 답을 하는 데에는 주저하는 것 같다.

　　견인주의의 극단적 실천을 통해 이룩할 수 있는 절대의 순수에 대한 지향을 비껴 가는 지점에 사기 분석의 시편들이 있다. 사기분석은 자신의 삶의 태도를 대상으로 한 것이면서 동시에 환멸의 세상을 대상으로 한 것이다. 그런 분석은 자신과 세상의 허위에 대한 폭로를 수반하지만, 그것은 어떤 각성이나 발견에 이르지 못하고 자기연민으로 귀결되는 경우가 있다(「함박눈」과 「정릉천」이 그렇고, 「관심」이 또한 그렇다). 나는 그가 빙폭의 견고함을 자기 분석의 시로도 이끌어와야 했다고 생각한다. 자기분석의 철저함은 자기폭로의 강도와 비례하게 될 것이며, 그것이야말로 일상에서 사이비 욕망을 남김없이 비워버리는 행위가 될 것이기 때문이다.

　1998년에 등단한 이영광이 이 시집을 펴내는 데 걸린 시간은 5년이다. 그러나 시집 말미에 실린 '시인의 말'에서 그는 처음 시를 배운 "어리고 외롭던 시절"을 기점으로 하여 이 시집을 펴내기까지 무려 17년이 걸렸다고 고백한다. 그 세월 동안 그가 결코 버릴 수 없었던 것은 사회적 실천과 연관된 윤리에 대한 감각과 인식이었으며, 또 이 시집을 낳게 한 시쓰기였다. '시인의 말'에서 그는 "나는 시의 특수한 문법을 단련하지 않고 그것을 채울 마음을 찾아다녔다. 몸보다 더 뜨거운 몸, 몸부림에 깊이 끌렸다"라고 말한다. 그가 말하는 '마음' 없이 단련하는 '시의 특수한 문법'이란 기껏해야 고급수사학에 불과할 것이다. 깊이 끌린 몸부림에 바탕을 둔 그의 시는 아름답고 진실하다. 자신과 세상의 허위를 분석하고 폭로하는 그의 목소리는 우리를 긴장하게 하고 우리 자신이 밟고 온 자리를 뒤돌아보게 하는 힘이 있다. 그의 시가 보여주는 그런 힘은 쉽사리 얻어질 수 없는 시의 미덕이다. 여기서 나는 그에게 조심스럽게 묻는다. 그가 말하는 '마음' 없이 좋은 시는 결코 이루어질 수 없지만, 그 '마음'만으로 좋은 시가 이루어지는 것은 아니지 않을까?

　'시인의 말'에서 이영광은 이렇게도 말한다 : "아마 시의 매혹은 불가능을 주물럭거리는 데 있을 것이다." 나는 그 구절에서 '불가능'에 밑줄을 긋는다. 나는 그 말이 누군가의 책에서 빌려온 말이라고 생각하지 않는다. 나는 그것이 17년 동안 그가 결코 포기할 수 없었던 세상의 정의와 진실에 대한 탐문의 과정에서, 시쓰기를 통해 세상의 불의와 허위를 분석하고 폭로하는 과정에서 얻어진 발견과 각성의 내용일 것이라고 생각한다. 이번 시집의 도처에서 확인되는 그의 절망과 고통의 주요한 원인은 새로운 세계의 기획과 같은 역사적 행위의 차원이 폐쇄되어 있다는 데 있다. 생산과 이윤의 이데올로기가 전면적으로 지배하는 시대에 희망을 노래할 수 있는 언어행위의 장소는 그 어디에도 존재하지 않는다("희망을 노래하는 일은 꿈속에서도 꿈 같아서", 「정릉천」). 세계는 이미 향기와 색채를 잃어버렸으므로 세계의 모방과 재현이 시의 진실을 보증할 수 없게 되었다. 통계학을 포함하는 사회과학이 세계를 인지하는 수단이 되었으므로 시는 이제 세계를 인지하는 수단이 될 수도 없다. 이제 시는 다만 언어의 불가능한 모험일 수밖에 없다. 바르트는, 그의 『텍스트의 즐거움』에서, '언어를 바꾸자'는 말라르메의 선언은 '세계를 바꾸자'는 맑시스트의 구호와 공존한다고 말한 바 있다. 바르트의 주장처럼 우리는 말라르메의 선언을 정치적으로 수용할 수 있다. 그러한 수용은 문학 언어의 어떤 윤리를 자극한다. 시의 매혹이 불가능을 주물럭거리는 데 있다는 이영광의 발견은 문학의 어떤 윤리에 대한 자각과도 통할 것이다. 나는 이영광이 「빙폭」 연작에서 보여준 강인한 견고함과 투명한 순수의 세계 앞에서 머뭇거리지 않기를 기대한다. 세상의 불의와 허위에 대한 부정(저항)에 의해 구축된 순수 속에 새로운 체험을 발견할 수 있는 힘을 보존함으로써 기존의 세계와는 다른 세계를 꿈꿀 수 있는 능력이 거기에 간직될 수 있다고 믿기 때문이다. 빙폭의 견고함과 순수함에 대해 말하는 것이 아니라 시 자체가 빙폭의 이미지가 되는 것, 그것이 그 나름으로 언어의 불가능한 모험을 수행하는 길일 것이다.

10. 우리 시대 여성들이 소망하는 것
: 양귀자의 『나는 소망한다 내게 금지된 것을』

　1992년은 내게 무엇이었는가? 금년에 중학생이 되는 나의 첫아이
가 태어난 해이다, 내게 1992년은. 당신에게는 무엇이었는가? 아마
도 당신 역시 자신에게 나름으로 의미 있었던 사건을 통해 1992년을
기억할 것이다. 그렇다면 우리에게 1992년은 무엇이었는가? 1910년
이나 1945년 혹은 1950년이나 1960년처럼 우리 개개인의 생애 이력
과 직접적인 관련이 없음에도 어떤 형태로든 우리 삶에 영향을 미치
는 그런 큰 사건이 있었던 것 같지는 않다, 1992년에는. 그러나 14대
국회의원 총선거(3. 24)와 14대 대통령 선거(12. 18)가 있었다. 1992년
은 독립국가연합(Commonwealth of Independent States : CIS)이 탄생
함으로써 소련(Union of Soviet Socialist Republics : USSR)이 해체된 해
이기도 하다. 농민과 노동자를 상징하는 낫과 망치가 들어 있는 깃발
이 내려짐으로써 지구상에서 사회주의 실험이 실패한 채로 종말을 고
했던 것이다. 적극적으로든 소극적으로든 사회주의 실험에 나름의 의
미가 있다고 믿었던 지식인들에게 1992년의 그 사건은 글자 그대로
하나의 충격이었다. 1992년을 전후해서 우리 문단에 이른바 '후일
담' 문학이 등장했던 것도 그러한 시대 분위기와 결코 무관하지 않다.
잘 알다시피 '후일담' 문학은 사회의 변혁을 꿈꾸는 운동에 참여했던

298

인물이 시대의 변화 속에서 겪는 정신의 혼란과 마음의 상처를 다룬 작품들을 가리킨다. 아름다운 보편적 이념의 실현을 위해 개인의 행복을 희생했던 이상주의적 열정과 헌신이 한낱 착각의 산물에 불과했다는 자괴감에서 오는 고통, 그토록 경멸하고 증오했던 사회 체제의 모순을 먹고살기 위해 수락해야만 하는 자신에 대한 환멸 등이 '후일담' 문학을 대표하는 정서적 내용이었다.

　1992년은 우리에게 그렇게 다가왔다. 베스트셀러에 대한 환상과 무성한 소문이 위력을 발휘하기 시작한 것도 그 무렵이었던 것 같다. 하루에도 수많은 출판사가 생겨났고 동시에 사라졌다. 출판사들이 기업화되기 시작한 것도 그 무렵이었던 것 같다. 문인들이 오가다 들러 바둑을 두기도 하고 문학과 세상에 대한 환담을 나누던 '사랑방'의 공간은 출판사들에서 사라지기 시작했다. 한국 문단에서 여성 시인과 작가들이 이제까지 남성 시인과 작가들이 다루지 못했던 문제들을 제기하면서 양적으로나 질적으로 약진을 보이기 시작한 것도 그 무렵인 것 같다. 아무튼 그런 시절이었던 1992년에 교보문고가 발표한 베스트셀러(종합)의 목록을 보면, 여섯 권의 소설이 10위권 안에 올라 있다. 『소설 목민심서』(황인경), 『소설 토정비결』(이재운), 『벽오금학도』(이외수), 『나는 소망한다 내게 금지된 것을』(양귀사), 『매월당 김시습』(이문구) 등이 그것들이다. 그 가운데 양귀자의 『나는 소망한다 내게 금지된 것을』이 내게는 특별히 눈에 띈다(1978년 「다시 시작하는 아침」이라는 작품으로 『문학사상』 신인상을 수상함으로써 등단한 양귀자는 1992년에 소설가에게 주어지는 우리 문단의 대표적 문학상들인 '이상문학상'과 '현대문학상'을 수상하기도 하였다). 그 작품은 발표된 후 '여성주의' 논쟁을 불러일으켰으며, 그러한 사회적 파장 덕분에 영화와 소설로 각색이 되기도 하였기 때문이다.

다시 읽어 보아도 양귀자의 『나는 소망한다 내게 금지된 것을』은 작품의 완성도라는 측면에서는 허점이 많은 작품이다. 하나의 예술작품에는 작품 자체의 논리를 만족시켜야 하는 나름의 정합성(consistency)이 있다. 작품 바깥의 규준이 아니라 그와 같은 작품 내부의 규준에 따라 우리는 그 작품의 완성도를 평가한다. 양귀자는 '작가의 말'에서 "이 소설을 시작하면서 나는 엄정한 리얼리즘의 시선을 유보하기로 마음먹었다"고 하였다. 내게 보기에 양귀자가 유보한 것은 '엄정한 리얼리즘의 시선'이 아니라 작품의 '엄정한 정합성'이다. 작가의 말을 그대로 받아들이면, 양귀자는 작품의 '엄정한 정합성'을 유보함으로써 초래될 것이 뻔한 작품 완성도의 훼손을 감수하고서라도 무언가 의도하는 것이 있었다는 말이 된다. 실제로 이 작품은 우리 시대와 사회의 어떤 환부를 자극했다. 그 자극이 여성 독자들에게는 통쾌함을, 남성 독자들에게는 불편함(혹은 불쾌함)을 안겨주었다. 『나는 소망한다 내게 금지된 것을』이 자극한 우리 시대와 사회의 환부는 무엇이었을까?

강민주라는 스물일곱 살의 여성이 있다. 그녀는 남성을 극도로 혐오한다. 전화로 자신의 고민을 상담하고자 하는 여성들의 전화상담을 하는 상담소에서 자원봉사자로 일하는 그녀가 남편의 욕설로 상처받는 한 여성과 상담한 후에 기록한 글에 다음과 같은 구절이 있다 : "욕설과 일상 언어를 구분하지 못하는 것만 보아도 남자들은 미개인이다. 그들은 여태도 동물에서의 진화과정을 끝내지 못한, 아직 많은 부분 수성(獸性)이 남아 있는 야만인이다." 그녀의 지독한 남성 혐오에는 나름의 이유가 있다. 그녀의 아버지는 "도박과 술, 계집질과 남 등쳐먹는 사기, 밤낮으로 휘두르는 주먹과 입에 담을 수 없는 욕설" 로 요약되는 인물이다. 그런 아버지로 인한, 이루 말로 다할 수 없는 고통에 시달리다 그녀와 어머니는 그녀의 나이 열한 살이 되어서야 '그 남자'의 손아귀로부터 벗어날 수 있었다(강민주는 '그 남자'를 단 한 번도 '아버지'라고 불러 본 적이 없다). '그 남자'에게 새로운 먹이가 나타 난 덕분이었다. 그 후 어머니는 암달러상이 되어 엄청난 재산을 축적 하여 그녀에게 물려 주고 죽는다. 어머니가 그녀에게 물려 준 것은 재 산만이 아니다. 자신의 일을 돕던, 강민주와 동갑인 '남기'라는 이름 의 사내를 경호원으로 남겨 주었다. 강민주의 어머니에게 여러 가지 은혜를 입었으며 강민주를 마음으로 사모하는 남기는 그녀의 말이라 면 목숨도 내놓을 수 있는 그녀의 충직한 하수인이다. 강민주는 결코 미모의 여성은 아니다. 그러나 그녀는 스스로 다부진 결단력과 탁월 한 냉철함과 치밀한 두뇌의 소유자임을 자부한다. 엄청난 재산과 수 족처럼 부릴 수 있는 절대 충성의 사내를 소유한 강민주는 상담소의 전화상담을 통해 자신에게 부여된 특별한 사명을 깨닫는다 : "그랬 다. 나는 그녀들이 간절히 원하는 모든 것을 가지고 있었다. 그것도 아주 완벽하게. 나는 비로소 내가 초월자라는 것을, 응징의 대리인이 라는 것을 알았다." 그런 깨달음에 근거하여 그녀는 세상 전체를 적 으로 삼아 싸우기로 하고 '응징의 대리인'으로서 한 가지 일을 꾸민 다. 그것은 당대 최고의 미남 배우이자 연기파 배우인 백승기의 납치 이다. 화려한 연예계의 미남 스타라는 이유 때문에, 그리고 가정적인 인물이라는 이유 때문에 무수한 여성들의 선망의 대상이 되고 있는 백승기를 납치하는 이유는 무엇인가. 이 세상의 모든 남성을 혐오하는 강민주는, 그런 남성들 가운데 한 사람일 뿐인 백승기 역시 숨겨진 비리들이 있을 것이고, 납치 사건으로 그가 매스컴의 주목을 받는 가운데 그런 비리들이 밝혀질 것이며, 그로 인해 모든 남성이 나쁜 것이 아니라 자신의 잘못된 선택 때문에 자신의 남성에게 고통을 받고 있을 뿐이라고 착각하는 여성들의 환상을 깨줄 수 있으리라고 믿기 때문이다. 그러나 실제로 백승기를 납치해서 그와 함께 생활하는 동안 강민주는 그에게 연민과 동정과 애정을 느끼게 되고, 그녀를 연모하는 남기가 쏜 총에 맞아 죽는다.

앞서도 지적했다시피 『나는 소망한다 내게 금지된 것을』은 작품의 '엄정한 정합성'의 측면에서는 허점이 자주 눈에 띄는 작품이다. 그러나 남성중심주의 사회의 제도 속에서 이런저런 불평등을 감수하면서 직장생활을 하는 미혼의 여성들에게, 또한 가족 제도 내부에서도 남성들로부터 유형무형의 폭력에 고통을 받는 기혼의 여성들에게 경제적 여유에서 오는 강민주의 자유분방한 생활과 남성들에 대한 그녀의 적대감은 나름의 대리만족을 주었을 가능성이 높다(작품의 두 대목에서 강민주는 남기와 백승기를 흠씬 두들겨 팬다). 결국 『나는 소망한다 내게 금지된 것을』이 자극한 우리 시대와 사회의 환부는 남성 중심주의 사회의 제도적 불평등과 자신들에게 유리한 사회 구조에 편승하여 남성들이 휘두르는 파렴치한 폭력이었다. 일상생활에 작용하는 소단위 권력들을 비판하고 부르주아 문화에서 탈출하기 위한 모색 가운데 하나로 '여성주의'는 나름의 분명한 존재 이유를 갖는다. 양귀자의 『나는 소망한다 내게 금지된 것을』에는 그런 '여성주의'의 문제를 돌아보게 하는 힘이 있다.

남성이면서 문학평론가인 나는 우리 문학의 여성주의가 진정으로 폭발력을 획득하려면 고려해야만 하는, 남성들까지도 수용하지 않을 수 없는 어떤 진리에 대해 할 말이 전혀 없는 것은 아니나 그만 두기로 한다. 결혼하고 15년 동안 한 번도 아내를 때려 본 적은 없지만, 남성 중심주의 제도에 편승해서 아내에게 가했을 그 어떤 폭력으로부터 결코 자유롭지 못하다는 가슴 철렁한 반성이 들기 때문이다. 자신도 알지 못하는, 사실은 알면서도 모른다고 시치미를 떼고 있는 그런 폭력을 자행하지 않게 될 때 비로소 나는 '그 어떤 진리'에 대해 말할 수 있는 자격을 얻을 수 있게 될 것이다.

11. 여성이 세계를 보는 방법

1) 세상의 음모와 일상에 갇힌 자의 자의식
: 김형경의 「태풍주의보」

태풍의 진행과정과 동맹파업의 진행과정을 상징적으로 교차시키면서 이야기를 이끌어가는 치밀한 구성력. "승강기가 열리고 현재가 나타났다. 현재 속으로 한 발을 내디디며 등 뒤에서 자동으로 닫히는 과거를 느꼈다"나 "문득 허공에 매달린 두 사람이 좌우로 심하게 흔들리는 듯했다. 장식용 괘종시계가 좌우로 천천히 추를 흔들며 아홉 시를 알리고 있었다"라는 구절에서 확인되는 섬세한 문장력. 「태풍주의보」

는 소설 형상화의 지반이 되는 이들 두 힘의 합성에 의해 정교하게 직조된 작품이다.

잡지사 기자 현경희가 회사측의 지시에 따르지 않았다는 이유로 해고당했다는 것, 유독 남자와의 경쟁에 집요하고 승부욕이 강한 수석 기자 신부선은 굳이 동맹파업까지 가지 않아도 해결될 수 있는 현경희의 부당 해고 사태를 장기화함으로써 다른 어떤 효과를 유발하기 위해 동료 평기자들의 동맹파업을 유도한다는 것과 같은 의존화소들은, 이 소설의 골격을 형성하는 것임에는 틀림없다(최소의 설화 단위, 즉 설화의 원소를 話素라고 할 때, 소설의 골격을 이루는 것으로서 사건 전개에 없어서는 안 되는 화소들이 바로 의존화소이다. 그리고 작품에서 의존화소들을 제외한 나머지 부분들, 즉 사건의 전개와는 상관 없이 작가가 임의로 첨가·확대·부연·묘사한 부분을 가리켜 자유화소라 한다). 그러나 그것은 본문의 요약으로도 파악할 수 있는 빈약한 내용에 지나지 않는다. 이 소설에서 그런 의존화소들의 연쇄에만 주목할 경우, 동맹파업에 참가했던 동료들을 "완벽한 엑스트라로, 다만 정의가 승리한다는 사실을 습득하기 위해 동원된 꼭두각시"로 만든 파업 주동자 신부선의 양면성에 대한 풍자(부정과 비판)의 이야기로 파악할 수 있을 것이다. 그러나 이 소설의 전체 의미 구조에서 신부선의 양면성에 대한 풍자는 하나의 부분에 지나지 않는다. 「태풍주의보」에서 작가가 훨씬 더 세심하게 배려하고 있는 것은 '나'의 자의식에 관한 부분이다. 작품의 전면으로 전경화되어 있는 동맹파업의 전개과정도 실상은 '나'의 자의식을 열어보이기 위한 배경으로 보아야 한다.

그렇다면 '나'(황인형)의 자의식이란 어떤 것인가. 이 주제를 부각시키기 위해서는 화자의 다음과 같은 언표내용을 주목할 필요가 있다 : "사람들의 태도에 되도록이면 무심하려는 나를, 그들의 언행을 일일이 관찰하는 내가 싸늘하게 지켜보고 있었다." 그리고 그것은 다음의 의존화소와 긴밀하게 결합돼 있다 : 얼마 전에 집을 산 까닭에 비축한 생활비조차 없는데다 홀어머니를 모시고 있고 아내가 임신까지 한 '나'는 회사측의 회유와 협박으로 파업의 진행상황에 관한 정보를 넘겨주기 시작하면서 동료들과 회사측 사이에서 심각한 심리적 갈등을 겪는다. 그러니까 '무심하려는 나'는 자신의 스파이 행위에 대한 죄의식의 산물이고, '관찰하는 나'는 그럼에도 어쩔 수 없이 회사측에 정보를 넘겨야 하는 생활의 산물이다. 이렇게 서로 다른 두 '나'는 작품의 구조와도 관련된다. '무심하려는 나'는 사무실 창 밖으로 시선을 돌리기 일쑤이고 끊임없이 무수한 연상과 회상에 빠져들고(이 부분들은 주로 자유화소들을 형성한다), '관찰하는 나'는 파업의 진행과 관련된 회의의 결정 사항과 중요한 발언 등을 보고한다(그것들은 대체로 의존화소들을 형성한다). 앞서 말한 '나'의 자의식은 '무심하려는 나'의 무수한 연상과 회상을 통해 펼쳐진다. 그리고 그런 자의식은 자기혐오와 자기연민, 현실(혹은 일상)에 대한 적의와 끌림, 이상과 현실에 대한 해석 등을 내용으로 하는데, 그것들은 서로 연결되고 대립되면서 마치 전자장(電磁場)과 유사한 물결무늬를 그리며 작품의 주위로 퍼져나간다.

다른 소설도 다 마찬가지지만 「태풍주의보」와 같은 유형의 소설에서는 거의 모든 요소들이 작품의 구성적 계기로 작용하고 있기 때문에 그것들 모두가 저마다 중요한 것으로 존중되어야 한다. 특히 이 소설을 보다 넓고 깊게 읽기 위해서는 '나'의 자의식의 내용들, 바꾸어 말하면 자유화소들을 면밀히 분석하여 그것들 사이의 내적 연관을 파악하지 않으면 안된다. 지면상 한 가지만 지적하기로 한다.

이 소설에서 '나'는 사건의 전개와는 아무런 관련이 없음에도 자신(외아들)과 어머니(홀어미)와의 화해장면을 다소 장황하게 소개한다(그리고는 회사측의 재임용 제안을 거부하는 강경론자들을 비난한다). 언론사측과 평기자들의 갈등과 대립(부당해고와 동맹파업)을 골격으로 하고 있는 이 소설에서 그런 화해장면이란 대단히 이채롭다. 작가는 '나'와 어머니가 화해하는 것과 같은 방식으로 모든 갈등과 대립의 매듭을 풀 수 있다고 주장하는 것일까? 실제로 작가의 주장이 그런 것이라면 그것은 옳은 생각인가? 이런 문제들에 답을 할 수 있기 위해서는 작품으로 돌아가 자유화소들을 꼼꼼히 분석하고 그 관계들에 대해 숙고해야 하리라.

2) 끝이 보이지 않는 길의 아득함
: 이혜경의 「불의 전차」

소설 「불의 전차」는 영화 『불의 전차』처럼 두 명의 마라톤 선수의 이야기를 교차시키고 있다. 소설 속의 인물들은 영화에서처럼 실제 마라톤 선수는 아니다. 그들은 인생이라는 마라톤에 참여하고 있는 마라톤 선수이다. 영화에서 한 인물이 유태인이라는 근원적 상처를 지니고 있듯이, 이 소설에서 두 남자 역시 가난이라는 근원적 상처를 공유하고 있다(그런 상처는 원죄와도 같다). 유태인이라는 사실 때문에 받는 온갖 박해로 인해 무수한 마음의 상처가 생기듯이, 가난하다는 사실로 인해서도 무수한 상처가 생긴다. 이를테면, 콩밭을 매다가 호미에 찍혔는데 워낙 가난해서 병원은커녕 약방에도 못가고 그냥 신문지를 태운 재를 바르고 된장을 바르고 해서 낫긴 나았지만 흉터가 남고 그것을 닮은 생채기가 마음에도 생기듯이 말이다. 그런 상처의 소유자들에게 인생이란 남들보다 훨씬 뒤쪽에 설정된 출발선에서 스타트해야 하는 불합리한 달리기와 같다. 그리고 그들은 출발선상의 그런 불합리함을 극복하기 위해 출발이 유리했던 사람들로서는 상상조차 할 수도 없는 혹독한 세월 속에서 발버둥치게 된다. 이 소설은 인생의 마라톤에서 그처럼 불리하게 출발한 두 남자를 따뜻한 위로와 연민의 시선으로 지켜본다.

하지만 이 소설에서는 그렇게 지켜보는 일 이상은 일어나지 않는다. 이 점은 사제지간과 부부지간이라는 관계로 그 두 남자와 각각 연결된 현순의 태도와도 연결된다. 본질적으로 현순이 그들 두 남자에게 하고 싶은 태도는 다음과 같은 것이다 : "이제 그만, 이제 그만 울어라라는 말로 과부에게 수절 기간이 끝났음을 선포하는 인디언 족장처럼 현순은 말하고 싶었다. 이제 그만 뛰고 걸으렴. 쉬엄쉬엄." 앞만 보고 달리기에도 숨가빴던 그들의 곤고함에 본질적인 위로와 안식을 주고 싶은 것이 현순의 욕심이지만, 그것은 현실적으로 불가능하다. 말하자면 현순은 천사의 훈기를 지니고 있지만 천사의 권능은 지니고 있지 못하다. 그것은 당연한 일인데, 그녀는 실제로 천사가 아니기 때문이다. 그녀는 인간인 까닭에 그들 앞에 깊은 애정과 연민을 지닌 아내나 교사로서 나타날 수 있을 뿐이다. 대학을 갓 졸업한 처녀 교사 현순은 혹독하게 가난한 시골 고등학생들에게 "대학 졸업장보다 더

귀중한 것들이 얼마든지 있다, 사람됨은 학력과 무관하다, 대학말고도 인생을 배울 곳은 많다"고 말하곤 한다. 또한 남편과의 연애 시절 그녀는, 스스로 유치하다고 여기면서도, 세상을 헤치느라 굳어버린 그의 마음을 녹인다는 의미에서 붉은색—화(火)—따뜻함 그리고 사랑이라는 등식을 연상하며 빨간색이 주조를 이룬 티셔츠를 선물하고, 조금 쉬어가라는 의미에서 "일상의 걸음에 발목 거는" 노래들이 담긴 테이프들을 남편의 차에 넣어둔다. 그런 일들은 모두가 현순의 깊은 애정과 연민으로부터 나온 것이긴 하지만, 그들의 결핍을 근원적으로 보상해 주지는 못한다. 그처럼 그들의 고통과 곤고함에 근원적으로 참여할 수 없다는 자책감과 난감함 그리고 아득함, 그런 것이 작품 전체에 걸쳐 현순의 의식과 정서를 지배한다(사실 이 소설은 1인칭 화자의 시점으로 바꾸어놓아도 별 무리가 없는데, 작품에서 화자의 어조를 지배하는 것도 바로 그런 난감함과 아득함의 정조이다).

이 작품에서 두 남자의 이야기와 함께 뒤섞이는 또 하나의 선이 있다. 그것은 전업주부의 자의식과 관련된 것이다(작품의 시작과 끝에 배치된, 수족관과 관련된 자유화소도 물의 부패와 열대어의 죽음을 통해 전업주부의 자괴적인 자의식을 드러내고 있다). 현순은 따뜻한 애정과 연민으로 두 남자에게 다가가는 인물로도 작품에 참여하지만, 사회적 야망이나 성취욕 같은 게 선천적으로 결여되어 있다고 스스로 판단을 내린 끝에 전업주부가 되기로 마음먹은 인물로도 참여한다. 그리하여 "나는 몰랐다. 지금은 수렵시대가 아니었다. 돌도끼를 들고 사냥 나간 남편을 기다리며 짐승 뼈를 갈아 만든 바늘로 한가하게 털가죽옷을 깁고 있을 때가 아니었다"고 자책하기도 하고, 전업주부의 경제적 가치에 대해 강변하기도 한다. 작품에서 전업주부의 자의식과 관련된 현순의 태도는 매우 방어적이고 수세적이긴 하지만, 오히려 그런 태도 자체가 효과적인 문제제기에 기여하고 있다.

「불의 전차」는 매우 조용하고 담담한 소설이다. 구성상의 극적인 반전도 없고, 명확한 부정과 비판의 대상도 없다. 주인공이 끊임없이 어떤 진리의 근거에 대해 질문을 던지거나 어떤 것을 애타게 추구하다가 근거의 몰락을 경험하고 파국에 이르는 것도 아니다. 개인과 집단, 혹은 개인과 개인이 자신들의 이익과 관련된 어떤 문제로 인해 크게 갈등하지도 않는다. 그렇지만 한 여자와 두 남자의 삶의 한 자락을 섬세한 문장으로 차분하게 펼쳐 보임으로써 여러 겹으로 굴곡진 우리 삶의 세부로 우리들의 시선을 이끈다.

3) 근거의 몰락과 운명의 조건
: 서하진의 「제부도」

남자와 여자가 만나고 헤어지고 다시 만나는 순서로 연결된 구성방식의 소설을 가리켜 우리는 연애소설이라 한다. 「제부도」는 남자와 여자가 현실적으로 다시 만나는 순서기 생략되었으니 파국적 구성에 입각한 연애소설이라 할 수 있다. 상대방의 작은 몸짓 하나하나에도 마음이 환해지거나 어두워지는, 사랑에 빠진 여자의 시시각각으로 변하는 내심의 다양한 색깔과 무늬들에 대한 감응적 묘사들. 자신의 눈앞에서 사라져 가는 연인을 바라보며 울부짖는 극적인 장면. 사랑과 현실의 갈등 속에서 매우 특이한 방식의 죽음(자살)을 택한 남자와 그가 간 길(죽음의 방식)을 그대로 따르는 여자의 파국적(비극적) 운명, 그 섬뜩한 아름다움과 감미로운 슬픔. 「제부도」에서 연애소설로서의 요소들을 배제해 버린다면, 작품에 내재돼 있는 매력과 생동감의 절반 이상을 잃게 될 것이다. 동시에 「제부도」에서 그런 것만을 읽고 즐긴다면, 이 작품이 소설로서 말하고자 하는 바 본질을 놓치게 될 것이다.

"바다가 갈라지며 길이 드러난다"로 시작되는 이 소설에서 '길'은 작품의 부분과 부분을 연결시켜 주는 중요한 문학적 장치 가운데 하나이다. 그리고 그 길은 짧았던 인생 역정에서 한 여자가 품었던 욕망의 회로와 중첩된다. 싸리꽃이 무리지어 피어나는 봄이면 열꽃으로 피어나던, 어린 '나'의 가슴 속에 깊이 숨겨진 욕망 : "나는 달아날 거야. 나는 달아나고 싶어. 달아나고 말거야." 어째서 어린 '나'는 그토록 강렬한 도주(탈출) 욕구에 열병을 앓듯 시달리는가. 첩의 딸이라는 이유로 고스란히 받아내야 했던, 고향 사람들과 친구들의 모멸에 찬 눈빛과 손가락질 그리고 수근거림. 결국 열일곱 살 때 수학 여행에서 돌아오다가 몰래 기차에서 내려 그 길로 상경. 낯설었지만 아무도 알지 못했으므로 누구에게서도 손가락질받지 않아도 되었던 서울생활. 모든 것이 칼날 같은 서울에서 스스로를 칼날처럼 예리하게 갈아가며 독하게 견뎠던 것도 역시 다음과 같은 욕망 때문 : "나는 날아가고 싶었다. 날아가야 했다."

「제부도」에서 감미로운 슬픔과 섬뜩한 아름다움을 담아낸 문장과 장면과 화소(話素)들 이면에는 그런 '나'의 탈출과 비상—단순히 모멸어린 시선과 손가락질로부터가 아니라 숙명이나 원죄와도 같은 그 불우한 과거와 비천한 출생으로부터의 탈출과 비상에의 강렬한 욕구가 도사리고 있었던 것. 이 소설에서 '길'이란 그런 욕망의 출구, 즉 탈출과 비상의 통로인데 문제가 생긴다. '나'는 그 문제의 성격을 "그렇게 몇 년을 보내고 나서 나는 내 칼날이 더 이상 벼릴 수 없을 만큼 날카로워졌음을 알았다. 그것이 내 가슴을 향해 내리꽂힐 것 같은 조바심으로 잠을 설칠 때 나는 지금의 직장을 얻게 되었고 그를 만났다"라고 장황하게 표현하고 있지만, 핵심을 요약하면 몸이 지치고 마음이 외로워졌다는 것. 지친 몸에 힘을 준 것이 '직장'이고, 외로운 마음에 위로가 된 것이 바로 '그'다. 다른 사람들과는 달리 자신에게 무관심하다는 것 때문에 '나'는 그를 사랑한다. 그런데 인간이 되기 위해 정갈함으로 몸을 벼려온 천년의 세월에서 하루가 모자른 날 그만 사랑에 빠지고 그 사랑의 배신이 이무기의 발목을 잡듯이, 그와의 사랑이 늪처럼 '나'의 발목과 무릎과 허리와 목까지 잠기게 하지 않는가. 그와의 사랑이 '나'가 그토록 벗어나고자 발버둥쳤던 어머니의 신세, 어머니의 한숨을 그대로 재현하도록 하지 않겠는가.

그것은 마치 끊임없이 앞(미래)을 향해 놓았던 길이 어느 순간 갑자기 출발점(과거)에로 막바로 이어진 것과 같은 형국이었던 것. 제부도로 들어가는, 바다가 갈라지며 드러난 길을 '나'가 그와 함께 지나가면서 "나는 우리가 거북의 등을 밟고 가는 거라고 생각했다"라며 설화 속의 길을 떠올리는 것은 결코 길 표면의 질감에서 비롯된 단순한 연상 때문이 아니다. 그 설화 속에는 지금 난감한 지경에 처한 '나'가 애초에 꿈꾸었던 그 욕망의 원형이 보존돼 있었던 것이다. "동강난 반쪽의 칼날을 찾아가는 멀고 험한 길." 그러나 그 길은 결핍이 보상으로 바뀌는 행복한 길. 그 멀고 험한 통과의례를 무사히 마치면 애비 없는 녀석이 순식간에 왕의 후계자, 즉 왕자로 신분상승을 하게 되는 것이다. 뿐만 아니라 그 길(거북이 떼의 등으로 이루어진 다리)은 적의 추격을 막아 주면서 불우한 과거를 말끔히 씻어 주기라도 하듯이 등뒤에서 사라지기까지 한다. 그렇지만 정작 '나'에게는 무슨 일이 벌어졌는가. '나'의 길은 멀고 험하기만 할 뿐이고, 등뒤에서 사라지기는커녕 오히려 벗어나고자 하는 과거에로 '나'를 더 강력하게 이끌 뿐이다.

「제부도」는 남자와 여자가 현실적으로 다시 만나는 순서가 빠져 있다는 점에서 파국적 구성이지만, 추구와 좌절을 핵으로 하고 있다는 점에서도 파국적 구성이다. 파국적 구성에서 죽음은 전형적 종결 양식이다. '나'에게 사랑하는 남자의 죽음은 단순히 불행한 사건이 아니다. 그것은 근거의 몰락이다. 그리고 '나'의 죽음은 사랑하는 사람의 필연적 운명이요 책임이다. 「제부도」에서는 파국적 구성에 의존하는 작품의 유일한 주제, 즉 스스로 선택한 운명의 조건이라는 의미에서의 자유의 의지가 은밀하게 파동친다.